エヴリデイ

デイヴィッド・レヴィサン

三辺律子 訳

小峰書店

every day

by

David Levithan

ペイジへ
きみが毎日、しあわせをみつけますように

装画　星野ちいこ
装幀　川名潤

エヴリデイ

5994日目

目が覚めた。

すぐに自分がだれか、突き止めなきゃならない。まずは、からだだ。目を開けて、腕を見て、肌の色が薄いか濃いか、髪が長いか短いか、太ってるかやせてるか、男か女か、傷があるかすべすべか、たしかめる。からだに慣れるのはかんたんだ。毎朝、ちがうからだの中で目が覚めるのに慣れていれば。でも、からだだけじゃない。その人の生活、つまり「背景」も知らなきゃならない。むずかしいのは、こっちだ。

毎日、ちがう人物になる。でも、自分のままでもある——自分が自分のままってことはわかってる——けど、同時に他人でもある。

物心ついたときから、ずっとそうだった。

以下、説明。起きて、目を開け、また新しい朝がきて、新しい場所にいることを確認する。次の瞬間、その人物の経歴がどっと浮かんでくる。意識の内側からの、あいさつ代わりの贈り物。今日は、ジャスティンって男だ。なぜかそれは、つまり自分の名前がジャスティンだってことは、わかる。それと同時に、自分が本当はジャスティンじゃなくて、彼の人生を一日借りるだけってことも、わかってる。まわりを見て、彼の部屋だってこともわかる。ここは彼のうちだ。時計のアラームが七分後に鳴りだすはず。

同じ人物に二回なることはない。でも、このタイプなら、前にもなったことがある。そこいらじゅうに散らばってる服。本よりはるかに多いゲーム。寝るときはボクサーブリーフ一枚。口の中の味で、タバコを吸ってることもわかる。でも、起き抜けに一本吸うほど中毒ってわけでもない。

「おはよう、ジャスティン」言ってみる。そうやって、彼の声を確認する。低め。宿主の声と、頭の中の自分の声が、同じだったことはない。

ジャスティンはからだに気をつかうタイプじゃない。頭がかゆい。目はなかなか開かない。睡眠不足のせいだ。

すでに予感がしてる。今日はいい日にはならないだろうって。

好きじゃない人物のからだに入るのは、きつい。なぜなら、気に入らないとしても、宿主には敬意を払わなきゃならないから。むかしは、宿主の人生に悪い影響を与えてしまったこともある。うっかりへまをやらかすたびに、後悔がいつまでも尾を引くことも身にしみてわかった。だから、なるべく慎重に行動する。

わかってるのは、宿主は全員、自分と同じ歳《とし》ということ。十六歳のからだから、いきなり六十歳のからだに移ったりはしない。で、現時点では十六歳だけ。どういうしくみでそうなっているのかは、わからない。理由もわからない。突き止めようとするのは、だいぶ前にあきらめた。一生、わかりっこないから。ふつうの人間が、自分の存在理由なんて一生わからないのと同じ。最終的に、自分はただ存在していて、それに特に理由なんてないって事実を受け入れるしかない。理由を知る方法なんてない。いろいろ仮説を立てることはできるけど、証明するのは不可能だ。

あと、わかってるのは、事実にアクセスすることはできるけど、感情にアクセスすることはできないってこと。ここがジャスティンの部屋だってことはわかるけど、ジャスティンが部屋を気に入っているかどうかはわからない。となりの部屋の両親を殺したいと思ってる？ それとも、起きているかどうか母親がたしかめにこないと、不安になる？ そういうことはわからない。感情に関しては、自分の感情の部分と宿主の感情の部分がごっそり入れ替わる感じだ。だから、どんな宿主の中だろうと、つねに自分自身としてものを考えられるし、そのこと自体はうれしいけど、一方で、自分以外の人間がどんなふうに考えているか手がかりがあると助かるだろうなとも思う。どんな人間にも不可解なところはあるし、こうして内側から眺めると、むしろその実感は強まる。

アラームが鳴りだした。シャツとジーンズに手を伸ばすが、ジャスティンが昨日着てたシャツだと気づいて、ちがうやつを拾う。服を洗面所に持っていって、先にシャワーを浴びる。ジャスティンの両親は、キッチンにいる。いつもとちがうなんて、まったく気づいてない。

十六年間は、練習には十分すぎる時間だ。たいてい、もうミスは犯さない。そう、今では。

ジャスティンの親のタイプはすぐわかった。ジャスティンは、朝はろくにしゃべらない。だから、今日も自分から両親にしゃべりかける必要はない。今では、相手が自分になにを求めているか、もしくは求めていないかを、察するのはうまくなっている。シリアルをかきこみ、皿をシンクにただ置いて、ジャスティンの車のキーを取って、外に出る。

昨日は、ここから車で二時間くらいの町に住んでる女の子が宿主だった。その前は、それよりさらに三時間先の町の男の子。細かいことはすでに忘れはじめてる。そうしないと、本当の自分のことを思い出せなくなるから。

ジャスティンは毎朝をやり過ごすのに、うるさくて下品なDJが、うるさくて下品なジョークをとばす、うるさくて下品なラジオ局で、うるさくて下品な音楽を聴いてる。これだけ知れば、ジャスティンについてはじゅうぶんだ。もういい。あとは、ジャスティンの記憶にアクセスして、学校への行き方と、いつも車をとめる場所と、ロッカーの場所を調べればいい。それから、ロッカーキーの番号。廊下で会う知り合いの名前。

たまにこうした手順を踏めないときがある。学校へいって、一日を乗り切る気になれないときがあるのだ。そういうときは、具合が悪いって言って、一日ベッドで本を読んでいればいい。けど、しばらくすると、それにも飽きて、また新しい学校と新しい友だちに挑んでみるかっていう気になる。一日だけの学校と友だちに。

ジャスティンのロッカーからジャスティンの教科書を出そうとすると、うしろのほうに気配を感じた。ふりむくと、女の子が立っていた。感情がぜんぶ透けて見えるような子。ためらいつつ期待し、気おくれしつつ彼が好きでたまらない。いちいち記憶にアクセスしなくても、ジャスティンの彼女だってわかる。そうじゃなきゃ、こんな態度をとるわけない。彼を前にして、おどおどしてる。きれいな子だけど、自分ではそう思ってないらしい。ジャスティンに会えて、うれしくてたまらないし、苦しくてたまらないって感じで、髪に顔を隠してる。

名前はリアノン。一瞬、そう、ほんの一瞬だけ、思った。ああ、彼女にぴったりの名前だって。理由はわからない。彼女のことは知らない。けど、彼女に合ってるって思った。

今のは、ジャスティンの考えじゃない。自分のだ。無視しようとした。彼女が話したいのは、ジャスティンなんだから。

「おはよう」なにげない調子で言う。

「おはよう」リアノンはささやくように答える。

そして、うつむいた。イラストの入ったコンバースのスニーカーをじっと見てる。靴底にそうようにビルが連なる大都会の絵。たぶん彼女とジャスティンのあいだには、なにかあったんだろう。でも、それがなにかはわからない。そもそもジャスティンは、気づいてないって気もする。

「大丈夫？」リアノンにたずねる。

リアノンの顔に驚きの表情が浮かんだ。隠そうとしたけど。ふだん、ジャスティンは、こういうことは言わないんだろう。

それに、変だけど、本当に答えを知りたかった。ジャスティン本人は彼女の調子なんて気にも留めてないってことがわかって、なぜかますます知りたくなる。

「うん、大丈夫」リアノンは、ちっとも大丈夫そうじゃない声で答えた。

彼女をまともに見られない。これまでの経験から、隅っこにいるような女の子でも、大切な真実をひそかに持っていることを知っている。彼女はそれを隠してるけど、同時に見てほしがってる——ジャスティンに、ってことだけど。それはすぐそこにある。あと少しで届くところに。言葉になるのを待ってる。

彼女は悲しみに沈んでいて、それがあらわになってるのにも気づいていない。もうこの子のことはわかった、と思った。そんなふうに思ったのだ——でも、次の瞬間、思いこみは覆された。彼女の悲しみの中で、きらりと決意がひらめくのを見たから。いや、勇気かもしれない。

彼女は顔をあげ、しっかり目を合わせて、たずねた。「わたしのこと、怒ってる？」

彼女に怒る理由なんて、思いつかない。むしろ、ジャスティンに頭にきた。彼女をここまで萎縮させてることに。彼女のそぶりを見ればわかる。ジャスティンのそばにいるときは、縮こまってるのが。

「ううん、怒ってなんかいないよ」

彼女が聞きたがっている答えをあげたのに、彼女は信じない。正しい答えをプレゼントしたのに、なにか隠されてるんじゃないかって疑ってる。

自分とは関係ない。それはわかってる。自分がここにいるのは、一日だけなんだから。彼氏との問題を解決してあげることはできない。だれかの人生を変えるわけにはいかない。

彼女から目をそらし、教科書を出して、ロッカーを閉めた。でも、彼女はまだうしろにいる。深く絶望に満ちた孤独のせいで動けないでいる。

「今日のランチ、まだいっしょにいってくれる気ある?」彼女は聞いた。

ここで断れば、かんたんにすむ。たいていはそうしてる。だれかの人生に引きよせられるのを感じると、反対方向へ逃げ出す。

でも、彼女にはなにかを感じた。スニーカーに描かれている大都会、一瞬ひらめく勇気、本当なら感じなくていいはずの悲しみ――そのせいで、彼女が声にするのをやめた言葉はどうなってしまうのか、知りたくてたまらなくなる。何年ものあいだ、いろいろな人に出会ってきたにもかかわらず、彼らのことを特に知らずに過ごしてきた。なのに、なぜか、今朝、ここで、この女の子のことを知りたいと、ほんのかすかだけど思ったのだ。その欲求に従ってみようと思う。自分の弱さのせいか、勇気のせいかもわからない。でも、もう少し探ってみようと思う。

「もちろん。そうしよう!」

そしてまた、彼女の表情をうかがう。ちょっとはずんで言いすぎたみたいだ。ジャスティンははずんだしゃべり方はしない。

「かまわないよ」と、付け加えてみる。

彼女はほっとした。というか、用心しながら、このくらいだったらいいだろうっていう程度に、ほっとした。ジャスティンの意識にアクセスしたところだと、リアノンとジャスティンはだいたい一年ちょっとくらい付き合ってる。くわしい期間まではわからない。ジャスティンが、日にちまで覚えてないからだ。

リアノンが手を握ってきた。その心地よさにはっとする。

「怒ってなくてよかった。なにも問題なければ、それでいいの」リアノンは言う。

わかったというようにうなずく。これまで学んだことがあるとすれば、だれだって問題がないのを望んでるってこと。すばらしいことや目を見張るようなことやとびぬけてすごいことがどうしても起こってほしいって、願ってるわけじゃない。なにも問題がなければ、それでいい。たいていの場合、問題がないだけで、じゅうぶんなのだ。

予鈴が鳴った。

「じゃあ、あとで」

ごくふつうの約束。でも、リアノンにとっては、全世界に等しい約束だった。

小さいころは、持続的な関係をもたないように一日を過ごすのは、かんたんじゃなかった。宿主の人生を大きく変えるようなものを、残していってはならない。幼かったころは、友情とか親密な関係を切望していた。そうした関係を築いても、あっという間になくなり、二度と会えないということを理解できなかった。宿主の人生を、自分の人生と同じように考えていたし、宿主の友だちは自分の友だちで、宿主の親は自分の親だって思ってた。でも、やがて、そういうふうに思うのはやめなければならなくなった。毎回、別れを経験しながら生きていったら、心が砕けちってしまう。

自分は漂流者なのだ、と思った。孤独だけど、同時にすばらしく自由でもある。自分という存在を規定するのに、他人の目は関係ない。同世代からのプレッシャーを感じたことはないし、親の期待を重荷だと思ったこともない。だれのことも、全体の中の一部として見ることができるから、結果として、一部ではなくて全体に目をむけることができる。まわりを観察する経験を積んできたおかげで、たいていの人よりいろいろなことに気づく。過去の出来事のせいで判断がくもったり、未来が動機になったりすることもない。現在だけに集中できる。自分が生きるのは「現在」だから。

いろいろなことを学んできた。すでに教わったことを習う日もある。これまで何百という教室で学んできたんだから。でも、まったく新しいことを教わる日もある。そういうときは、宿主のからだや意識にアクセスして、そこにストックされている情報をチェックしなければならない。そうすることで、また学ぶ。知識だけは、いく先々のからだに持っていくことができる。

ジャスティンが知らないことも、これからも知るはずがないことも、知っている。ジャスティンの席にすわって、ジャスティンの数学のノートを開き、ジャスティンが聞いたこともない言葉を書く。シェイクスピアや、ケルアックや、ディキンソンの言葉を。明日か、もっと先か、ジャスティンは見たこともない言葉が自分の字で書かれているのを見つけるかもしれないし、見つけないかもしれない。いったいどうしてこんなことを書けたのか、わからないし、そもそもこの言葉がなんなのかさえ、わからないだろう。

でも、彼の人生に干渉できるのは、この程度まで。

あとは、なんの形跡も残さないようにしなければならない。


リアノンのことが頭から離れない。彼女についての細かい情報が、ジャスティンの記憶からちらちらとのぞく。別にたいしたことじゃない。髪がさっと肩にかかるようすや、爪を噛《か》むしぐさ、彼女の声にある強い意志と諦め。断片だけだ。ジャスティンのお祖父《じい》さんと踊ってるリアノンが見える。お祖父さんが、きれいな女の子と踊りたいって言ったから。指のあいだから恐怖映画を観て、こわいのを楽しんでいるリアノンもいる。これらはいい記憶だ。そうじゃない記憶は見ないようにする。

午前中は、一度しかリアノンを見かけなかった。一時間目と二時間目のあいだ、廊下で一瞬、すれちがっただけ。むこうからリアノンがくるのを見て、気がつくと笑みを浮かべてた。リアノンもほほえみ返す。ごくシンプルなこと。シンプルだけど、複雑なこと。本当のことはたいていそうなのだ。二時間目のあと、気がつくと彼女を探していた。三時間目のあとも、四時間目のあとも。コントロールが利かなくなってる気がする。彼女に会いたい。シンプルなこと。そして複雑なこと。

ランチの時間になるころには、へとへとだった。ジャスティンのからだは睡眠不足のせいでまいってるし、こっちはこっちで、気持ちがざわついてて、あれこれ考えすぎて、くたびれきってたから。

ジャスティンのロッカーでリアノンがくるのを待った。予鈴が鳴った。本鈴が鳴る。リアノンはこない。待ち合わせは別の場所なのかもしれない。いつも待ち合わせている場所をジャスティンが忘れてるのかも。

だとしたら、リアノンはジャスティンが忘れることに慣れてるはずだ。もう諦めようと思ったとき、リアノンが見つけてくれた。そのころには、ランチへいく人の波はほとんどはけ、廊下はがらんとしていた。リアノンは朝よりも近くまできた。

「やあ」

「うん」

リアノンはこっちを見ている。いつもジャスティンが先に歩き出すってことだ。考えるのは、ジャスティン。なにかをしようって決めるのはジャスティンなのだ。

気がめいった。

こういう関係なら、何度も見た。一方ばかりがつくす関係。ひとりになるのがこわいから、本当はこの人じゃないんじゃないかっていう気持ちを抑えてしまう。希望の中には疑いがただよい、疑いの中には希望がただよう。だれかの顔にこの表情が浮かぶのを見るたび、嫌な気持ちになる。でも、リアノンの顔には、悲しみ以外のものもある。やさしさ。すぐにわかった。でも、ジャスティンにはそのよさは決して、ぜったいに、わからない。だれも、わかってない。

教科書をぜんぶロッカーにつっこむ。そして、リアノンの腕にそっと手をかけた。

なにをしようとしてるのか、自分でもわからない。わかるのは、こうして彼女に触れているということだけ。

「どこかへいこう。どこへいきたい?」

近くから見ると、リアノンの目がブルーだとわかる。彼女の目がこんなにブルーだなんて、ここまで近づいた人間でないとわからないだろうってわかる。

「わからない」リアノンが言う。

リアノンの手を取る。

「いこう」

抑えが利かないとか、もうそういうレベルじゃない。こんなの無謀だ。最初は手をつないで歩いていた。それから、手をつないだまま走りだした。おたがい遅れまいとして、校舎を駆け抜ける。自分たちに関係ないものはすべてどうでもよくなり、ぼやけてしまう。くらくらするような感覚が押しよせる。二人は笑い、はしゃいでいる。リアノンの教科書もロッカーにしまい、校舎を出て、外の空気の中へ飛びこむ。本物の空気と、太陽の光と、木々、いつもより軽やかな世界へ。学校の外へ出るのは、ルール違反だ。二人でジャスティンの車に乗りこむのも。キーをイグニションに入れて回すのも。

「どこへいきたい?」もう一度聞く。「いきたいところを教えてほしいんだ」

最初はわかっていなかった。彼女の答えにかかってるってことが。ショッピングモールにいきたい、って言われたら、そこで終わりだ。あなたの家に連れていって、って言われても終わり。まじめな話、六時間目はさぼれない、と言われても、終わり。そもそも終わらせなきゃいけない。こんなことをしちゃだめなんだ。

でも、リアノンはこう言った。「海にいきたい。海に連れていってくれる？」

彼女と始まるのを感じる。

海まで一時間かかる。メリーランド州の九月下旬は、まだ葉の色は変わりはじめていない。でも、木々がそろそろかなと考えているのはわかる。緑はくすみ、あせはじめている。赤や黄や茶はすぐそこまできている。

リアノンにラジオ局を選んでもらう。驚いていたけど、気にしない。うるさくて下品な音楽はもうたくさんだし、彼女もそう思っているのを感じる。車内にメロディがもたらされる。知っている曲が流れ出し、思わずいっしょに歌う。

もしできることなら、神さまと取引して……

リアノンはおどろきを通り越して、あやしみだす。ジャスティンはぜったいにラジオに合わせて歌ったりしない。

「なにかあった？」リアノンはたずねる。

「音楽の力だよ」

「うそ」

「うん、うそ」

リアノンがじっと見つめる。それから、にっこり笑う。

「そういうことなら」そう言って、カーラジオを操作して、次の曲を見つける。

そして、二人で声をかぎりに歌い出す。風船みたいに中身がないけど、歌うと風船みたいに空まで飛ばしてくれる曲。

周囲の時間自体がやわらいだ気がした。リアノンも、今日がいつもとちがうってことはもう気にしていない。流れに身を任せてる。

一日でいいから、彼女に楽しい日をプレゼントしたかった。長いあいだ、目的もなく彷徨《さまよ》ってきたすえ、つかの間の目的が与えられたのだ。そう、まさに与えられたっていう感じだった。自分には一日しかない。なら、その一日をいい一日にしたっていいはず。だれかと分かち合ったっていい。その瞬間が奏でる音楽を手に入れて、どのくらい続くかたしかめたっていい。ルールなんて、ないことにできる。今日という日を受け取ったっていい。与えたっていい。

その曲が終わると、リアノンは窓をさげ、風に手を泳がせるようにして、次の曲を車の中にもたらした。それに誘われるように、すべての窓を開けて、アクセルを踏みこむ。風が車の中を占領し、二人の髪をあおり、まるで車が消えてしまって、自分たちが速力に、そう、スピードそのものになったような気になる。すると、また最高の曲がかかる。今度は窓をすべて閉め、彼女の手を握る。そんなふうにして何キロも車を走らせながら、リアノンにあれこれ質問をした。お父さんとお母さんは最近どう？　お姉さんが大学生になって家を出てからどう？　学年が変わって、なにか変わった？

リアノンはすぐに答えられない。どの質問にも、「うーん、わからない」ってまず言う。でも、たいていの場合、本当はわかってる。答えるのに必要な時間と余裕さえあれば。リアノンのお母さんはリアノンのことを考えてくれてる。お父さんはそこまでじゃない。お姉さんは電話をかけてこないけど、大学生なんだからしょうがないってわかる。学校は学校で変わらない――つまり、早く終わってほしいけど、終わるのもこわい。終わったら、その次のことを考えなきゃならないから。

リアノンも、同じことを聞いてきたので、こう答えた。「正直、一日一日をせいいっぱい生きてるだけって感じ」

これだけじゃ足りないけど、真実も含まれてる。木立を眺め、空をあおぎ、標識に目をやって、道路を見る。おたがいの存在を感じる。世界には、今この瞬間、二人だけしかいない。あいかわらずラジオに合わせて歌いつづける。音程が合ってるかとか、歌詞がまちがってないかとか気にせずに、自由気ままに歌う。歌いながら、見つめ合う。二人でソロを歌ってるんじゃない。これはデュエット。気楽なデュエットだ。歌も会話のひとつだ。話を聞くことによって、その人を知ることができるけど、どんなふうに歌うかでも、わかることがある。歌うとき窓を開けるか閉めるか。地図にしたがって生きているのか、世界にしたがって生きているのか。海の魅力を感じてるかどうか。

リアノンが行き先を指示する。高速をおり、だれもいない裏道に入る。今は夏じゃない。週末でもない。月曜日の真っ昼間に、だれも海へなんていかない。

「本当なら、英語の授業なのに」リアノンが言う。

「おれは生物」ジャスティンのスケジュールにアクセスして、言う。

二人で走りつづける。初めてリアノンを見たとき、崖っぷちでぎりぎりバランスを取っているように見えた。でも、今はずっと落ち着いて、楽に立っていられるようになってるのがわかる。

危険なのはわかってる。ジャスティンは、リアノンにやさしくない。それは、はっきりしてる。よくない記憶のほうにアクセスすると、涙やけんかや、惰性の関係の残像が見える。彼女はつねにジャスティンのそばにいて、ジャスティンはそれが気に入っている。ジャスティンの友だちもリアノンを気に入っていて、それもジャスティンを満足させている。でも、それは、愛とはちがう。リアノンは長いあいだ、希望にしがみついてきたから、ジャスティンにもう希望を持ちつづけてもむだだってことに気づいてないのだ。二人のあいだに静かなときはない。あるのは音だけ。そのほとんどがジャスティンからの一方通行だ。その気になれば、二人がどんな言い争いをしてきたかも、見ることができる。ジャスティンがリアノンをこなごなに打ち砕くたびに集めてきたかけらを、見つけ出すことができる。本物のジャスティンなら、なにかリアノンの悪いところを見つけるはずだ。今も。そして、それを口にする。どなる。彼女を絶望に突き落とす。わきまえさせる。

でも、自分にはそんなことはできない。ジャスティンじゃないから。たとえリアノンは気づいてなくても。

「今日はぜんぶ忘れて、楽しもう」

「うん」リアノンはうなずく。「それっていい。よく教室から逃げ出せたらって想像してたの。ほんとうにできるなんて。たった一日だけど。窓の反対側にいるってすてき。こういうこと、ほとんどやったことないから」

リアノンの内側には、いろんなものがたくさんあって、それをぜんぶ知りたいと思う。それと同時に、二人で話してると、すでに知っていることもあるような気もする。それがなんだかわかれば、相手のことがわかるようになる。きっとわかりあえる。


車をとめて、海へむかう。靴は脱いで、車のシートの下に置いていく。砂浜に出ると、しゃがんでジーンズのすそをまくりあげる。その隙に、リアノンが先に走っていく。顔をあげると、リアノンが砂浜でぐるぐる回っていた。砂をけりあげ、ジャスティンの名前を呼ぶ。その瞬間、あらゆるものが明るくなる。リアノンは喜びに充《み》ち満《み》ちている。思わず足を止め、彼女を見つめる。じっと眺める。これを覚えておけと心の中で呟《つぶや》く。

「早く」リアノンがさけぶ。「早くきて！」

今、いっしょにいるのは、リアノンが思っている人間じゃないんだ。そう言いたくなる。でも、言えるはずがない。もちろん、言えるわけがない。

砂浜をひとり占めする。海をひとり占めする。リアノンを自分だけのものにする。そして、自分もリアノンだけのものになる。

子ども時代には、子どもっぽい部分と、神聖な部分とがある。そしてふいに、二人は神聖なほうに触れる。海辺まで走っていって、足首に冷たい水がかかるのを感じ、寄せる波に手を伸ばし、貝をつかむけれど、波が手からもぎ取っていく。かつての輝ける世界へもどり、じゃぶじゃぶと、さらに奥深くへ入っていく。風を抱きしめるかのように、両腕をめいっぱい伸ばす。リアノンがふざけて水をかけてくるから、反撃に出る。二人とも、ジーンズもシャツもびしょぬれだけど、気にしない。

リアノンに手伝ってと言われ、二人で砂の城を作る。リアノンが、むかしの話をする。リアノンとお姉さんはいっしょにひとつの城を作ったことはない。いつも競争したから。お姉さんはできるだけ高く作ろうとし、リアノンはできるだけ細かく作ろうとする。買ってもらえなかった人形の家に、少しでも近づけたくて。リアノンの丸めた手からいくつもの小塔が生まれていくようすに、そのときの名残を感じる。自分自身は砂の城を作った記憶はないけど、なんらかの感覚的な記憶が残っていたらしく、どう作って、どう整えていけばいいかは、ちゃんとわかる。

作り終えると、波打ちぎわまでいって、手の砂を洗い流した。ふりかえって、二人の足跡が混ざり合いひとつになっているのを見る。

「なに?」ふりかえっているのに気づいて、リアノンがたずねる。表情になにかを感じたらしい。

この気持ちをどう説明すればいい? ひとつだけ浮んだのは、「ありがとう」という言葉だった。

リアノンは、今まで聞いたことのない言葉だというように、こっちを見返す。

「なにが？」

「これだよ。これすべて」

学校から逃げ出したこと。海。波。彼女。時間の外に踏み出たような気がする。本当はそんな場所は存在しないのだけど。

リアノンはまだどこかで身構えている。状況がいきなり変わるかもしれないって、この喜びがジャックナイフとなって、突き刺してくるかもしれないって、思ってる。

だから、言う。「いいんだよ」って。「幸せを感じていいんだ」

彼女の目に涙がわきあがる。彼女を抱きよせる。こんなこと、まちがってる。でも、正しい。自分でたった今、そう言ったじゃないか。幸せなんて言葉、ふだんは使わないのに。自分にとって、あまりにはかないものだから。

「わたし、幸せよ。本当よ」

ジャスティンなら、笑うだろう。ジャスティンなら、彼女を砂浜に押し倒して、したいことをする。そもそもこんなところへはこない。

なにも感じないようにするのは、もう疲れた。つながらないようにするのにも。彼女とここにいたい。彼女の望みにかなう人物になりたい。自分に与えられた時間のあいだだけでも。

海が音楽を奏で、風が踊っている。リアノンを抱きしめる。最初は、二人とも相手を抱きしめている。でもそのうち、なにかもっと大きなものを抱きしめているような気がしてくる。はるかに大きなものを。

「これって、どういうこと?」リアノンがたずねる。

「しーっ、今はしゃべらないで。ただ身を任せればいい」

リアノンがキスをしてきた。もう何年も、だれともキスしていない。何年ものあいだ、だれともキスをしないようにしてきた。彼女の唇は花びらみたいにやわらかくて、でもその奥にはげしさを秘めていた。それをゆっくりと味わい、一瞬一瞬を次の一瞬に注ぎこむ。彼女の肌を感じ、息を感じる。ふれあう一点に集中し、それを楽しみ、その熱の中に浸りきる。彼女は目を閉じ、自分は開けている。たった一度の感覚としてでなく、それ以上のものとして覚えていたい。ひとつ残らず忘れたくない。

キス以上のことはしなかった。キス以下のこともしなかった。ときどき、リアノンはさらに先へ進もうとしたけど、その必要はなかった。彼女の肩をなぞると、彼女が背中をたどる。首筋にキスをすると、彼女が耳の下にキスをする。キスをしないときは、見つめ合ってほほえむ。信じられない。でも信じられる。そのせいでくらくらする。本当なら、リアノンは英語の授業に出ているはずだ。自分は生物の授業に。今日は、海にくるはずじゃなかった。用意されていた今日という日に、二人で逆らったのだ。

手を取り合って砂浜を歩いていく。太陽が沈みはじめる。過去のことは考えない。未来のことも考えない。ただただ、太陽への、海への、足が砂に沈む感覚への、彼女の手の感触への、感謝にみたされる。

「これから毎週月曜日に、こうしたい」リアノンが言う。「ううん、火曜日も。水曜日も。木曜日も。金曜日も」

「飽きるだけだよ。たった一度だからこそいいんだ」

「じゃあ、もうぜったいこない？」リアノンが悲しそうにききかえす。

「いや。ぜったいなんて言うなよ」

「うん、ぜったいなんて言わない」

気がつくと、浜辺にはほかにも何人か、人が歩いていた。ほとんどは年取った人で、午後の散歩を楽しんでいる。すれちがいざまに、会釈したり、あいさつをしてくれる人もいた。こっちもうなずき、あいさつを返す。どうしてこんなところにいるんだとは、だれも聞いてこない。だれも、なにもきかない。二人がこの瞬間の一部になってるから。ここにあるすべてのものが、そうであるように。

太陽がさらに沈む。それに伴い、気温もぐっとさがった。リアノンがぶるっと震えたので、握っていた手を離し、肩に腕をまわす。リアノンが、車にもどって、「いちゃいちゃするときの」毛布を出そうと言う。トランクを開けると、ビールの空瓶や、バッテリー充電用のケーブルや、いかにも男の車にありそうながらくたの下に、毛布がつっこんであった。リアノンとジャスティンが実際にその目的で毛布を使うことはどのくらいあるんだろうと思ったけど、その部分の記憶にはアクセスしないようにする。その代わりに、毛布を持って浜にもどり、砂の上に広げる。そしてごろりとあおむけになって空を見あげると、リアノンもとなりで横になって、同じように空を見あげる。雲を見つめ、相手の呼吸が感じられるくらいの距離で、あらゆるものを自分の中へ取りこもうとする。

「今日は最高にすてきな日」リアノンが言う。

リアノンのほうを見ずに、彼女の手を探りあてる。

「ほかにどんな最高の日があった?」

「うーん、わからないけど……」

リアノンは一瞬考えてから、首をふった。「バカみたいだから」

「いいから、話して」

リアノンはこっちをむく。リアノンの手がすっと胸にのせられ、ゆっくりと円を描く。「どうしてかわからないけど、今、最初にパッって浮かんだのは、ママと娘のファッションショーのことなの。ぜったい笑わないって約束する?」

うなずく。

リアノンが探るように見つめる。本気かどうか、たしかめるために。そして、続ける。

「四年生とか、そのくらいだったと思う。〈レンウィックス〉が、ハリケーンの被害者救済のためにイベントを開いたの。うちのクラスにもボランティアの募集があってね。わたし、ママにはなにも言わなかったの。だまってサインしちゃったのよ。で、そのお知らせを持って帰ったら——ほら、わかるでしょ。うちのママだから。すっかり怖《お》じ気《け》づいちゃって。スーパーに連れ出すのだってたいへんな人なのに。まさかファッションショー？　知らない人の前に出る？　『プレイボーイ』誌のグラビアに出てくれって頼んだようなものよ。おそろしいことになっちゃったわ、ってわけ」

胸で円を描いていたリアノンの手が止まった。リアノンは空を見あげた。

「でも、ここからがすごいところなんだけど、ママは嫌だって言わなかったの。今から思えば、ママにどれだけたいへんな思いをさせたか、わかる。でも、ママは先生のところへ断りにいったりしなかった。断らなかったのよ。ショーの日になって、ママと車で〈レンウィックス〉の集合場所までいったの。てっきりおそろいの服を着せられるのかと思ってたけど、そうじゃなかった。そうじゃなくて、お店にある服からなんでも好きなものを選んでいいって言われたのよ。だから、ママとわたしはお店へいって、かたっぱしから試着した。わたしはもちろん、ドレス。そのころは今よりもずっと女の子っぽかったわけ。最終的には、薄いブルーのドレスにした。そこいらじゅうひらひらのフリルがついてるようなドレス。そのときはそれがすてきだと思ってたのよね」

「さぞかし趣味がよかっただろうね」

リアノンがぴしゃりとたたいた。「もう！　最後まで聞いて」

リアノンの手を取って、もう一度自分の胸に押しあてた。そして、身を乗り出すと、軽くキスをする。

「続きを話して」

すごく楽しい。今までは、だれかにこういう話をしてもらうのは避けるようにしてたから。ふだんは、状況からなんとなく探りあてるしかない。なにかを話せば、基本、相手が覚えているものと思うのがふつうだろうけど、自分の場合、それは保証できない。自分が去ったあとも、宿主の記憶に聞いた話が残っているかはわからない。信頼して打ち明けたのに、その信頼が消えてしまったら？　どれだけ打ちのめされるだろう。自分にはその責任はとれない。

でも、リアノンの話は聞かずにはいられなかった。

リアノンは続きを話した。「とにかく、わたしは卒業パーティ《プロム》のドレスもどきの服を選んだ。で、ママの番。びっくりしちゃった。だって、ママもドレスを選んだんだもの。それまで、ママがドレスアップしたところなんて、見たことがなかった。それって、わたしにとって、なによりもすごいことだったの。シンデレラになったのは、わたしじゃなかった。ママだったの。ドレスを選んだあと、メイクとかそういうのも、ぜんぶしてくれたの。ママは嫌がるんじゃないかと思ったけど、むしろすっかり楽しんでた。たいしたメイクはしなかったのよ。ほんのちょっと色をのせただけ。それでじゅうぶんだった。ママはすごくきれいだった。信じられないのはわかる、今のママを知ってるとね。でも、あの日、ママは映画スターみたいだった。ほかのお母さんたちも誉《ほ》めてくれたのよ。本番になって、みんなで並んで舞台に出ていくと、お客さんが拍手をしてくれた。ママもわたしもにっこりほほえんでね。うそじゃない。ほんとよ。ドレスとかなにかをもらえたわけじゃないの。でも、帰りの車の中で、ママは何度も何度もわたしのことを誉めてくれた。家に帰ったら、パパが宇宙人でも見るような顔でわたしたちのことを見てね。でも、なにがすごいって、パパもその日はわたしたちに合わせることにしてくれたのよ。めんどくさがったりしないで、ママとわたしのことをスーパーモデルって呼んで、リビングでパパのためにショーをしてくれって。だから、ママと二人でショーをしたの。みんな笑い転げてね。そういうこと。それでおしまい。あれ以来、ママはメイクをしてないと思う。スーパーモデルになったのが楽しかったとか、そういうんじゃないのよ。でも、あの日と今日は似てる。あの日一日だけは、ほかのいろんなことをぜんぶ忘れたから。わかる？」

「なんとなくわかるよ」

「こんなことを話したなんて、信じられない」

「どうして？」

「だって。わからない。バカみたいだし」

「そんなことない。すてきな日だったのがわかる」

「わたしにもなにか、話して」

「母と娘のファッションショーに出たことはないからな」ジョークで返す。本当は何回か出たことあるけど。

リアノンにパシッと肩をたたかれる。「そうじゃないわよ。今日みたいな日のこと、話して」

ジャスティンの記憶にアクセスして、十二歳のとき、この町に引っ越してきたことを知る。つまり、その前に起こったことなら、どれを話しても安心ってことだ。リアノンはいなかったんだから。リアノンに話せるようなジャスティンの記憶を探そうとしたけど、気が進まなかった。リアノンには、自分のことを話したい。

「十一歳のとき、今日みたいな日があった」そのときの宿主の男の子の名前を思い出そうとしたけど、思い出せない。「友だちとかくれんぼをしてたんだ。っていっても、タックルとかなんでもありの乱暴なかくれんぼでさ。森の中だったんだけど、なぜか木に登んなきゃって気になったんだ。それまで木に登ったことはなかったと思うんだけど。でも、低い枝のある木を見つけて、登りはじめた。どんどん登っていった。まるで地面を歩いてるみたいに自然に登れた。記憶の中じゃ、その木は三百メートルくらいあるんだ。うらん、千メートルくらい。気づかないうちに、森のはずれまできてたんだろうね。まわりにはその木以外、高い木が一本もなくて。おれはたったひとりで、地上からはるか上の幹にしがみついてた」

今でも、そのときのゆらめきが目に見える。あのときの高さが。眼下に広がる町が。

「魔法みたいだった。それ以外、説明する言葉を思いつかない。鬼につかまった友だちがさけぶ声が聞こえてくる。そのうち、かくれんぼは終わりになったけど、おれはひとりだけ、まったく別の場所にいた。高いところから世界を眺めるって、初めて経験したときは、ものすごいことに思える。それまでは飛行機に乗ったこともなかった。それどころか、高いビルに登ったこともなかったんじゃないかな。でもそのときは、高い木の上で、自分が知っているものすべてを見おろしていた。自分ひとりの力でたどり着いた、自分にとって特別な場所。だれかに与えられたわけじゃない。命令されたわけでもない。自分で登って登って登って、そしてこのほうびを手に入れたんだ。世界を見わたすっていうほうびを。ひとりきりになれる特権を。これこそ、自分に必要なものだったんだって、わかった」

リアノンがからだを寄せて、ささやいた。「すてき」

「うん、すてきだった」

「それって、ミネソタにいたとき？」

本当は、ノースカロライナ州だった。でも、ジャスティンの記憶にアクセスすると、ミネソタのはずだってわかった。だから、うなずいた。

「ほかにも今日みたいな日のこと、知りたい？」リアノンは身を寄せてきてからだを丸めた。二人が楽な体勢をとれるように、腕の位置を変える。「ああ」

「わたしたちの二回目のデート」

今日が一回目のデートなのに。思わずバカな考えが浮ぶ。

「ほんとに？」

「覚えてる？」リアノンが聞く。

ジャスティンが二回目のデートのことを覚えているか調べるけど、覚えていない。

「ほら、ダックのうちのパーティ」リアノンがヒントを出す。

それでも、記憶は見つからない。

「ああ、あれ……」なんとかごまかそうとする。

「わからない――もしかしたら、デートのうちに入らないかも。でも、二度目に会ったときのことよ。なんていうか、あのときジャスティンはすっごく……やさしかった。怒らないでよ？」

どんな話なのか、まったくわからない。

「もちろん、怒らないよ。今のおれは、なにがあったって怒らない」そう言って、さらに十字を切ってみせる。

リアノンはにっこり笑う。「じゃ、わかった。ほら、最近――ジャスティンはいつも急いでるみたいだから。つまり、セックスはするけど、本当には、その……親密じゃないっていうか。別に気にしてるわけじゃないのよ。楽しいし。でも、ときどき今日みたいだったらいいなって思う。ダックのパーティのときは――今日みたいだった。時間はいくらでもあるって感じで、それをわたしといっしょに過ごしたいって思ってくれた。それがすごくうれしかった。わたしのことを本当に見ていてくれたころ。あのころのジャスティンはまるで――そう、まさに木に登って、てっぺんでわたしを見つけたって感じだった。二人とも同じ。本当は他人の家の庭にいたんだけどね。覚えてる？　あのとき、わたしのこと、月の光の中にすわらせたでしょ。『こうすると、きみの肌が輝く』って。わたしもそんなふうに感じてたの。自分が輝いてるって。ジャスティンがわたしのことを見ていたから。月といっしょに見ていてくれたから」

たった今も、水平線からみるみる広がるオレンジの温かい光に照らされていることに、リアノンは気づいているのだろうか？　昼間とは言えない時間から、夜とは言えない時間へ移ろうとしている。身を乗り出して、影と一体になり、キスをする。それから、身を寄せ合い、目を閉じて、眠りへと落ちていく。うとうとしながら、今まで一度も経験したことのない感情がわきあがるのを感じる。物理的なだけでない近しさ。出会ったばかりとは思えない深いつながり。

無上の幸福感からしか得ることのできない感覚。ここそが自分の居場所だという感覚だった。

恋に落ちる瞬間ってどういうことだろう？　ほんのわずかな時間にこれだけの広がりが含まれているなんて。どうしてデジャヴを信じる人がいるのか、わかるような気がする。どうして前世があるって信じるのか。そうじゃないと、この地球上で過ごした年月だけで、今の気持ちすべてを包みこめるとは、とうてい思えない。恋に落ちた瞬間の前に、数世紀のときが流れていたように感じる。そう、数世代にわたる年月が——その一時一時が、ぴったりこのときにこのすばらしい出会いをもたらすよう、準備を整えてきたのだ。心の中では、そう、胸の奥底では、バカみたいだとわかっていても、すべてがここにつながっていたのだと、あらゆる矢印がひそかにここを指していたのだと、感じる。はるかむかしに、宇宙と時間自体が巧妙に用意し、自分は今、それに気づいただけなのだと、着くことが決まっていた場所に今、着いただけなのだと、感じる。

一時間後、リアノンの電話の音で目が覚めた。

目を閉じたまま、リアノンのうめき声を聞く。リアノンがお母さんにすぐ帰るから、と言っているのが聞こえる。

海は濃い黒色に変わり、空は紺色に染まっていた。空気がぐっと冷たくなり、容赦なく迫ってくる。毛布を拾いあげ、新しい足あとをつけるために立ちあがる。

リアノンは道案内役で、こっちは車を走らせる役だ。リアノンがしゃべる役で、こっちは聞き役。帰りも、少し歌を歌う。リアノンが肩に頭をのせる。そのまま、また少し眠らせてあげる。もう少し夢を見させてあげる。

このあとのことは考えないようにした。

終わりのことは考えないようにした。

眠っている人を見たことはなかった。こんなふうには。リアノンは、最初に会ったときと正反対だった。彼女のもろさはもはや隠されていなかったけど、もろさの中の彼女は守られていた。彼女の胸があがったりさがったりするのを見つめる。もぞもぞしたり、じっとしたりするのを、眺める。道を教えてもらうときだけ、彼女を起こす。

最後の十分間、リアノンは明日のことを話していた。答えるのはつらかった。

「また海へいくのは無理でも、昼休みは会えるでしょ？」

うなずく。

「明日の放課後もいっしょに出かけられる？」

「たぶんね。ほかに用事があったか、よく覚えてないんだ。今は、先のことは考えられないから」

リアノンは、納得したみたいだった。「うん、わかる。明日は明日。まずは、今日を楽しいムードのまま終わらせようね」

町へ入ったあとは、リアノンにきかなくても、ジャスティンの記憶にアクセスすればリアノンの家までいけた。でも、本当は迷いたかった。この瞬間を引き延ばしたかった。逃げ出したかった。

「着いたね」家が見えてくると、リアノンは言った。

家の前に車を寄せ、ドアのロックを解除する。

リアノンは身を乗り出して、キスをしてきた。彼女の味を感じて、五感が息づく。彼女の香り、彼女の感触、彼女の息をする音、彼女の姿。リアノンがからだを離す。

「はい、これが楽しいムード」リアノンは言う。そして、こっちがなにか言う前に、ドアを開けて、いってしまった。

さよならを言うチャンスもなかった。


ジャスティンの両親は、息子が連絡もせずに夕食を食べないことに慣れてる気がしてたけど、あたりだった。一応、どなりつけようとしたけど、親もジャスティンもお決まりの演技をしているだけで、ジャスティンがさっさと自分の部屋にひっこむのは、いつものドラマの再放送って感じだった。

ジャスティンの宿題をやらなきゃならない。いつも、そういったことにはかなり気をつかってる。できるときだけだけど。でも今は、気がつくと、リアノンのことを考えている。家にいるリアノンの姿を思い浮かべる。きっと今日というすばらしい日に浮かれてる。これからは変わる、ジャスティンは変わったんだと信じている。

あんなふうにすべきじゃなかった。いけないとわかってたのに。たとえ世界がそうしろと言っているような気がしたとしても。

何時間ももんもんとした。もう取りかえしがつかない。なかったことにはできない。

前にも、人を好きになったことがある。少なくとも今日までは、あれは恋だったと思っていた。彼の名前はブレナン。これこそ本物だって思えた。ほとんどは、文字だけの関係だったのに。でも、ひたむきで一途《いちず》な言葉だった。バカみたいに、彼との未来まで思い描いた。でも、未来なんてなかった。未来へ進んでいこうとしたけど、だめだった。

それだって、今回に比べれば、かんたんなことだった。好きになるのはいい。でも、相手も自分を好きな場合は、好きになるだけとはちがう。その気持ちに対して責任を感じるから。

このからだにとどまることは、不可能だ。眠らなくても、結局、別の宿主のもとへいくことは変わらない。ひと晩中起きていれば、同じからだの中にいられるかもしれないと思っていた時期もあった。でも実際は、宿主のからだから引きはがされた。その痛みは、肉体から引きはがされたらこんなだろうと想像している痛みとまさに同じだった。神経という神経が、古いからだからはがされる痛みと、新しいからだに溶け合うときの痛みに貫かれる。そのときから、毎晩眠るようにした。逆らったところで、仕方ないから。

リアノンに電話しなければ。電話番号は、目の前のジャスティンの携帯に入ってる。明日も今日みたいだって、期待させないようにしなければ。

「ジャスティン！」

「やあ」

「ほんと、今日はありがとう」

「うん」

こんなことはしたくない。だいなしにしたくない。だけど、しないと……いけないはず。

だから、続けて言う。「でも、今日は今日だ」

「毎日、授業はさぼれないとか言うつもり？　ジャスティンらしくない」

そう。らしくない。

「まあね。だけど、わかるだろ、これから毎日が今日みたいだって思ってほしくないんだ。そうはならないから。いいな？　ぜったいならない」

電話のむこう側は、しんとなった。なにか変だと気づいたのだ。

「わかってる」リアノンは言葉を選びながら言った。「それでも、少しはよくなるってことならあるかもよ。きっとなると思う」

「どうかな。とにかくそれだけ、言っときたかったんだ。わからないって。たしかに今日は最高だったけど、だからといって、その、今日がすべてじゃない」

「それはわかってる」

「なら、いい」

「うん」

ため息がもれる。

ある意味で、やろうと思えば、いつだってジャスティンになにかしらの影響を与えることはできる。彼の人生を実際に変えてしまうこともできるし、つまり、彼自身のことも変えることだってできるかもしれない。でも、それを知る手立てはない。前の宿主を見かけることはめったにないし、まれにそういうことがあったとしても、たいていは数カ月から数年後で、しかも、彼や彼女だと識別できた場合だ。

ジャスティンに、もっとリアノンにやさしくしてほしい。でも、リアノンに期待させることはできない。

「じゃ、それだけだから」そう言った。ジャスティンはそんなふうに言うような気がしたから。

「うん、明日ね」

「ああ、明日」

「本当に今日はありがとう。今日のせいで、明日面倒なことになっても、それだけの価値はあったもんね」

「ああ」

「好きよ」

自分も言いたかった。好きだって言いたい。今、この瞬間、全身全霊で彼女を愛していたから。でも、あと数時間で終わりなのだ。

「おやすみ」そう言って、電話を切った。

ジャスティンの机の上にノートが置いてあった。
リアノンを愛してることを忘れるな。ジャスティンの文字でそう書いた。
ジャスティンには、書いた記憶は残らないだろうけど。

ジャスティンのパソコンを開く。そして、自分用に作ったメールアカウントを開いて、リアノンの名前と電話番号とメールアドレスを打ちこむ。それから、ジャスティンのメールアドレスとパスワードも。そして、今日のことを書く。それを自分宛てに送る。
送り終わったらすぐに、ジャスティンのパソコンから履歴を削除した。

つらかった。
自分という存在にも、自分の人生にも、慣れきっていた。
とどまりたいと思ったことはなかった。いつだって、次へいく準備はできていた。
でも、今夜はちがう。
明日はジャスティンがここにいて、自分はいないという事実が、頭から離れない。
ここにとどまりたい。
とどまらせてほしい。

目を閉じて、祈る。

5995日目

昨日のことを考えながら、目を覚ます。思い出すと、喜びがこみあげる。でも、昨日のことだと気づいて、痛みに貫かれる。

今日はもう、あそこにはいない。ここは、ジャスティンのベッドじゃない。ジャスティンのからだじゃない。

今日は、レスリー・ウォンだ。アラームが鳴ってるあいだ、ずっと寝てたら、レスリーの母親がかんかんになって入ってきた。

「起きなさい！」母親がどなって、今日のからだをゆさぶる。「あと二十分だよ。そしたら、もうオーウェンが出る時間だから！」

「わかったから、ママ」うめくように答える。

「ママ⁉　あんたの母親がここにいたら、なんて言うだろうね！」

急いでレスリーの意識にアクセスする。お祖母《ばあ》さんか。レスリーの母親はすでに仕事に出ている。

シャワーを浴びながら、早くしないとって自分に言い聞かせる。でも、気がつくと、リアノンのことをぼんやりと考えている。きっと夜はリアノンの夢を見たんだ、と思う。ジャスティンのからだの中にいるときに夢を見はじめたとしたら、ジャスティンはその続きを見るのだろうか。そして、リアノンのことを愛《いと》しく思いながら、目が覚めるのだろうか。

それとも、そんな期待こそ夢にすぎないのだろうか。

「レスリー！　早く！」

シャワーを飛びだして、からだをふき、急いで服を着る。レスリーは、学校で特別目立ってるタイプの女の子じゃないことは、ひと目でわかる。部屋に何枚かあった写真の友だちは、どっちかっていうとぼーっとした印象だし、服も十六歳というより十三歳って感じだ。

キッチンに入っていくと、お祖母さんがこわい目でにらみつけた。

「クラリネットを忘れるんじゃないよ」お祖母さんが言う。

「わかってる」モゴモゴと答える。

食卓には男の子がすわっていて、すごい目でにらんできた。レスリーのお兄さんだろう。意識にアクセスして確認する。名前はオーウェン。十二年生（＊アメリカの学校は一般的に六歳＝一年生から十七歳＝十二年生まで。九年生から十二年生の四年間が高校生）だ。毎朝学校へはオーウェンの車に乗っていくことになっている。

たいていの家では、朝はほとんど同じだ。もう慣れっこになっている。よろよろとベッドから出る。よろよろとシャワーに入る。ぼそぼそ話しながら朝食を食べる。もしくは、両親がまだ眠ってる場合、足音をしのばせて家を出る。面白くしたいなら、それぞれの家のちがいを探すくらいしかない。

今朝のちがいは、オーウェンだった。オーウェンは車に乗るとすぐにマリファナに火をつけた。朝の日課らしいので、レスリーの顔におどろいた表情が出ないようにする。

それでも、三分くらいすると、オーウェンは、「がたがたさわぐなよ」と言ってきた。しかたがないから、ぼんやりと窓の外を眺める。すると、二分後にオーウェンは言った。「おい、おまえにとやかく言われるのはごめんだ。わかったな？」そのころには、マリファナは吸い終わっていたけど、オーウェンはちっともリラックスしてなかった。

ひとりっ子のほうがいい。長い目で見れば、兄弟姉妹がいたほうがいろいろ助かるっていうのはわかる。家族の秘密を分かち合えるし、同世代だから、記憶も共有できるし、相手の中に八歳と十八歳と四十八歳のときのイメージを同時に見出し、なんとも思わず受け入れてくれる。でも、短い時間にかぎって言えば、兄弟は、よくて面倒な存在だし、最悪の場合は恐怖でさえある。たしかにふつうじゃない人生を送ってきたけど、ひどいことをされたのは、兄弟姉妹からが断然多い。特に、兄とか姉っていうのは、たちが悪い。子どものころはバカ正直に兄とか姉っていうのはあたりまえに味方で、その気になればすぐに手を結べる相手だと思っていた。たしかに、状況次第でそうなることもある。たとえば、家族旅行とか、だらだら過ごす日曜とか、兄や姉にとって遊び相手が自分しかいない場合などはそうだ。でも、ふだんの基本ルールは「競争」であって、「協力」ではない。もしかしたら兄や姉は弟や妹がいつもとなにかちがうってことを敏感に感じ取って、つけこんでくるのかもって思うときもあった。例えば、八歳のとき、姉にいっしょに家出しようって言われた。ところが、駅に着いたとたん、姉は「いっしょに」というところだけさっさと放棄したもんだから、おかげでこっちは何時間も駅をさまようことになった。姉がこわくて、助けを求めることもできなかった。姉に知られたら、そのせいで計画がだめになったと責められると思ったのだ。男兄弟の場合は、取っ組み合ったり、なぐられたり、蹴られたり、噛《か》まれたり、押されたり、覚えきれないほどの悪口を言われたりした。

自分にできるのは、せめておとなしい兄や姉であることを祈るくらいだ。最初、オーウェンはそのタイプだと思った。でも、車に乗ってからは、ちがうみたいだと思い直し、でも学校に着いたら、やっぱりそうだと、また思い直した。ほかの子たちがいるとオーウェンはたちまち小さくなって、妹を完全に無視したまま、うつむきかげんで校舎に入ってしまった。「じゃあ」も「あとでな」もない。ちらりとふりむいて、助手席のドアが閉まっているかたしかめただけだった。

「なに、見てんの？」オーウェンが校舎にひとりで入っていくのを見ていると、左の後方から声をかけられた。

ふりかえって、慌ててレスリーの意識にアクセスする。

キャリー。四年生からの親友。

「お兄ちゃんを見てただけ」

「どうして？　あんなクズ」

　こういうのはふしぎだ。つまり、自分が同じことを言うならいいけど、キャリーの口から聞くと、なぜかかばいたくなる。

「ちょっと！」

「え、なに？　まさかひどいとか言うんじゃないでしょーね？」

　それを聞いて、キャリーはこっちが知らないことを知ってるらしいと思う。なので、口を閉じておくことにする。

　キャリーはほっとしたように、話題を変えた。

「昨日の夜、どうしてた？」

　頭にリアノンの姿がかすめる。抑えつけようとするけど、かんたんにはいかない。一度、彼女と過ごしたときの、あの広がりを経験すると、どこを見てもそれが残ってるような気がして、なにか話すたびにそのことを言いたくなる。

「別に」それでかわしてみる。わざわざレスリーの意識にアクセスすることもない。どんな質問でも、たいていこの答えで事足りる。「キャリーは？」

「あたしのメール見なかったの？」

　充電が切れちゃって——みたいなことをボソボソと答える。

「だから、聞いてこないわけね！　なんだと思う？　コーリーがメッセージ送ってきたの！で、やりとりしたんだ。一時間近くよ！」

「よかったじゃん」

「でしょ？」キャリーはうれしそうにため息をついた。「やっとよ。コーリー、あたしのアカウント・ネームも知ってたのよ。レスリーがコーリーに教えたわけじゃないよね？」

またアクセスする。こういう質問に足をすくわれることは多い。今すぐじゃなくても、あとあと、まずいことになったりするのだ。例えば、コーリーに話したのは自分じゃないって答えたとして、あとからやっぱりレスリーだったってわかったりすると、二人の友情にひびが入りかねない。話したのは自分だって言って、そうじゃないってわかった場合も同じだ。

コーリーっていうのは、コーリー・ハンドルマンのことで、キャリーが少なくとも三週間前から熱をあげてる十一年生だった。レスリーは、彼のことはあまり知らないし、キャリーのアカウント・ネームを教えた記憶も残っていない。たぶん大丈夫だろう。

「ううん」首を横にふる。「教えてないよ」

「じゃあ、やっぱりそうとうがんばって、探してくれたんだ」キャリーは言った。**いや、フェイスブックのプロフィールを見れば一発だと思うけど。**

って、いじわるなことを思ったとたん、後悔した。宿主に親友がいると、こういうところが面倒だ。自分自身には、彼や彼女になんの思い入れもないわけだから。相手のことをなんでもいいほうには解釈できない。でも、相手のことをなんでもいいほうに解釈できるのが親友なのだ。

キャリーはコーリーのことで興奮していたので、こっちも興奮してるふりをした。ある感情がこみあげてきたのは、別れて教室に入ったあとだった。とっくに抑えることができるようになったと思っていた感情——嫉妬だった。いろんな言葉で言い換えてみたところで、自分がキャリーに対して感じているのは嫉妬だとわかっていた。キャリーはコーリーと付き合えるのに、自分は決してリアノンと付き合えないから。

バカバカしい。自分に言い聞かせる。なに、バカなこと考えてるんだって。

こういう生を生きるなら、嫉妬なんて感じるだけむだだ。そんなことをしたら、心が引き裂かれてしまうから。

三時間目は音楽だった。先生に、クラリネットを忘れたと言う。本当はロッカーに入れてあるけど。レスリーは音楽の成績が減点になって、さらに自習室で自習しなきゃならなくなる。でも、しょうがない。クラリネットの吹き方を知らないんだから。

キャリーとコーリーのうわさはあっという間に広まった。友だちはみんな、その話題で持ちきりだ。大方、喜んでいる。でも、みんなが喜んでるのは、二人がぴったりだからか、これでキャリーが少しは静かになるからか、どっちかは、微妙。

ランチのときコーリーに会ったけど、さえない男の子だった。別に驚かない。恋する本人の目に映ってるのと同じくらい、現実の相手が魅力的なことはめったにない。それでいいと思う。どれだけ好きかってことが、相手を見る目まで変えてしまうって、悪くない。

コーリーは近づいてきて、キャリーに声をかけたけど、すわる場所を空けたのに、いっしょに食べようとはしなかった。でも、キャリーは気づいてないらしい。コーリーがこっちにきたっていうだけで、舞いあがってる。ネットでやりとりしてただけなのに、それが現実の会話にまで発展するなんて！――ってことは、次はどこまでいくんだろう！　予想通り、レスリーの友だちは進んでる子たちじゃない。レスリーたちの頭にあるのはキスで、セックスじゃない。彼女たちの欲望の入り口は唇。

また逃げたくなる。午後の授業をさぼりたくなる。

でも、そんなことをしてもしょうがない。リアノンがいないなら。

時間をむだにしてるような気がする。っていうか、ずっとそうなのだ。こんなふうに生きていたら、なにも積み重なっていかない。

でも、あの午後だけはちがった。

昨日は別世界だった。もどることができたら。

昼休みのあと、六時間目が始まったばかりのときに、校内放送があって、オーウェンが校長室に呼ばれた。

最初は、聞きまちがいかと思った。でも、それから、みんながこっちを見ているのに気づいた。キャリーの目に、同情の色が浮かんでる。聞きまちがいじゃないらしい。

不安になるほどじゃなかった。本当に悪いことが起こったなら、二人とも呼ばれるはずだ。家族が死んだとか、家が火事になったとか、そういうんじゃない。オーウェンの問題で、こっちには関係ない。

キャリーが手紙を回してきた。**なにごと？**

キャリーのほうへむかって肩をすくめてみせる。わかるわけない。

気になるのは、帰りの車をどうするかってことくらいだった。


六時間目が終わった。教科書をまとめて、英語の授業へむかう。今、やってるのは『ベオウルフ』だから、予習は完璧だ。『ベオウルフ』なら何回もやってる。

十歩歩いたところで、腕をつかまれた。

ふりかえると、オーウェンが立っていた。

血が出てる。

「しーっ、静かに。いっしょにこい」

「どうしたの？」

「いいから、だまれ。いいな？」

オーウェンは追われてるみたいにまわりを見まわした。ま、いっしょにいくか。どっちにしろ、『ベオウルフ』より面白そうだし。

備品倉庫の前までくると、オーウェンは中に入るよう合図した。

「冗談でしょ？」

「レスリー、頼むから」

言い争う雰囲気じゃなかった。オーウェンのあとについて備品倉庫に入る。照明のスイッチはすぐに見つかった。

オーウェンは荒い息をしてる。なにも言わないので、こっちから言った。

「どういうことか、説明して」

「面倒なことになりそうなんだ」

「わかってるわよ。校長室に呼ばれたんでしょ。なのに、なんで校長室にいってないの？」

「いってたんだよ。アナウンスの前に。でも、そのあと……出たんだ」

「校長室から逃げ出したってこと？」

「ああ、ていうか、手前の待合室からだけど。やつら、おれのロッカーを調べにいったんだよ。まちがいない」

オーウェンの目の上の切り傷から、ツーと血が流れた。

「だれにやられたの？」

「ほっとけ。だまって、おれの話を聞けよ」

「聞いてるわよ。そっちが話さないんでしょ！」

ふだんンスリーは兄に言いかえしたりしないような気がしたけど、どうでもいい。どっちにしろ、オーウェンは気もそぞろって感じだから。

「家に連絡がいくはずだ。だからおまえに味方してほしいんだよ」オーウェンは車のキーをさしだした。「学校が終わったら家に帰って、どんな感じかたしかめてほしいんだ。電話するから」

幸い、運転はできる。

なにも言わなかったら、オーウェンは了解ってことだと思ったらしい。

「助かる」オーウェンは言った。

「これから校長室にいくの？」

それには答えずに、オーウェンは出ていった。


学校が終わるころには、キャリーが情報を仕入れていた。本当かどうかってことは、どうでもいい。学校を駆け巡っているのはその話だし、キャリーは話したくてうずうずしてた。

「あんたの兄貴とジョシュ・ウルフが、昼休みに運動場のそばでけんかしたんだって。みんな、ドラッグがらみだって言ってる。あんたの兄貴が売人じゃないかって話になってるよ。オーウェンが大麻《ウィード》にハマってるのは知ってたけど、まさか売人なんて。ジョシュといっしょに校長室に引っぱってかれたらしい。でも、オーウェンは逃げたんだって。信じられる？　それで、もどるようにって校内放送があったのよ。でも、もどらなかったんじゃないかな」

「だれから聞いたの？」興奮しきってるキャリーに聞く。

「コーリーからよ！　その場にいたわけじゃないんだけど、いつもつるんでる友だちが、けんかとかぜーんぶ見たんだって」

情報自体じゃなくて、その情報をコーリーから聞いたってところが、ミソらしい。さすがに、実の兄がたいへんなことになってるレスリーによかったねと言ってもらいたがるほど、キャリーも自分勝手じゃなかったけど、どっちが大切かは一目瞭然だ。

「わたしが運転して帰ることになったの」

「いっしょにいこうか？　ひとりで家に帰るの、きつそうだし」

一瞬、頼もうかと思った。でも、キャリーがコーリーに逐一報告しているところが浮かんできて、それで、自分がキャリーといっしょにいたくないって思ってることに気づいた。そんなふうに思うなんてひどいけど。

「大丈夫。むしろおかげでわたしはいい娘ってポジションになれるし」

キャリーは笑ったけど、ウケてるっていうより、レスリーを元気づけたいからって感じだった。

「コーリーによろしく言っといて」ロッカーを閉めながら、おどけた感じで言う。

キャリーはまた笑った。今度は、心底うれしそうだった。


「オーウェンはどこだ？」

キッチンに入りさえしないうちに、尋問が始まった。

レスリーの母親と父親とお祖母さんが勢ぞろいしてる。レスリーの頭の中にアクセスしなくても、ふだんの午後三時の状景じゃないことくらい、わかる。

「知らない」オーウェンが言わないでくれて助かった。おかげで、うそをつかずにすむ。

「知らないってどういう意味だ?」父親が聞いた。この家族では、父親が第一尋問者らしい。

「そのままの意味。車のキーはわたされたけど、どういうことかなにも話してくれなかったから」

「それで、そのままいかせたのか?」

「警察に追われてるようすとかなかったし」そう言ったものの、ふと思った。警察に追われてるってこともある?

お祖母さんがふんと鼻を鳴らした。

「おまえはいつも兄の肩を持つ」父親はもったいぶった口調で言った。「だが、今回はだめだ。今回は、ぜんぶ話してもらう」

父親は今の発言がこっちを助けたなんて、夢にも思わないだろう。おかげで、レスリーがいつも兄の味方についてることがわかった。勘は正しかったわけだ。

「わたしより、パパたちのほうが詳しいんじゃない?」

「どうしてオーウェンとジョシュ・ウルフはけんかしたの?」母親が当惑をかくせないようすでたずねた。「あんなに仲良しなのに!」

そう言われて浮かんだジョシュ・ウルフのイメージは十歳くらいだった。きっとどこかの時点までは、仲が良かったんだろう。でも、今はそうじゃない。

「すわりなさい」父親がキッチンのいすを指さした。

しかたがないので、すわる。

「さあ……オーウェンはどこにいるんだ？」

「本当に知らないんだってば」

「この子は本当のことを言ってるわ。レスリーがうそをついてるときは、わかるのよ」母親が言う。

そうじゃなくてもいろいろコントロールしなきゃならないことがあるから、こっちはドラッグどころじゃないけど、オーウェンがどうしてラリってたいかはわかるような気がしてきた。

「じゃあ、この質問に答えろ。おまえの兄はドラッグの売人なのか？」父親が聞いた。

いい質問だ。直感はノーだ。でも、それはジョシュ・ウルフとのあいだになにがあったかにかかってる。

だから、答えるのをやめて、父親を見つめかえすだけにした。

「ジョシュ・ウルフは、上着に入ってたドラッグは、おまえの兄から買ったものだと言ってるそうだ。じゃあ、それはちがうってことだな」父親はうながすように言う。

「お兄ちゃんもドラッグを持ってたの？」

「持ってなかったわ」母親が答えた。

「ロッカーの中は？お兄ちゃんのロッカーの中にはあったの？」

母親は首を横にふった。

「お兄ちゃんの部屋は？ドラッグはあった？」

母親は心底びっくりした顔をした。

「ママたちがお兄ちゃんの部屋を探したことくらい、わかってるよ」

「なにも見つからなかった」父親が答えた。「それにしてもだ。車の中も探さなきゃならん。キーをこっちにわたしてもらおうか……」

オーウェンに、車をそうじしておくくらいの脳みそがあることを祈った。でも、どっちにしろ、もうどうしようもない。言われたとおり、父親にキーをわたした。


信じられないことに、両親はレスリーの部屋まで探してた。

「ごめんなさい」廊下から、母親が涙を浮かべて言った。「パパが、オーウェンはレスリーの部屋にドラッグを隠してるかもしれないって言うから。あなたが知らないうちに」

「別にいいよ」とにかく、今は母親に部屋へ入ってきてほしくない。「今から片づけるから」

でも、遅かった。スマホが鳴りはじめた。母親にオーウェンの名前が表示されているのが見えないように、電話を握りしめる。

「もしもし、キャリーね」

オーウェンも、電話から漏れないように声を低くするくらいの脳みそはあった。

「おやじたち、怒ってる?」オーウェンは小声でたずねた。

笑いそうになった。「どう思うわけ?」

「そこまでひどいか?」

「パパたちったら、お兄ちゃんの部屋じゅう探し回ったのよ。なにも見つからなかったけどね。

で、今度は車を探すんだって！」

「キャリーにそんなこと、言わないで！」母親が言った。「電話を切りなさい！」

「ごめん、今、ママがここにいるのよ。なんでもべらべらしゃべるなって怒ってる。どこにいるの？　うち？　あとでかけ直そうか？」

「どうすればいいか、わからない」

「だよね。どっちにしろ、お兄ちゃんだっていつまでも帰ってこないわけにはいかないんだし」

「あのさ……三十分後にいつもの運動場で待ち合わせよう。いいか？」

「本当にもう切らなきゃ。でも、わかった。そうする」

電話を切った。母親はまだこっちを見ていた。

「悪いことしたのは、わたしじゃないでしょ！」一応、念を押しておいた。

レスリーには明日の朝、部屋を片づけてもらうことになる。悪いとは思うけど、わざわざなにをどこにしまってるのか、たしかめる気力はなかった。そのためには、レスリーの意識に何度もアクセスしなきゃならない。でも、今の優先事項は、オーウェンの言ってた運動場っていうのがどこか、突き止めることだ。レスリーのうちから通りを四本いったところに、小学校があるらしいから、たぶんそこだろう。

家を抜け出すのは一苦労だった。親たちがまたオーウェンの部屋をひっくりかえしはじめたタイミングを見計らって、こっそり裏口から出る。賭けなのはわかってた。レスリーがいないのに気づいた瞬間、大騒ぎになるのはわかってる。でも、オーウェンを連れ帰ることができれば、レスリーが抜け出したってほうはどうでもよくなるはず。

目の前のことに集中しなければならないのはわかってたけど、リアノンのことを思わずにはいられなかった。もうリアノンも学校は終わっているだろう。今ごろ、ジャスティンと出かけてるかもしれない。だとしたら、ジャスティンは彼女にやさしくしてるだろうか？　昨日のことが少しはジャスティンにも影響を与えているだろうか？

そうだといいと思った。でも、期待はできない。


オーウェンはどこにもいなかったので、ブランコまでいって、漕《こ》いでいた。しばらくすると、歩道からオーウェンがこっちへ歩いてくるのが見えた。

「おまえ、いつもそのブランコだな」オーウェンは言って、となりのブランコにすわった。

「そう？」

「ああ」

続きを待ったけど、なにも言わない。

しびれを切らして、言った。「お兄ちゃん、なにがあったの？」

オーウェンは首をふった。話す気はないらしい。

ブランコを漕ぐのをやめて、地面に足をつけた。

「こんなのバカみたい。あと五秒で事情を話して。話さないなら、家に帰る。そしたら、あとのことは、お兄ちゃんがひとりでなんとかしてよね」

オーウェンはびっくりしたようだった。「おれになにを言ってほしいんだよ。大麻《ウィード》は、ジョシュ・ウルフからもらったんだ。今日、そのことでけんかになった。やつに金を返せって言われて。借りてないのに。で、おれのこと小突き回すから、押しのけたんだよ。ちょうどそこを見られたんだ。やつは大麻を持ってたから、おれから買ったって言ったんだ。すらすらとね。おれはちがうって言ったけど、やつは全科目進学クラスの優等生で、教師がどっちを信じるかはわかるだろ」

オーウェン自身が今の説明を本当だと思ってるのはわかったけど、もともと本当なのか、言ってるうちにそう思いこむようになっただけなのかは、わからなかった。

「とにかく、うちに帰るしかないよ。パパはお兄ちゃんの部屋をひっかきまわしたけど、なにも見つかってないし。ロッカーにもなかったし、車の中でも見つかってないと思うよ。見つかったなら、なにかしら耳に入るはずだから。だから、今はもう大丈夫だって」

「言っとくけど、大麻はもうないんだ。今朝、最後のを吸ったからな。だから、ジョシュから買おうとしたんだよ」

「元親友のジョシュね」

「なんだそれ？　あいつとは友だちなんかじゃねえよ。ガキのころ、そう、八歳のときからな」

親友がいたのは、それが最後なんだろう。

「帰ろうよ。世界の終わりってわけじゃないんだし」

「おまえはそう言えるだろうけどな」


まさかレスリーの父親がオーウェンを殴るとは思わなかった。が、オーウェンの姿を見たとたん、父親はオーウェンを殴り倒した。

仰天したのは、自分だけだった。家族はだれも驚いていない。

「なんてこと、してくれたんだ」父親はどなった。「なんてバカなことをしたんだ、え⁉」

母親と、二人で止めに入ろうとした。お祖母さんは傍観を決めこんでる。満足げにすら見える。

「おれはなにもしてない！」オーウェンは言いかえした。

「それで、逃げたってわけか？　なにもしてないのに退学になるって言うのか？」

「お兄ちゃんの話を聞くまでは、退学にしたりしないよ」そう指摘してみた。実際、そうに決まってる。

「おまえは口を出すな！」父親はぴしゃりと言った。

「すわって、ちゃんと話さない？」母親が言う。

父親から、怒りが熱みたいに発散されてる。思わずひいたけど、家族といるときのレスリーも、同じ反応だと思う。

今朝、目覚めたときが懐かしく感じられた。あのときはまだ、こんなひどい日になるなんて思ってもいなかったのに。

みんなでせまい部屋にすわった。正確に言えば、すわったのは三人だけど。子どもたちはソファー、母親はそのそばにおいてある椅子に腰をおろしたけど、父親はうろうろ歩きまわってるし、お祖母さんはまるで見張り番みたいに部屋の入り口に立っている。

「まさかドラッグの売人だったとはな！」父親がどなった。

「売人なんかじゃない」オーウェンは答えた。「だいたい、本当に売人なら、金を持ってるはずだろ。それに、今ごろ、父さんたちがヤクを見つけてるさ！」

オーウェンは口を閉じてたほうがよさそうだ。

「売人はジョシュ・ウルフなの。お兄ちゃんじゃなくて」そう言ってみる。

「じゃあ、おまえの兄はなにをしてたって言うんだ？　やつからヤクを買ってたのか？」

口を閉じてたほうがいいのは、こっちかも。

「ジョシュとのけんかは、ヤクとはなんの関係もない。そのあとで、やつがヤクを持ってるのが見つかっただけだ」オーウェンは言った。

「じゃあ、ジョシュとあなたはどうしてけんかしてたの？」母親が聞いた。幼なじみの二人がけんかをしていたことが、今回のいちばんの問題だっていうみたいに。

「女の子のことだよ」オーウェンは言った。「女の子のことでもめてたんだ」

前もって考えていたのか、とっさに思いついたのか？　どっちにしろ、両親を一瞬でも喜ばせる……とまでは言いすぎにしろ、怒りを鎮める可能性のある唯一の答えであることは、まちがいなかった。自分の息子がヤクを売ったり買ったり、いじめたりいじめられたりするのは、許せない。でも、女の子のことでけんか？　いいじゃないか！　推測するに、今までオーウェンの口から女の子の話なんて出たことがないだろうから、なおさら効果バツグンだ。

オーウェンも、風向きが変わったのを感じたようだ。そこで、さらに攻めの一手に出た。

「彼女にバレたら——いや、ぜったいバレたくない。自分が原因でけんかになるとか、喜ぶ女の子もいるけど、彼女はそういう子じゃないんだ」

母親は、わかるわと言うようにうなずいている。

「その子の名前は？」父親が聞いた。

「言わなきゃだめ？」

「言え」

「ナターシャだよ。ナターシャ・リー」

へえ！　しかも、中国系にするわけ！　思ったよりやるじゃん。

「おまえはその子のこと、知ってるのか？」父親がレスリーに聞いた。

「うん、すっごくすてきな人だよ」調子を合わせ、それからオーウェンのほうを見て、短剣でぶすりとやるふりをした。「でも、そこのロミオは、彼女に気があるなんて話してくれたことなかったから。でも、それを聞いて、やっとわかってきた。最近、お兄ちゃん、挙動不審だったもんね」

母親はまたうなずいた。「たしかにね」

もっと言いたかった。**目は血走ってるし、チートスばっか食べて、ぼんやり宙を見て、で、またチートス。これは恋だね。それ以外あり得ない、**くらいは。

全面戦争になりかけだったのが、軍事会議に変わった。両親はさっそく校長になんて言おうか戦略を練りはじめた。特に、学校から逃げ出した言い訳をなんとかしなきゃならない。オーウェンのためにも、ナターシャ・リーが実在の人物であることを祈った。オーウェンが彼女を本当に好きかどうかは、この際どうでもいい。レスリーの意識にアクセスしても、ナターシャの名前は出てこなかった。聞いたことがあるにしろ、記憶のかなたらしい。

どうやらメンツが保てそうだと思った父親は、すっかり機嫌がよくなって、いい人って言ってもいいくらいになった。オーウェンは罰として食事の前に部屋をかたづけるだけでよくなった。

レスリーが男の子のことで争って相手の女子を殴ったら、これですむとは思えないけど。

オーウェンについて二階へあがり、部屋に入って、しっかりドアを閉めた。親が聞いてないのを確認してから、「うまくやったね」と言った。

オーウェンはイライラを隠そうともせずに言った。「なんの話だよ。部屋から出ていけ」

だから、ひとりっ子のほうがいいわけ!

レスリーなら、そう言われても受け流すんだろう。だから、流したほうがいい。自分に課してる決まりがある——宿主の生活を乱さないこと。できるかぎり元のままにしておくこと。

でも、もううんざりしてた。だから、ちょっとだけ規則を曲げることにした。それに、こじつけだけど、リアノンなら、そうしてほしがる気がしたのだ。もちろんリアノンは、オーウェンやレスリーのことなんて知りもしないけど。それをいうなら、昨日ジャスティンの中にいた存在のことも。

「なによ、ヤク中のうそつきのクズのくせに。これからは、もっとわたしへの態度をよくしてよね。今回助けてあげただけじゃなくて、現時点でお兄ちゃんをまともに扱ってるのは、わたしくらいじゃない！　わかった？」

あっけにとられて、それからたぶん、少しは反省して、オーウェンはもごもごとわかったとつぶやいた。

「ならいいわ」そう言って、オーウェンの棚から二つ、三つ、ものをはたき落とした。「じゃ、部屋の掃除、がんばってね」

夕食では、だれもしゃべらなかった。

別に今日だけって感じじゃなさそうだった。

親が寝るのを待って、パソコンの電源を入れる。そして、自分に送っておいたジャスティンのメアドとパスワードを使って、ジャスティンのアカウントにログインした。

リアノンからのメールがあった。送信時間は午後十時十一分。

J

どういうことかわからない。わたし、なにかした？　昨日はあんなに最高だったのに、今日はまたわたしに腹を立ててる。わたしがなにかしたんだったら、言って。そうしたら直すから。ジャスティンといっしょにいたいの。毎日を楽しいムードのまま終えたい。今夜みたいじゃなくて。

心をこめて　R

よろめくように椅子によりかかった。返信ボタンを押したい。リアノンに、大丈夫だって言ってあげたい。でも、できない。もうジャスティンじゃないから。自分に言い聞かせる。もうジャスティンじゃないんだ。

自分はなにをしてしまったんだ？

オーウェンが部屋で歩きまわってる音がする。証拠を隠してるとか？　それとも、怖くて眠れない？

明日、オーウェンがうまく立ちまわれるか、ふと心配になる。

リアノンのもとへもどりたい。昨日にもどりたかった。

5996日目

明日いくしかない。

眠りに落ちる寸前、ひらめいた。でも、目が覚めると、ひらめきは失われていた。

今日は、男だ。スカイラー・スミス。サッカーをしてるけど、スター選手じゃない。部屋はきれいだけど、神経質ってほどじゃない。部屋にはテレビゲーム。起きようとする。両親はまだ眠っている。

スカイラーの家は、リアノンが住んでいるところから車で四時間くらいの町にあった。ここからじゃ、遠すぎる。

特になにもない日だった。たいていそうだけど。どきどきしたのは、意識へのアクセスが間に合うかどうかってときくらいだった。

サッカーの練習が特にたいへんだった。コーチが始終、だれかの名前をどなるから、だれがだれか調べるのに、スカイラーの意識にアクセスしっぱなしになる。サッカー的には、スカイラーにとって最高の日とは言えなかったかもしれない。でも、恥はかかせずにすんだと思う。たいていのスポーツなら、そこそこできる。でも、限界もわかってた。それがわかったのは、十一歳のときだ。それも、かなり荒っぽい方法で。目が覚めたら、宿主はスキー合宿の真っ最中だった。その瞬間、やった、と思った。むかしから面白そうだと思ってたのだ。だから、やってみようって思った。やってるうちに、できるようになるだろう。そんなにむずかしいはずないし、って。

宿主の男の子は、初心者用のゲレンデはとっくに卒業してた。でも、こっちはそもそも初心者用ゲレンデなんてものがあることさえ知らなかった。スキーとそりは同じようなものだと思ってた。ゲレンデなんて、一種類しかないって。

そして、宿主の子の脚を三箇所も折ってしまった。

ひどい痛みだった。正直、次の朝起きて、新しい宿主の中にいても、痛みは続いたらどうしようって心配になった。実際には、からだの痛みはなかったけど、それと同じくらい強烈な罪悪感に苦しむことになった。交通事故を起こしたのに似てる。自分のせいで、赤の他人が病院のベッドに寝てるんだから。

それどころかもしあの子が死んでたら……自分もいっしょに死んでたんだろうか？　でも、知りようがない。わかってるのは、ある意味、それは関係ないってことだ。死んでたらもちろんだけど、たとえ翌朝、なにもなかったように目覚めたとしたって、死という事実に打ち砕かれるのは変わらないから。

だから、今はなんでも慎重にやる。サッカーも、野球も、グランドホッケーも、アメフトも、ソフトボールも、バスケットボールも、水泳も、陸上も。このあたりは問題ない。でも、宿主がアイスホッケーをやってたときもあったし、フェンシングの選手や、騎手や、一度なんて、けっこう最近だけど、体操選手のこともあった。

そういうときは、見学にした。

得意なことを挙げるとすれば、テレビゲームか。テレビとかインターネットと同じでどこにでもあるから。この三つは、どんなところで目覚めようと、たいてい手に入る。特にテレビゲームは、気持ちを静めるのに役立つ。

サッカーの練習のあと、スカイラーの友だちが何人かきて、〈ワールド・オブ・ウォークラフト〉をやりながら、学校や女の子の話をした（クリスとデービットは男の子の話をした）。時間つぶしには最高だ、って思う。でも、時間つぶしっていったって、時間をむだにしてるのとはちがう。友だちに囲まれて、くだらないことをぐだぐだしゃべりながら、たまにまじめな話をして、お菓子があって、画面にはゲームとかそういうのが映ってて。

楽しめたかもしれない。本当にいたい場所のことを忘れられていたら。

5997日目

次の日は、気味が悪いくらいうまくいった。
朝早く、目が覚めた。六時。
今日は女の子だ。
車を持ってる。免許も。
リアノンが住んでるところから車で一時間の町で。

目覚めてから三十分後、車を運転しながら、エイミー・トランに謝った。これって、ある意味、誘拐に近い。
でも、エイミー・トランは気にしないっていう確信に近いものがあった。今朝、着がえるのに服を選ぼうとして、これか、あっちか、こっちか……ぜんぶ黒だった。ゴス・ファッションってわけじゃない。黒レースの手袋とか、そういうんじゃなくて、どっちかっていうとロック寄りだ。車で聴いたプレイリストにも、ジャニス・ジョプリンとブライアン・イーノが入ってて、けっこうよかった。

今回は、エイミーの記憶には頼れない。エイミーがいったことのないところへいくからだ。だから、シャワーを浴びたあと、グーグルマップを立ちあげて、リアノンの学校の住所を打ちこみ、地図を開いた。かんたんだった。プリントアウトして、履歴を消す。履歴を消すことに関しては、今じゃプロだった。

本当はこんなことをすべきじゃないのは、わかっていた。傷口を癒すどころか、さらに広げるようなものだ。リアノンとの未来なんてないのはわかってるのに。こんなことをしても、過去を一日のばすだけなのに。

ふつうの人間は、なにを記憶しておくか、いちいち決めたりしない。相手によって、さらに、会う回数とか、期待の程度とか、それまで生きてきた中での関係性によって、自然に一定の優先順位がつく。

でも、自分の場合は、ひとつひとつの記憶の重要度を決めなければならない。ほんの一握りの人たちのことしか覚えていないし、覚えておくためには、記憶を手放さないようにしっかりつかんでなきゃならない。なぜなら、経験をくりかえせるのは——つまり、そうした人たちにまた会えるのは、記憶の中だけだからだ。

なにを記憶するかを考える。リアノンを選ぶ。何度もくりかえしリアノンを選んで、記憶の中にリアノンを呼びもどす。一瞬でも手放せば、彼女は消えてしまうから。

ジャスティンの車でいっしょに聴いた曲がかかる。

もしできることなら、神さまと取引して……

天がなにかを伝えようとしてるように思える。でも、そうじゃなくたって、かまわない。大事なのは、自分がそう感じ、そう信じることだから。

自分の内から「広がり」が現われる。

天が曲に合わせて、うなずいている。

手放さずに持っている日々の平凡な記憶は、できるだけ少なくしようとしてきた。正確な情報は別だ。読んだ本とか、知ってたほうがいい情報。そう、サッカーのルールみたいな。『ロミオとジュリエット』の筋とか。緊急時の連絡先。そうしたことはちゃんと覚えている。でも、ふつうの人たちが積みあげている数え切れないほどの平凡な記憶、日々の思い出については、そうはいかない。家の鍵をしまってる場所。母親の誕生日。初めて飼ったペットの名前。今のペットの名前。ロッカーのダイヤル錠の番号。食器をしまっている引き出しの場所。MTVのチャンネルは何番か。親友の名字。

こうした記憶は、自分には必要ない。ひとりでに頭の配線がし直され、次の朝になったとたん、この手の情報は抜け落ちていく。

だから、リアノンのロッカーの場所を正確に覚えていたのは、当たり前と言えば当たり前だけど、すごいことなのだ。

だれかになにかきかれたときのための話は用意してあった。この町に引っ越すことになりそうだから、学校のようすを見にきたって言えばいい。

駐車スペースが指定されてたかどうか思い出せなかったので、念のため、校舎から離れたところに車をとめる。それから、あとはふつうに歩いていった。廊下に入ってしまえばもう、そのへんの女の子たちと変わらない。十年生は十一年生だと思うだろうし、十一年生は十年生だと思うだろう。念のため、エイミーの学校カバンも持ってきていた。アニメの柄の黒いもので、教科書でぱんぱんだった。もちろん、この学校のじゃないけど、これを持って歩いていれば、いかにも目的の場所があって歩いてるように見える。実際、そうだし。

これが天の導きなら、リアノンはきっとロッカーのところにいる。

そう言い聞かせて歩いていくと、リアノンがいた。目の前に。

記憶はときにうそをつく。離れているからこそ、美しいものもある。でも、十メートル先から見ても、リアノンは記憶の通りだった。

あと七メートル。

廊下は人でいっぱいだけど、リアノンは光を発散してるように見える。

三メートル。

リアノンはなんとか今日を乗り切ろうとしてる。でも、つらそうだ。

一メートル。

リアノンのまん前までできた。でも、リアノンは目の前の女の子がだれか知らない。だから、ここに立ったまま、ゆっくり彼女を眺めることができた。あの悲しみがまたもどってきている。美しい悲しみなんかじゃない。美しい悲しみなんてうそだ。悲しみは顔を陶器ではなく粘土に変えてしまう。リアノンは沈みこんでいた。

「あの」声をかけた。か細い声で。ここではよそ者だから。

最初、リアノンは自分に話しかけられていると思わなかったみたいだ。それから、はっと気づいた。

「えっと？」

これまで見てきたところによると、たいていの人は知らない人に対してとげとげしい。だれかが近づいてきたら、身構えるし、なにかきかれれば、面倒がる。でも、リアノンはちがった。目の前の女の子がだれか、まったくわからないのに、態度に出したりしない。ろくでもないことだって決めこんだりしない。

「あ、大丈夫。あたしたち、初対面だから」あわてて言った。「ただ、その——この学校にきたの、今日が初めてなの。ようすを見にきたのよ。それに、そのスカートとバッグ、すごくかわいいなと思って。だから、その、それで声をかけてみたの。だれも知ってる人がいないから」

そんなふうに言われたら、ひく子もいる。でも、リアノンはちがう。リアノンは手を差し出して、自分の名前を言って握手すると、どうして案内役の生徒がいないのかたずねた。

「よくわからない」

「じゃあ、事務室まで案内する？　そしたらいろいろ調べてもらえると思う」リアノンは言った。

まずい。「だめ！」思わず言ってから、うまく取りつくろおうとした。リアノンといる時間を引きのばしたい。「実は……正式な学校訪問じゃないのよ。本当のことを言うと、親はあたしがこんなことしてるのも知らないの。まだ、この町に引っ越すって言われただけだし。でも、だから、見ておきたかったんだ。実際、通うときにびくびくしないように」

リアノンはうなずいた。「なるほどね。じゃあ、もしかしてうちの学校を見にくるために、学校をさぼったってこと？」

「そういうこと」

「何年生？」

「十一年」

「じゃあ、同じよ。なにかいい方法はないかな。ええと、わたしといっしょに回るっていうのはどう？」

「すごくうれしい」

リアノンはただ感じよくしてくれてるだけだ。それはわかってる。でも、勝手だけど、なにか気づいてほしかった。このからだの中を、内側の存在を見てほしい。いっしょに海で過ごした相手だってわかってほしい。

リアノンについて廊下を歩いていった。途中、何人か友だちに紹介してくれた。ほっとした。リアノンの生活に、ジャスティン以外の人間もいるとわかったから。見ず知らずの女の子を自然に仲間に入れて、居心地の悪い思いをさせないようにしてくれるリアノンが、ますます好きになる。彼氏といるときに感じがいいのは、ある意味あたりまえだけど、知りもしない女の子に対しても同じように感じがいいのは、あたりまえじゃない。ただ感じがいいんじゃない。リアノンはやさしい。それって、人あたりがどうこうってだけじゃなくて、人格の問題だと思う。やさしいのはその人の本質に関わってるけど、感じがいいのは、人にどう見られたいかってことだから。

ジャスティンが現われたのは、二時間目と三時間目のあいだだった。廊下ですれちがいざまに、リアノンには軽く合図を送ってきたけど、エイミーのことは完全に無視した。立ち止まりもしない。リアノンは傷ついた表情を浮かべたけど、口には出さなかった。

四時間目の数学の授業のころには、甘美な拷問みたいになっていた。つまり、リアノンがすぐ横にいるのに、なにもできない。教師が生徒たちを数学の定理で苦しめているあいだ、だまっているしかない。代わりに、メッセージを書いて回す。リアノンの肩に触れたいがために。内容は取るに足らないことばかり。しょせん、今日一日だけの「お客」だから。

自分がリアノンを変えたかどうかを知りたかった。たった一日でも、あの日はリアノンを変えただろうか。

リアノンに自分という存在を見てほしかった。むりだとわかっていても。

ランチのとき、ジャスティンといっしょになった。

リアノンにもう一度会って、記憶を更新するのもかなりへんな気持ちだったけど、三日前の宿主が目の前にすわっているのは、もっとへんな感覚だった。鏡に映しただけじゃ、この感覚は味わえない。ジャスティンは思ってたよりかっこよかったけど、同時に嫌な顔でもあった。顔は魅力的だけど、表情に魅力がない。相手を見くだしたように顔をしかめる感じは、劣等感を隠そうとしている人間がよくするし、目には、ところかまわず爆発させる怒りが漂ってる。ポーズからは虚勢を張ってる感じが伝わってくる。

あの日のジャスティンは、これとは別人だったはずだ。

リアノンがエイミーのことを説明して、別の学校からきたと言っても、ジャスティンは、見るからにどうでもよさそうな態度を取った。そして、財布を忘れてきたと言って、リアノンにランチを買いにいかせた。もどってきたリアノンに、ジャスティンがお礼を言ったときは、がっかりしたくらいだ。そのたったひと言が、いつまでもリアノンの心に残ってしまうのがわかってたから。

三日前のことをジャスティンが覚えているのかどうか、知りたい。

「ここから海まではどのくらい？」リアノンにたずねる。

「なんかふしぎ」リアノンが言う。「っていうのは、ちょうどこのあいだ、二人でいってきたばかりなの。えっと、一時間くらいかな」

ジャスティンを見て、なにか思い当たったふうがないかたしかめる。でも、特に反応もせず食べつづけてる。

「楽しかった?」彼にたずねる。

リアノンが答える。「うん、最高だった」

あいかわらずジャスティンはなにも言わない。

もう一度、ジャスティンにむかって言ってみる。「運転したの?」

ジャスティンは、なんてバカな質問をするんだって感じでこっちを見た。まあ、たしかにそうだけど。

「ああ、そうだけど」それだけ。

リアノンが引き取って続けた。「ほんと、すっごく楽しかったの」リアノンは幸せそうな顔をした。あの日のことを思い出したから。それを見て、ますます悲しくなった。

くるんじゃなかった。こんなこと、しちゃいけなかったんだ。帰ろう。

でも、帰れなかった。リアノンといっしょにいるのに。あとのことはどうでもいいって思おうとした。

思ってるふりをした。

リアノンのことを好きになりたくない。恋に落ちたくない。

みんな、愛が続くのはとうぜんだと思ってる。肉体が続くのがあたりまえだと思ってるのと同じだ。愛のいちばんいいところは、つねにそこにあることだって気づいてない。愛を築けば、人生の基盤は増える。でも、つねに存在する愛を手にできなければ、支えてくれる基盤は自分ひとつのままだ。いつまでも、ひとつだけなのだ。

リアノンはすぐとなりにすわってる。彼女の腕に指を走らせたい。彼女の首筋にキスしたい。彼女の耳元で真実をささやきたい。

その代わりに、彼女が動詞を活用させるのを見る。教室にあふれていく、とってつけたような破裂音の外国語に耳をかたむける。彼女の姿を絵に描こうとする。でも、絵はうまくないから、描いても描いても、線も形もひとつも正しく描けない。リアノンを表わすものをひとつも手に入れることができない。

終業のベルが鳴った。リアノンに車をとめた場所をきかれて、もうこれで終わりだと知る。もうおしまい。リアノンは、メアドを書いた紙をわたしてくれる。これでさようならってことだ。エイミー・トランの両親は警察に電話してるかもしれない。ここから一時間のところでは、行方不明者の捜索が始まってるかもしれない。自分でもひどいと思う。でも、どうでもよかった。リアノンに、映画に誘ってほしい。家に招いてほしい。海へドライブにいこうって言ってほしい。でも、そのときジャスティンがきた。気がせいているみたいだ。二人の予定は知らないけど、嫌な予感がした。セックスがからまなきゃ、あんなにじりじりしないだろう。

「車までいっしょにきてくれる？」リアノンはジャスティンに言った。

リアノンは許可を求めるようにジャスティンを見た。

「おれは車を取ってくる」

リアノンとの残された時間は、駐車場を歩くあいだだけだ。リアノンからなにかをもらいたい。でも、それがなにかわからない。

「自分について、ほかの人は知らないことをひとつ、教えて」

リアノンはいぶかしむような目でこっちを見た。「どういうこと？」

「いつも知り合った人に聞くの。自分のことで、ほかのだれも知らないことを教えてって。別にすごい秘密とかじゃなくて。ちょっとしたことでいいの」

どういうことかわかると、リアノンはおもしろいと思ったみたいだった。そういう彼女がますます好きになる。

「そういうことね」リアノンは言った。「えっと、十歳のとき、ピアスの穴を縫い針であけようとしたの。でも、半分までいったところで、気を失っちゃった。家にはだれもいなかったから、気づかれないまま。しばらくして、自分で目を覚ましたってわけ。耳に針を突き立てたまま、シャツを血だらけにして。あわてて針を抜いて、洗濯して、そのあとは二度とやらなかった。ちゃんとあけたのは、十四歳のとき。ママとショッピングモールにいって、あけてもらったの。もちろんママはなにも知らないけどね。じゃ、次はそっちの番」

いくらだって選べるくらい、たくさんの人生を生きてきた。でも、ほとんど覚えていない。

エイミー・トランがピアスの穴をあけているかどうかも思い出せないから、ピアスに関わる思い出じゃ、だめだし。

「八歳のとき、お姉ちゃんからジュディ・ブルームの『キャサリンの愛の日』を盗んだの。『赤ちゃん、いりませんか?』と同じ作家が書いた本なんだから、面白いに決まってると思って。読みはじめてすぐに、どうしてお姉ちゃんがベッドの下に隠してたかわかった。ぜんぶ理解できたわけじゃないと思うけど、男の子は自分の、その、アレに名前をつけるのに、女の子はつけないなんて不公平だと思った。だから、自分のには名前をつけることにしたの」

リアノンは笑いながら聞いた。「なんて名前?」

「ヘレナ。その夜、夕飯のときみんなに紹介したら、大ウケだった」

エイミーの車まできた。リアノンはどの車か知らないけど、ちがうふりをしたところで、ここがいちばん端なので、これ以上歩きつづけることはできない。

「楽しかった。来年、また会えるといいね」リアノンは言った。

「うん。こっちこそ、楽しかった」

それから、思いつくかぎりの言葉を使って、リアノンにお礼を言った。そしたら、ジャスティンがきて、クラクションを鳴らした。

二人の時間は終わった。

エイミー・トランの両親は警察に電話していなかった。それどころか、まだ家に帰ってもいなかった。家の留守電をチェックしたけど、学校からも連絡は入っていない。
今日一日、うまく切り抜けられたのはラッキーだった。

5998日目

次の朝、起きたとたん、おかしいとわかった。薬物系だ。

そもそも、朝でさえなかった。宿主は昼まで寝ていた。昨日、遅くまで起きて、ハイになってたからだ。そして今もまた、ハイになりたがってる。今すぐに。

宿主がマリファナ常習者だったことは、前にもあった。前日の酒が抜け切ってないからだで、目覚めたこともある。でも、今回のはひどい。はるかにひどい。

今日は、学校にいくことはない。起こしにくる両親もいない。自分ひとり。汚い部屋で、汚いマットレスに大の字になって、小さい子から盗んできたような毛布を一枚かけてるだけ。別の部屋で、だれかがどなってるのが聞こえる。

肉体が人生を支配するときがある。肉体の衝動や肉体の欲求が人生を決めるときがある。肉体に、人生の鍵を与えた覚えはないかもしれない。でも、知らぬ間にわたしてしまっているのだ。そして、肉体が決定権を握る。生理や神経をつかさどる配線がおかしくなり、それに支配されてしまう。

これまでは、そういう状態をちらりと垣間見《かいまみ》ただけだった。でも、今日ははっきりと感じる。

意識がすぐさま肉体と戦いはじめる。でも、楽な戦いではない。喜びを感じることはできない。だから、喜びの記憶にすがるしかない。ここにいるのは一日だけだという事実にすがろうとする。一日だけ、なんとか切り抜ければいいのだと。

もう一度眠ろうとする。だが、肉体がそうさせてくれない。肉体は完全に目覚め、自分がなにをほっしてるのかもわかってる。

どうすればいいかは、わかってる。状況は、まったくわかってないのに。薬物がらみは初めてだけど、肉体と自分が相反する経験はしたことがある。そのとき、宿主は病気だった。重い病気で、その日を生き抜くのがせいいっぱいだった。最初は、一日でなにかできることがあるんじゃないかと思った。少しでも状況をよくするようなことができるんじゃないかって。でも、すぐに自分の限界を知ることになった。肉体は一日では変わらない。特に、肉体の本当の持ち主じゃないときに、変えるなんて不可能なのだ。

この部屋から出たくない。部屋を出れば、なにがあっても、だれがいても、おかしくない。必死でなにか役に立ちそうなものを探す。古ぼけた本棚がひとつあって、古い文庫本のシリーズが並んでいる。あれなら、自分を救ってくれるかもしれない。古い推理小説を一冊開いて、最初の一行に集中しようとする。**バージニア州のマナサス市に闇が訪れた……**

からだは読みたがらない。有刺鉄線を巻きつけられて、電気を通されたみたいだ。からだは、この苦しみから逃れる方法はひとつしかないと、告げてくる。苦しみを終わらせ、気分がよくなる方法はひとつしかない、と。言うことを聞かなければ、からだに殺される。からだは悲鳴をあげている。独自の論理を主張してくる。

次の行を読む。

ドアに鍵をかける。

三行目を読む。

からだは反撃してくる。

手が震える。

視界がぼやける。

これに抵抗できる力が自分にあるだろうか。

リアノンはここはちがう世界にいると、自分に言い聞かせようとする。無意味な人生なんかじゃないと、言い聞かせる。からだは、反対のことをさけんでいても。

からだは自分の言い分を通すために、宿主の記憶を消去している。アクセスできるものはほとんどない。自分自身の記憶に頼るしかない。宿主からは切り離されている記憶に。

切り離したままにしなければ。

次の行を読む。それから、また次の行。物語なんてどうでもいい。言葉から言葉へ、移動していく。からだと戦い、言葉から言葉へ。

うまくいかない。便意がこみあげ、吐き気が襲う。最初は通常の形で。だがじきに、口から排便し、反対側から吐きたくなる。なにもかもがぐちゃぐちゃになる。壁に爪を立てたい。さけびたい。自分のことを殴りたい。くりかえし、何度も。

自分の意識に肉体があるところを想像する。そして、からだをコントロールできると、思いこもうとする。自分の意識がからだを押さえつけているところを、思い描く。

次の行を読む。

そして、その次の行を。


ドアをたたく音がする。本を読んでいるんだと、どなりかえす。

そしたら、ほっといてくれた。

連中がほしがっているものは、部屋にはないらしい。

こっちがほしいものは、部屋の外にあるってことだ。

部屋を出てはいけない。

このからだを部屋から出してはいけない。

リアノンが歩いてくるところを想像する。となりにすわるところを思い浮かべる。目が合うところを思う。

それから、リアノンがジャスティンの車に乗るところが浮ぶ。空想が止まる。

からだに侵食されはじめる。怒りを感じはじめる。自分がここにいることへの怒り。こんな人生を送っていることへの怒り。できないことがあまりにもたくさんあることへの怒り。

自分に対する怒りが。

そんな怒り、忘れたくないか？　からだが聞いてくる。

せいいっぱい、からだから遠ざかる。

そのからだの中にいるのに。


トイレにいかなきゃならない。もうがまんできない。

しかたなく、ペットボトルの中に用を足した。ションベンがそこいらじゅうに飛びちる。

でも、部屋を出るよりはましだ。

部屋を出たら最後、このからだがほしいものを手に入れるのを止めることはできない。


九十ページまで読んだ。内容はなにひとつ、覚えていない。

ひと言ずつ、進む。


戦いのせいで、からだが疲労してきた。

戦いに勝ちつつある。


肉体を精神の器だと考えるのは、まちがっている。肉体は精神や、ときによっては魂と同じくらい能動的なのだ。肉体に主導権を与えると、そのぶん人生はきつくなる。宿主が拒食症や過食症だったことがある。嘔吐《おうと》をくりかえしたり、なにかの中毒だったり。そうした宿主はみんな、そうすることによって人生がより望ましいものになると思ってる。でも最後には結局、肉体に破滅させられてしまうのだ。

せめて、自分が中にいるあいだは、破滅をもたらしたくない。

日がくれるまで、やり通した。二百六十五ページまでいった。汚らしい毛布の下で、がたがた震えて。もはや、部屋の温度のせいか、自分のせいかもわからない。

もう少しだ。自分に言い聞かせる。

ここから抜け出す方法はひとつしかないぞ。からだがささやく。

もうこの時点では、その方法がドラッグなのか死なのかさえ、わからなかった。

からだは、どっちだってかまいやしなかっただろう。この時点では。

ついに、からだは眠りたがった。

だから、眠らせた。

5999日目

意識は消耗しきっていた。でも、ネイサン・ダルドリーのほうは、ひと晩ぐっすり眠ったようだった。

ネイサンはいい子だった。部屋はきちんと片づいている。まだ土曜の朝なのに、週末の宿題もすませてある。一日をむだにしたくないから、八時に目覚ましをかけていた。前の日は、十時にはベッドに入ってたんだろう。

ネイサンのパソコンを開けて、自分のアカウントをチェックする。そして、ここ数日のかんたんなメモを書く。こうしておけば、忘れない。それから、ジャスティンのメールにログインして、今夜、スティーブ・メイソンの家でパーティがあるのを知った。スティーブの住所は、グーグルですぐにわかった。ネイサンの家とスティーブの家の距離を調べる。車でたった九十分。

どうやらネイサンは、今夜、パーティにいくことになりそうだ。

まずは、ネイサンの両親を説得しなきゃならない。

自分のメールにもどって、リアノンと過ごした日のメモを読みかえしていると、ネイサンの母親が入ってきた。すばやく画面を閉じ、今日はパソコンは使わない日でしょと言われたから、すなおに言うことを聞いた。そして、朝食におりていった。

すぐに、ネイサンの両親はとてもいい人たちで、「いい人」であることが脅かされたり、試されたりする事態はごめんだと考えているのがはっきりわかった。

「車を借りていい？　今夜、学校でミュージカルがあるから、観にいきたいんだ」

「宿題はやったの？」

うなずく。

「お手伝いは？」

「ちゃんとやるよ」

「十二時までには帰るわね？」

うなずく。真夜中までに帰らなかったら、このからだから引き離されちゃうからね、とは言わなかった。むこうも、まあ、じゃあ安心ね、とは言わないだろうし。

両親が今夜、車を使う予定がないことはわかっていた。二人とも、社交生活っていうものに意味を見出さないタイプだからだ。代わりにテレビがあるってわけ。

そのあとは、ほとんど家事を手伝って過ごした。それが終わり、家族で夕食をとると、ようやく出かけられることになった。

パーティは七時に始まる予定だったから、九時まで待つのがいいだろう。そうすれば、人も増えて、目立たずにすむ。いってみて、十人前後のパーティだとわかったら、引きかえせばいい。でも、ジャスティンがいくようなパーティで、それはなさそうだ。

ネイサンがいくようなパーティは、ボードゲームとドクターペッパーって気がする。そう思って、運転しながらネイサンの記憶にアクセスしてみる。わりと本気で信じてるんだけど、どんな人間でも、そう、若くてもそうじゃなくても、少なくともひとつは、人に聞かせたくなるようないい思い出があると思う。でも、ネイサンのはなかなか見つからない。結局、ネイサンの人生で、これまで感情がふるえた経験はひとつしか見つけられなかった。九歳のとき、飼い犬のエイプリルが死んだこと。それ以来、ネイサンは特に心をかき乱されることもなく、暮らしてきたらしい。記憶の大半は、宿題に関することだ。友だちはいるけど、学校以外ではほとんど遊んでない。リトルリーグの時代が終わると、スポーツもやめてしまった。わかるかぎりでは、ビールより強い飲み物には口をつけたことはなくて、父の日のバーベキューでおじさんにさんざん勧められたときですら、断っていた。

ふだんなら、こうしたことを指標にする。ふだんなら、宿主の安全圏からはみ出さないようにする。

でも、今日は無理だ。もう一度リアノンに会えるチャンスがあるから。

昨日のことを思い出す。あの闇を通り抜けられたのは、ある意味でリアノンの存在と関係してる気がする。だれかを愛すると、その相手が自分の動機になるように。逆ってこともある。

リアノンに恋したのは、動機が必要だったからかもしれない。でも、そうは思わない。リアノンに出会っていなかったら、なにも気づかずにこれまでの生活を続けてただろうから。

一日だけ宿主の人生を乗っ取るくらい、かまわない。宿主の指標からはみだしたって、いい。たとえ、危険があるとしても。


スティーブ・メイソンの家に着いた。でも、ジャスティンの車は見当たらない。それを言うなら、家の前に車は数台しかなかった。待ってようすを見ることにする。しばらくすると、人が集まりはじめた。仮にもリアノンの学校で一日半過ごしたのに、だれひとり見覚えがない。

九時半をすぎてようやく、ジャスティンの車がやってきた。リアノンもいっしょにいる。期待どおりだ。少し前をいくジャスティンをリアノンが一歩遅れる感じで、家に入っていく。車をおり、二人のあとについて中に入った。

入り口に受付みたいな子が立ってるんじゃないかって心配だったけど、パーティはすでによくあるカオス状態に突入していた。早くからきてた子たちはとっくに泥酔状態で、ほかの子たちも猛スピードでそれに追いつきつつある。自分が浮いてるのはわかってた。ネイサンの服は、土曜の夜のハウスパーティっていうより、弁論大会用って感じだ。でも、だれもたいして気にしてなかった。自分や仲間のことで頭がいっぱいで、どこからともなくまぎれこんだオタクのことなんて眼中にないのだ。

照明は薄暗く、音楽が爆音でかかってる。リアノンはなかなか見つからない。でも、リアノンと同じ場所にいるってだけで、神経が高ぶる。

ジャスティンはキッチンで、仲間としゃべっていた。自分のテリトリーにいるせいかくつろいで見える。ビールをひと缶飲み干し、すぐさま二缶目を取ったところだ。

ジャスティンを押しのけ、人をかき分けながらリビングを抜けていくと、書斎に出た。部屋に一歩入ったとたん、彼女がいるのがわかった。ラップトップにつながれたスピーカーから音楽が爆音で流れているのに、リアノンはCDが並べられたところに立って、ケースをひとつひとつ見ている。近くで女の子が二人しゃべってる。最初はリアノンもいっしょにしゃべってたけど、抜けることにしたんじゃないかって気がする。

そっちへいって、リアノンが眺めているCDを見る。二人でドライブしたときに聴いた曲のCDだった。

「そのアルバム、すごく好きなんだ」そう言って、リアノンが持ってるCDを指さした。「きみも？」

リアノンはひどく驚いた顔をした。まるで、しんと静まりかえった部屋で、いきなり大声で話しかけられたみたいに。**どこにいてもきみのことは気づく。**そう、言いたかった。**だれも気づかなくても、ぜったいに見逃さない。**

「うん、わたしも好き」

車の中で聴いた曲を口ずさんでみせた。「特にこの曲が好きなんだ」

「えっと、初対面だっけ？」

「ネイサンっていうんだ」彼女の質問には答えずに、言う。

「リアノンよ」

「きれいな名前だね」

「ありがとう。前は嫌いだったんだけど、今はそうでもないかな」

「どうして?」

「ただスペルがめんどくさいからってだけの理由」それから、ネイサンの顔をしげしげと見た。

「オクタヴィアン校の生徒?」

「ううん。週末にこっちにきただけ。いとこのところに」

「いとこって?」

「スティーブ」

危険なうそだ。どれがスティーブかも知らないし、情報にアクセスもできない。

「ああ、そういうこと」

リアノンはなにげなく離れていこうとした。やっぱり、となりでしゃべってる女の子たちからもそうやって離れたんだろう。

「でも、あいつのことは好きじゃないんだ」

これは、リアノンの注意をひいた。

「あいつの女の子への態度が嫌いなんだよ。こういうパーティをやれば、友だちを手なずけられるって思ってるところも。ほしいものがあるときしか、話しかけてこないところとか、人を愛することができなそうなところも」

言いながら、自分がスティーブじゃなくて、ジャスティンのことを言ってるのに気づく。

「じゃあ、どうしてきたの？」リアノンがたずねた。

「バラバラになるところを見たいから。警察にパーティがつぶされるところを——てか、こんなでかい音出してちゃ、そうなるに決まってると思うけど——この目で見ておきたいと思ってさ。もちろん、自分は捕まらないところから、ってことだけど」

「おまけに、スティーブはステファニーを愛することはできないって言うわけね。あの二人は一年以上、付き合ってるのよ」

心の中でステファニーとスティーブに謝りながら、言う。「だからって、意味ないだろ？つまり、一年以上付き合ってるのは、相手を好きだからって考えもあるかもしれない……でも、単にがんじがらめになってるのかもしれない」

言ってから、言いすぎたと思った。リアノンが本気で聞いてるのは感じるけど、どう解釈するかはわからない。しゃべってる声と、実際相手に届く声は、ちがう。しゃべってる本人は、からだの内側から聞こえる声も聴いてるから。

ようやくリアノンは口を開いた。「それって、なにかの経験から言ってる？」

ネイサンが経験からこんなことを言うなんて、笑える。高校に入ってから一度も女の子と出かけたことがないのに。でも、リアノンはネイサンのことなんて知らないし、ってことはつまり、こっちもネイサンじゃなく、自分らしくふるまえる。かといって、やっぱり経験から言ってるわけじゃない。観察を重ねた経験から言ってるとは言えるけど。

「関係を続ける理由はたくさんある。ひとりになるのがこわいとか、人生の計画がめちゃめちゃになるとか。いろいろ不満があっても、やめればもっとよくなる保証なんてないし、だから現状で満足することにする、とか。じゃなきゃ、もっと単純に、よくなるはずだって根拠もなく思いこんでるだけってこともあるかもしれない。本当は、彼は変わらないってわかってるのに」

「彼？」

「そう」

「そういうことなのね」

最初、なにが「そういうこと」なのかわからなかった。っていうのも、完全にリアノンの話をしていたからだ。それから、「彼」っていう代名詞から、リアノンがどういう結論を導き出したのかに思い当たった。

「問題ないよね？」ネイサンはゲイってことにしたほうが、リアノンの警戒心を解くかもしれない。

「もちろん」

「きみは？　だれかと付き合ってる？」

「まあね」そして、さりげなく付け加えた。「一年ちょっと」

「じゃあ、どうしてまだ付き合ってるの？　ひとりになるのが嫌だから？　妥協の産物？　彼が変わるっていう根拠のない思いこみ？」

「正解。つぎのも正解。最後のも正解」

「じゃあ……」

「でも、彼って信じられないくらいやさしいときもあるの。心の奥底ではわたしのこと、すごく想ってくれてるって、わかるの」

「心の奥底では？　それって妥協っぽく聞こえるけどな。相手を愛するのに、心の奥底まで潜ってく必要はないよ」

「もうこの話はやめましょ、ね？　パーティのときに話すようなことじゃないわ。さっき歌ってくれたときのほうが、よかった」

リアノンをあのときへ引きもどしたくて、ドライブのときに聴いた別の曲を歌おうとしたとき、うしろからジャスティンの声がした。「こいつはだれだよ？」キッチンで見かけたときはくつろいでたとしても、今はいらついていた。

「大丈夫。彼はゲイだから」リアノンが言った。

「だろうな。こいつの服を見りゃ、わかるよ。ここでなにしてんだ？」

「ネイサン、彼がジャスティン。わたしの彼氏。ジャスティン、ネイサンよ」

よろしく、って言ったけど、ジャスティンはあいさつを返さなかった。

「ステファニーを見かけたか？」ジャスティンはリアノンに聞いた。「スティーブが探してんだ。また揉《も》めたらしい」

「地下室にいったのかも」

「それはない。地下室ではみんな、踊ってっから」

リアノンがそれを聞いてうれしそうな顔をしたのが、わかった。

「下にいって、踊らない？」リアノンはジャスティンを誘った。

「冗談だろ！　おれは踊りにきたんじゃない。飲みにきたんだ」

「うん、そうだよね」リアノンは言ったけど、ジャスティンにっていうより、ネイサンへのフォローで言ったって気がした。「じゃあ、ネイサンと踊ってきていい？」

「ほんとにゲイなんだろうな？」

「証拠がほしいなら、ミュージカル曲を歌ってやろうか？」横から言ってみた。

ジャスティンが背中をたたいた。「やめろ、歌うな。踊ってこい」

こうして、堂々とリアノンのあとについて、スティーブ・メイソンのうちの地下室にいけることになった。階段をおりようとすると、足元から低音が響いてきた。上でかかってる曲とはちがう。ビートと振動が押しよせてくる。赤いライトが数個ついてるだけで、かろうじて見える人の輪郭が溶け合っている。

「スティーブ！」リアノンがさけんだ。「スティーブのいとこ、いい人ね！」

スティーブにちがいない男がリアノンを見て、うなずいた。聞こえなかったか、酔ってるか、どっちかはわからない。

「ステファニーを見たか？」スティーブがどなった。

「見てない！」リアノンがさけびかえす。

それから、二人で踊ってる子たちの中に入っていった。悲しいのは、ダンスの経験に関しては、ネイサンとたいして変わらないってこと。音楽に没頭しようとしたけど、うまくいかない。代わりにリアノンのことだけを考えた。自分を完全に彼女に明けわたす。彼女の影になり、片割れになり、からだで交わす会話の相手になる。彼女が動くのに合わせ、からだを動かす。彼女の背中に触れ、腰に触れる。彼女がからだを寄せる。

リアノンに没頭することによって、リアノンを手に入れる。からだの会話がスムーズになる。二人でリズムを見つけ、それに乗る。気がつくと、いっしょに歌っていた。リアノンにむかって歌う。リアノンも楽しんでる。また、海のときのリアノンになってる。リラックスしてる。自分も、あのときの自分になる。リアノンしか目に入らない。

「なかなかじゃない！」音楽に負けないようにリアノンがさけぶ。

「そっちこそ、最高だよ！」さけびかえす。

ジャスティンはおりてこないだろう。スティーブ・メイソンのゲイのいとこといっしょなら安心ってわけだ。こっちも安心だ。この瞬間をじゃましてくるやつはいないとわかってるから。曲と曲がぶつかり、ひとつの長い曲になる。ひとりのシンガーが歌い終わると、別のシンガーが引き継ぎ、途切れることなく曲が流れる。音のウェーブに背中を押され、色とりどりの渦に包みこまれる。おたがいを見つめ、この広がりを見つめる。天井もない。壁もない。みんなの興奮がただただ広がり、二人はほんの小さな動きだけで、ときに足さえ床から離さずに、その広大な場所を駆け抜ける。そうやって、何時間にも思えるし、まったく時間がすぎていないようにも思えるあいだ、踊りつづける。でも、ついに、音楽がやみ、だれかが電気をつけて、パーティは終わりだと言った。近所から苦情が出て、警察がくるらしい。

がっかりした。リアノンも同じくらいがっかりしたように見えた。

「ジャスティンを探さなきゃ。大丈夫？」

大丈夫じゃないって言いたかった。**次にどこにいこうと、きみがいっしょにきてくれるようにならなきゃ、大丈夫じゃない。**

メアドを聞くと、リアノンが片方の眉をあげたので、大丈夫、まだゲイだから、と言う。

「それは残念」リアノンも言う。もっとなにか言ってほしい。でも、リアノンがメアドをくれたので、偽のメアドを教えた。帰ったら、即行でこのメアドのアカウントを作らないと。

みんなが引きあげはじめた。遠くのほうからサイレンが聞こえる。あれじゃ、近所じゅうが目を覚ます。結局、パーティと同じだ。リアノンに、酔ってるジャスティンの代わりに運転すると約束させる。そのあとはもう、リアノンがジャスティンを探しにいくのを見送り、自分もネイサンの車まで走っていく。リアノンたちのことは見かけなかった。時間が遅いのはわかってた。でも、エンジンをかけて、時計を見るまで、ここまで遅いとは思っていなかった。

十一時十五分。

十二時までにネイサンの家まで帰るのは不可能だ。

時速一一〇キロ。

時速一三〇キロ。

時速一三五キロ。

全速力でとばす。それでも間に合わない。

十一時五十分になり、車を道路わきに寄せた。目を閉じれば、真夜中になる前に眠れる。これまでの経験から身についた特技だ。数分あれば、たいてい眠れる。ネイサン・ダルドリーには気の毒だけど。明日、自宅から一時間離れた高速道路で目を覚ますことになるんだから。どんなにビビるかは想像するしかない。

ネイサンをこんな目に遭わせるなんて、ひどい。

でも、仕方なかった。

6000日目

ロジャー・ウィルソンが教会へいく時間だ。

急いでロジャーの晴れ着に着がえる。前の晩に、本人か母親がちゃんと出しておいたぶんだ。

それから、下へおりていって、母親と三人の妹と朝食をとる。父親の姿は見えない。アクセスしてすぐに、父親は、いちばん下の妹が生まれた直後に出ていったことを知る。それ以来、ロジャーのお母さんは苦労の連続だった。

家にはパソコンが一台しかなかった。ロジャーのお母さんが妹たちに出かける支度をさせるのを待って、そのすきに、急いで立ちあげて、昨日の夜、リアノンに教えたメアドのアカウントを作った。あとは、それより前にリアノンがメールを送ろうとしてないことを祈るだけだ。

ロジャーの名前が呼ばれている。教会へいく時間だ。サインオフして、履歴を消し、妹たちと車に乗りこむ。全員の名前をちゃんと覚えるのに、数分かかった。パムは十一歳、レイシーは十歳、ジェニーは八歳。教会へいくのを喜んでるのは、ジェニーだけだ。

教会に着くと、日曜学校へいく妹たちを見送って、ロジャーのお母さんと集会に参加した。バプテスト派の礼拝のようなので、これまで受けたことのある宗派の礼拝とのちがいを覚えようとする。

これまでいろいろな礼拝に出てきたけど、そのたびに、宗教っていうのはどれも似たり寄ったりだという確信が深まる。もちろん、本人たちは認めないだろうけど。信条はたいてい同じ。ちがうのは、歴史だけ。だれもが、人知を超えた存在を信じたがってる。だれもが、自分よりも大きなものに所属したがっている。そしてだれもが、そのための仲間をほしがっている。この世に善き力が存在することを願い、その力の一部になるための動機を求めている。儀式や信仰心を通して、信じる心や所属を証明したいと思っている。広がりに触れたいと思っているのだ。

事態を複雑にしたり、争いになったりする原因は、細かいちがいにすぎない。宗教や性別や人種や出身地がどうであろうと、九八パーセントはみんな同じだ、ということに気づけないのだ。たしかに、男女のちがいは生物学的なものだけど、パーセンテージで見れば、ちがうところのほうが圧倒的に少ない。人種は社会構造としてのちがいにすぎず、遺伝的なものではない。そして宗教は、キリスト教の神を信じていようが、ユダヤ教のヤハウェだろうが、イスラム教のアラーだろうが、ほかの存在だろうが、おそらくは同じものを求めているのだ。なのに、なぜか、人間はたった二パーセントのちがいに重きを置きたがり、世界のほとんどの紛争は、そのせいで起きている。

自分がこの旅人のような人生を生き抜いてこられたのも、ひとえに、九八パーセントの共通点のおかげなのに。

そんなことを考えながら、日曜日の朝の儀式をやり過ごす。ロジャーのお母さんのほうをちらちらと見る。肩にのしかかる負担で疲れ切ってる。神を信じるのと同じくらい深くロジャーのお母さんを崇拝する。次々と試練を投げかけられても耐える人間の強さを、尊ぶ。同じものを、リアノンの中にも見ているのかもしれない。がんばり通したいという思いを。

教会のあと、日曜日の食事をしにロジャーのお祖母《ばあ》さんの家へいった。お祖母さんの家にもパソコンはなかった。車で三時間の距離じゃなくたって、どっちにしろ、今日はリアノンのところへいくすべはない。だから、今日は休日だと思うことにして、妹たちとゲームをし、家族のみんなと手を取り合って祈りを唱えた。

一度だけ、もめ事が起こったのは、帰りの車の中だった。うしろの座席で、妹たちがけんかを始めたのだ。姉妹なんだから、九九パーセントは同じだと考えればいいのに。でも、彼女たちにそれを認める気はなさそうだった。しかも、けんかの原因というのが、どんなペットを飼うか、ときてる。これまで見てきたかぎりでは、お母さんが、近い将来、ペットを飼う可能性について口にしたとは思えない。口げんかのための口げんかってやつだ。

家に着いても、パソコンを使っていいか聞くタイミングを見計らう必要があった。パソコンはだれでも見られる場所にあるから、ほかのみんなが別の部屋にいるときに、メールをチェックするしかない。妹たちが走り回ってるあいだ、ロジャーの部屋で週末の宿題をできるところまでやった。ロジャーの寝る時間が妹たちより遅いことに賭けるしかなかったが、その賭けは正しかった。日曜の夕食がすむと、妹たちはパソコンがある部屋でテレビを見はじめた。でも、一時間後、ロジャーのお母さんが寝るしたくをするように声をかけた。妹たちはぶうぶう文句を言ったけど、お母さんは聞く耳を持たなかった。こういうのは一種の儀式みたいなもので、かならず母親が勝つと決まっている。
ロジャーのお母さんが妹たちを着がえさせて、明日の服を用意するように言っている数分のあいだに、すかさず朝作ったメールアカウントをチェックする。リアノンからのメールはなかった。ここでちょっとくらい積極的になったところで問題はないだろう。リアノンのアドレスを打ちこんで、あれこれためらう前にメールを書きはじめた。

リアノンへ
昨日の夜は、きみに会えてよかった。いっしょに踊れて、楽しかったよ。警察のせいで帰らなきゃならなくて、残念だった。ジェンダー的にはぼくのタイプじゃないわけだけど、人としては、すごくタイプだ。これからもたまに連絡しない？
N

これなら、大丈夫だろう。そこそこ気は利いてるけど、自分に酔ってるってほどじゃないし、誠実だけど、押しつけがましくはない。たった数行を、少なくとも十回は読み直してから、送信ボタンを押した。言葉を送り出してしまった。どんな返信がくるだろう？　そもそも返信がくるだろうか。

妹たちの寝る前の儀式は、まだ時間がかかりそうだ。寝る前に読んでいる本がどこまで進んでたかで、口げんかをしてる。なので、自分のアカウントをチェックすることにした。いつもの手慣れた作業だ。ワンクリックで、メールがずらずらと並んだ受信箱が表示される。でも今回は、部屋に入ったとたん、真ん中で爆弾を見つけたみたいだった。書店からのニュースレターの下に、ネイサン・ダルドリーからのメールが入っていたのだ。件名は「警告」。

おまえがだれかも、何者かも知らないし、昨日、ぼくになにをしたのかもわからない。でも、このまま逃げられると思ったら、大まちがいだ。ぼくに乗り移って、ぼくの人生をめちゃめちゃにするようなことは、ぜったいにさせない。このまま黙ってると思うなよ。なにがあったかわかってるし、おまえが関わってることもわかってる。ぼくに手を出すな。ぼくはおまえの宿主じゃない。


「どうしたの?」

ふりかえると、ロジャーのお母さんが部屋の入り口に立っていた。

「なんでもない」そう言って、からだで画面を隠す。

「なら、いいけど。あと十分で終わらせてね。食洗機の食器の片づけを手伝ったら、寝なさい。明日からまた長い一週間が始まるから」

「わかった。あと十分でいく」

メールのほうにむき直る。なんて返事をしたらいいのか、そもそも返事をすべきなのか、わからない。そういえば、パソコンを操作しているとき、ネイサンの母親にじゃまされたのをぼんやりと思い出す。あのとき、履歴を消さずに画面を閉じてしまったにちがいない。だから、ネイサンが自分のメールを見ようとしたとき、このアドレスが表示されてしまったんだ。でも、ネイサンもパスワードまでは知らないから、アカウント自体は安全なはずだ。でも、念のため、パスワードを変えて、これまでのメールをすべて移動させなければならない。早急に。

このまま黙ってると思うなよ。

どういう意味だ？

十分じゃ、古いメールをすべて転送するのは無理だ。でも、少しだけでもと、作業を始めた。

「ロジャー！」

ロジャーのお母さんが呼んでいる。もういくしかない。でも、履歴を消して、電源を落とすあいだも、次々といろんな考えが浮かんでくる。ネイサンが道路わきで目を覚ましたときのことを考える。どう思ったか、想像しようとする。でも、正直言って、わからない。自分がドジを踏んだと思った？　それともすぐに、なにかおかしいと気づいた？　だれかに意識を奪われたって？　それで、パソコンを開いて、このメールアドレスを見たときに、確信したのか？

相手はどんな人間だと思ってるんだろう？

そもそも人間だと思ってる？

キッチンへいくと、ロジャーのお母さんがまた心配そうな顔をむけてきた。ロジャーとお母さんは仲がいいのが、伝わってくる。お母さんは息子の気持ちを察することができるんだろう。何年ものあいだ、こうやって支え合ってきたんだ。ロジャーが妹たちを育てるのを手伝って。それに、ロジャーはお母さんに育ててもらったんだから。

本当のロジャーなら、お母さんにすべて打ち明ければいい。本物のロジャーの言うことなら、どんなに信じられないような話でも、お母さんは味方してくれるはずだ。全身全霊で。無条件に。

でも、実際は彼女の息子じゃないし、それを言うなら、だれの息子でもない。だから今日、なにを悩んでいるか、話すことはできない。明日のロジャーとは、関係ないことだから。だから、お母さんの不安を無視して、なんでもないよと答え、食洗機の食器を片づけはじめた。無言の連帯感をもって作業する。終わると、眠気が襲ってきた。

でも、しばらく寝つけなかった。ベッドに横たわり、じっと天井を見つめる。皮肉って言えば皮肉だ。毎朝、別のからだで目が覚めるのに、ある意味でこれまでずっと、自分に主導権があるように思ってたんだから。

でも、今はそう思えなかった。

ほかの人間が関わってきたから。

6001日目

次の朝は、ますますリアノンから離れていた。リアノンの町まで四時間、宿主はマーガレット・ワイス。ありがたいことにマーガレットはラップトップを持っていたので、学校にいく前にメールをチェックできた。リアノンからのメールが待っていた。


ネイサン！

メールをくれてよかった。実は、メアドを書いた紙をなくしちゃったの。いっしょにしゃべったり踊ったりできて、わたしも楽しかった。警察のせいでお開きになるなんて！わたしもネイサンのことタイプよ、人としてね。ネイサンが一年以上続く関係を信じてないとしても（まちがってるとは言ってないわよ。判定はこれから）。

自分がこんなことを言うなんて思ってもみなかったけど、スティーブがまた近いうちにパーティを開いてくれないかと思ってるの。じゃないと、ネイサンも目撃者になれないでしょ。

じゃあね。

愛をこめて　リアノン

リアノンがこれを書きながらほほえんでるようすが浮かんできて、思わずほおがゆるむ。それから、もうひとつのアカウントを開くと、またネイサンからメールがきていた。

警察にこのメールアドレスをわたした。逃げられると思うなよ。

警察？
すぐさまネイサンの名前を検索する。ニュース記事がヒットする。今日の日付だ。

悪魔のしわざか？
違法駐車の少年、悪魔にからだを乗っ取られたと主張
日曜の早朝、警察は、23号線の路肩に停車中の車で眠っているネイサン・ダルドリー（16歳・アーデン通り22番地在住）を発見した。ダルドリー少年の口から飛びだしたのは、警官もびっくりの供述だった。こうしたケースでは、若者はたいていアルコール摂取による体調不良

のせいにするが、ダルドリーはそうではなかった。なぜ自分がこんなところにいるかわからないと言い、悪魔にからだを乗っ取られたせいだと主張したのだ。

「夢遊病にかかったようでした」ダルドリーは裁判所の職員に語った。「まる一日、悪魔はぼくのからだを操っていたんです。両親にうそをつかせ、いったこともない町のパーティまで車を運転させました。細かいところは記憶にないんです。わかっているのは、あれはぼくじゃなかったってことだけです」

ますます謎めいているのは、ダルドリーいわく、家に帰ると、パソコンに赤の他人のメールが表示されたことだ。

「あのときのぼくは、ぼくじゃなかった」ダルドリーは言っている。

州警察のランス・ヒューストン巡査は、アルコール摂取の兆候もなく、車も盗難車ではなかったことから、ダルドリーが起訴されることはないという。

「ダルドリーにあんなうそをつく必要がないのはたしかだ。わたしには、彼は違法行為はしていないということしか言えない」

しかし、ダルドリーはそれだけでは不満なようだ。

「ほかに同じような経験をしたことがある人がいたら、名乗り出てほしい。ぼくだけのはずがない」

地方紙のウェブサイトだし、そこまで心配するほどのことじゃない。それに、警察も事件性があるとは考えていないようだ。そう思っても、やはり不安だった。これまで生きてきて、こんなことをされたのは初めてだ。

どうしてこうなったのかは、想像がつかないわけじゃない。ネイサンは、警官に車の窓をたたかれて目を覚ました。赤と青のサイレンの光が闇を照らしていたかもしれない。ネイサンはすぐさま、事情を理解した。真夜中もとっくにすぎている。両親に殺される。服からはタバコとアルコールのにおいがぷんぷんしてるし、自分が酒を飲んでるか、ラリってるのかも思い出せない。頭の中は真っ白だ。目を覚ました夢遊病者みたいに。ただ……ネイサンは、自分とは別の存在を感じとった。自分自身じゃなかったときの記憶があった。警官に事情をたずねられても、わかりませんと答えた。どこにいっていたのかきかれても、わかりませんと答えるしかない。警官はネイサンを車からおろして、アルコール検出器にかけた。まったくのしらふだ。それでも、警官が質問しつづけたので、ネイサンは本当のことを話すしかなかった――からだを乗っ取られたって。からだを乗っ取るような存在は、悪魔しか思いつかないから、こういう話になったんだろう。ネイサンは優等生だ。みんなが味方してくれるってわかってる。自分の話を信じるって。

警官のほうは、ネイサンを無事に家に帰したいだけだっただろう。両親に連絡したあと、家まで付き添ったかもしれない。ネイサンが帰ると、両親は起きていた。かんかんになって、心配して。ネイサンはさっきの話をくりかえす。両親はなにを信じていいか、わからない。一方、記者が、警官が無線で事件のことを話しているのを聞きつける。もしくは、警察署で事件の報告を聞いたのかもしれない。十代の少年がこっそりパーティへいって、悪魔のせいにしたって。日曜日に記者はダルドリー家に電話する。ネイサンは話すことにする。そうすれば、もっと本当らしくなるから。

うしろめたい気もしたし、こっちは悪くないって気もした。ネイサンをあんな目に遭わせたことに関してはうしろめたい。でも、こんな騒ぎになったのは、ネイサンの責任だ。本人にとって、ますます面倒なことになるだけなのに。

万が一の可能性で、ネイサンの説得がうまくいって、警察とかにメールをたどられるかもしれない。つまり、もう他人の家からこのアカウントはチェックできない。メールをたどられたら、この二、三年の宿主の家をほとんど突き止められてしまう。そんなことをされたら、わけのわからないやりとりが表に出ることになる。

ネイサンに返事を書いて、説明したいような気もした。でも、どう説明したところで、完全にはわかってもらえないだろう。そもそも自分自身もわかってないことがたくさんあるのに。理由を突き止めるのは、とっくに諦めていた。でも、ネイサンはそうかんたんに諦めない予感がした。

マーガレット・ワイスの彼氏のサムは、マーガレットにキスするのが好きだった。それも、半端なく。人が見てるところでも、二人きりのときでも、おかまいなしだ。機会があるたびに、キスしてくる。

こっちはそんな気分じゃなかった。

だから、マーガレットは風邪をひくことになった。キスの雨はやんだけど、代わりに過保護の嵐が襲ってきた。サムはマーガレットにべた惚《ぼ》れで、愛の甘い泥沼に彼女を引きこんでいた。最近のマーガレットの記憶にアクセスすれば、彼女のほうも同じなのがわかる。サムといっしょにいることがなにより大切で、あとは二の次だ。マーガレットにまだ友だちがいるのが、信じられない。

科学の授業はテストだった。マーガレットの記憶にアクセスすると、科学に関してはマーガレットよりできるのがわかった。今日は、マーガレットのラッキーデーだ。

なんとかして学校のパソコンを使いたいけど、その前にサムをやっかい払いしなきゃならない。唇だけは離すことができたけど、腰はむりそうだ。ランチのときは、サムは食べてるあいだじゅう、マーガレットのお尻のポケットに手を入れていて、マーガレットが同じことをしないと言って拗《す》ね、そのあとの自習時間も、ずっとマーガレットをなでながら、昨日二人で観た映画の話をしていた。

二人がいっしょの授業を取っていないのは、八時間目だけだった。それに賭けるしかない。サムに教室の入り口まで送ってもらうとすぐに、先生のところへいき、保健室にいきたいと言った。そして、まっすぐ図書館へむかった。

最初に、古いアカウントのメールをすべて転送した。残ってるのは、ネイサンからの二通だけだ。削除するのはためらわれた。それに、このアカウント自体も、どうしても削除する気になれない。なぜかわからないけど、ネイサンが連絡を取ってこられるようにしておきたかった。それくらいの責任は感じていた。

それから、リアノンに返事を書こうとして、新しいアカウントを開いておどろいた。リアノンからまたメールがきていたのだ。どきどきしながら、メールを開く。

ネイサン

スティーブにはネイサンっていういいとこはいないし、このあいだのパーティにはいとこなんてきてないって。どういうことか、説明してくれる？

リアノン

悩んだり、ほかに方法がないか考えたりしなかった。すぐに返事を書いて、そのまま送信した。

リアノン

説明はできる。会えないかな？　直接会って話さないとならないようなことなんだ。

ネイサン

本当のことを話そうと思ってたわけじゃない。ただいちばんいいうそを考える時間がほしかった。

終業のベルが鳴った。すぐにサムが探しにくるだろう。サムのロッカーへいくと、サムはまるで数週間ぶりって感じで出迎えた。キスをするときは、リアノンにキスする練習だって思うことにした。でも、キスをすると、リアノンを裏切ってるような気がした。そう、キスしているとき、心ははるか遠くリアノンのもとへ飛んでいた。

6002日目

次の朝、どうやら天が味方してくれた。ミーガン・パウエルのからだで目を覚ますと、リアノンからたった一時間のところだった。

メールをチェックする。リアノンから返事がきていた。

ネイサン
ちゃんと説明してもらったほうがよさそう。五時にクローバー書店のカフェで。
リアノン

返事を書く。

リアノン
カフェにいくよ。ただ、リアノンが思ってるのとはちがうと思う。がまんして付き合って、最後まで話を聞いてほしい。

ミーガン・パウエルは、今日はチアリーディングの練習をちょっと早めに終わらせなければならない。ミーガンのクローゼットを見て、いちばんリアノンの服に近そうなものを選ぶ。これまでの経験から、人は同じような服装の相手を信用する傾向にあるからだ。今日はとにかく、あらゆる手を尽くして信頼を得なきゃならない。

一日じゅう、リアノンになんて言おうか考えていた。それから、リアノンがなんて言うだろうって。リアノンに本当のことを話すのは、かなりの賭けに思えた。これまでだれにも言ったことはない。言いそうになったことすらない。

でも、今回はどんなうそをついても、どこかつじつまが合わない。うそを考えては却下するのをくりかえしてるうちに、本当のことを話す方向へ気持ちが傾いているのに気づいた。このままじゃ、本物の人生にはならないことがわかりはじめていた。本物だとわかってくれる人がいないかぎり。自分の人生を本物にしたい。

自分だってこの人生に慣れたんだ。ほかの人間だって、慣れることができる……かも？ リアノンが信頼してくれたら、もし自分が感じているような広がりを感じてくれれば、このことも信じてくれるはず。

もし信じなかったとしても、そう、リアノンのほうはこの広がりを感じてなかったとしても、リアノンにとっては、またひとり、頭のおかしい人間が現われたってだけだ。

そうなっても、失うものはたいしてない。

もちろん、すべてを失ったように感じるだろうけど。


病院の予約をでっちあげ、四時にリアノンの町へむかって出発した。渋滞や、ちょっと迷ったこともあって、本屋に着いたときは待ち合わせ時間を十分すぎていた。カフェの窓からのぞくと、リアノンがすわって、雑誌をめくっている。ときどき顔をあげては、入り口のほうを見ている。彼女をそのままで止めたかった。この瞬間に閉じこめてしまいたい。これからすべてが変わろうとしている。いつか、打ち明ける前のこの瞬間が懐かしくなるかもしれない。時間をさかのぼって、これから起こることをすべてなかったことにしたくなるかもしれない。そう思うと、こわい。

もちろん、リアノンが待っているのはミーガンじゃなかったから、リアノンのところへいって、テーブルにすわると、ちょっと驚かれた。

「ごめんなさい、そこ、人がくるんです」リアノンは言った。

「いいの。わたし、ネイサンに言われてきたの」

「ネイサンに？　ネイサンはどこ？」リアノンは、まるでネイサンが本棚のうしろに隠れてるみたいに店を見まわした。

いっしょになって店を見まわす。近くに何人かすわってるけど、話し声までは聞こえなさそうだ。本当は、リアノンを誘って外へ出たほうがいい。だれもいないところで話したほうがいい。でも、リアノンがいっしょにくるとはかぎらない。外へいこうなんて言ったら、警戒するかもしれない。ここで話すしかない。

「リアノン」リアノンの目を見て、切り出す。そして、また感じる。二人のつながりを。自分たちをはるかに超えたあの気持ちを。わかり合っているという感覚を。

「なに？」リアノンがささやくように聞く。

「大切な話があるの。ものすごくおかしな話に思えると思う。とにかく最後まで聞いてほしい。途中で帰りたくなるかもしれない。笑いたくなるかもしれない。でも、真剣に聞いてほしい。とても信じられない話だっていうのはわかってるけど、本当のことだから。いい？」

今や、リアノンの目には怯《おび》えの色が浮かんでいた。リアノンの手を握りたかったけど、もちろんそんなことはできない。今はまだ。

声を落ち着かせる。真実味を持たせる。

「毎朝、わたしはちがうからだで目覚める。生まれたときからずっとそう。今朝は、今、目の前にすわってる、このミーガン・パウエルとして目が覚めた。三日前の土曜日は、ネイサン・ダルドリーだった。その二日前は、エイミー・トラン。リアノンの学校へいって、一日いっしょに過ごしたでしょ。それで、先週の月曜日はジャスティンだった。リアノンはジャスティンといっしょに海にいったと思ってるだろうけど、本当はわたし。そのとき、わたしたちは初めて出会った。それ以来、あなたのことが忘れられない」

いったん言葉をとぎらせる。

「冗談よね？」リアノンは言う。「冗談に決まってる」

さらに続ける。「砂浜で、リアノンはお母さんといっしょに出た、母と娘のファッションショーの話をしてくれた。お母さんがお化粧をしているのを見たのは、それがたぶん最後だと思うって、言ってたよね。エイミーが、だれにも言ったことのない秘密を話してって頼んだときは、十歳のときにピアスの穴をあけようとした話をしてくれた。エイミーは、ジュディ・ブルームの『キャサリンの愛の日』を読んだって話をしたはず。ネイサンは、CDを見ていたときに、現われた。そして、海へいったときに車の中でジャスティンと歌った曲を口ずさんだでしょ。スティーブのいとこってうそついたけど、本当はリアノンに会いたくて、パーティにいったのよ。ネイサンは、一年以上続いてる関係について話して、リアノンは、ジャスティンは心の奥底ではリアノンのことをすごく大切に思ってるって言った。ネイサンは、心の奥底で思ってるだけなんておかしいって言ったでしょ。なにを言いたいかっていうと、今、言った子たちはぜんぶわたしだったってこと。その日一日だけ。そして今は、ミーガン・パウエルなの。明日、また別の人間になる前に、リアノンに本当のことを話しておきたかった。なぜなら、リアノンのことを、すごくすてきだと思ってるから。別の人間としてリアノンに会いつづけるのは、もういやだから。自分自身として、リアノンに会いたいから」

リアノンの顔に信じられないという表情が浮かぶ。ほんの少しでも信じてもらえる可能性を探そうとするけど、見つけられない。

「ジャスティンにやらされてるの？」リアノンはにがにがしげに言う。「こんなこと、本気で面白いと思ってるわけ？」

「もちろん、面白くなんかない。今してるのは、本当の話。すぐに理解してくれるとは思ってない。どれだけとほうもない話に聞こえるかってことも、わかってる。でも、本当の話だから。誓って本当だから」

「どうしてこんなにひどいことをするの？　初対面なのに！」

「話を聞いて。お願いだから。あの日、いっしょにいたのはジャスティンじゃないって、リアノンだってわかってるはず。心の奥底では、わかってたはず。いつものジャスティンとはちがったでしょ。あの日のジャスティンは、いつもジャスティンがするようなことはしなかったはず。なぜなら、あれはジャスティンじゃなかったから。あんなふうに接するつもりじゃなかった。リアノンのことを好きになるはずじゃなかった。だけど、好きになってしまった。この気持ちを消し去ることはできない。なかったことにはできない。これまでずっとこんなふうに生きてきて、初めてこんな生き方はやめたいと思った。そう思わせたのは、リアノンなのに」

リアノンの顔はまだ恐怖に占領されている。リアノンのからだも。「でも、どうしてわたしなの？　そんなの、おかしい」

「リアノンは最高だから。たまたま話しただけの女の子に学校を案内してあげるくらい、やさしいから。やっぱり窓の反対側の人生にあこがれてて、ただ人生について考えてるだけじゃなくて、人生を生きたいと思ってるから。きれいだから。土曜の夜にスティーブのうちの地下室で踊ったとき、花火が開くような気持ちがしたから。砂浜でとなりに寝ていたとき、完璧なおだやかさを感じたから。リアノンが、ジャスティンに心の奥底では愛されてるって思ってるのは知ってる。でも、こっちは、リアノンのことを、奥底だけじゃなくてまるごとで愛してる」

「もうやめて！」張りあげたリアノンの声がほんの少し、かすれた。「もうやめて。お願い。あなたがなにを言ってるかは、わかったと思うから。まったく筋が通ってないし、めちゃくちゃだけど」

「あの日のジャスティンは、本当はジャスティンじゃなかったってわかってるよね？」

「なにもわからないわよ！」今度の声は、何人かがふりかえるくらい大きかった。リアノンもそれに気づいて、声を低くする。「わからない、本当にわからないのよ」

リアノンはもう少しで泣きそうだった。手を伸ばして、リアノンの手を握りしめる。リアノンはビクッとするけど、手はひっこめない。

「とんでもない話だっていうのはわかってる」リアノンに言う。「信じて。それはわかってるから」

「こんなこと、ありえない」リアノンはささやくようにつぶやく。

「ありえなくない。目の前に証拠があるんだから」

今日の会話のことをいろいろ想像していたときは、可能性は二つあると思っていた。驚くべき新事実と思われるか、激しい嫌悪を引き起こすか。でも今は、どちらでもない、中途半端なところにとらわれていた。リアノンは、今の話が本当だと思っていない。少なくとも、信じられるところまではいっていない。でも、同時に、まだ店を飛びだしていってはいない。だれかが悪趣味な冗談でひっかけようとしてるとは、もう思っていない。

そして、気づいた。リアノンに納得してもらうことはできない。この方法じゃむりだ。ここじゃむりなのだ。

「じゃあ、こういうのはどう？　明日、同じ時間にここでもう一度、会うっていうのは？　からだは別のからだだけど、中身は同じ人間だから。そうしたら、少しは理解しやすくなる？」

リアノンは信じられないようすだった。「でも、そうしたら、ほかのだれかをここへこさせるだけでしょ？」

「そう考えるのはわかる。でも、なんのためにそんなことをするわけ？　これは、悪ふざけなんかじゃない。ジョークでもない。自分にとっては、これが人生なんだから」

「頭がおかしいとしか思えない」

「口で言ってるだけでしょ。本当はそうじゃないって、リアノンもわかってる。頭がおかしいわけじゃないってなんとなく感じてるはず」

今度は、リアノンがこっちの目を見つめる番だった。判断しようとしてる。どんなつながりが見つかるか、たしかめようとしてる。

「名前は？」リアノンが聞いた。

「今日は、ミーガン・パウエル」

「そうじゃなくて。あなたの本当の名前」

はっと息を飲む。今まで、だれにもきかれたことはなかった。もちろん、これまでだれにも言ったことはない。

「A」

「Aだけ？」リアノンが聞く。

「そう。小さかったころに、ふっと浮かんだ。自分をひとつに保つための方法だった。からだから別のからだへ、人生から別の人生へ、移っていっても、なにか混じりけのないものが必要だった。だから、Aの文字を選んだ」

「わたしの名前のこと、どう思う？」

「前に言ったよ。きれいな名前だって。リアノンはむかしスペルがむずかしいと思ってたって言ってたけど」

リアノンが立ちあがった。いっしょに立ちあがる。

リアノンはそのまま動かない。いろんな思いが駆け巡っているのがわかる。だけど、その思いがなにかまではわからない。恋に落ちたからといって、相手がどう思っているか、よくわかるようになるわけじゃない。自分がどう思ってるか、わかるようになるだけだ。

「リアノン」

リアノンはやめてというように片手をあげた。

「もうやめて。今はもうおしまいにして。明日。そう、明日、もう一度チャンスをあげるから。だって、それしか知る方法はないでしょ？　あなたが言ってることが本当だとしたら——一日だけじゃ、とても受け止められない」

「ありがとう」

「お礼を言わないで。わたしが本当にくるまでは。なにがなんだか、わからないのよ」

「とうぜんだと思う」

リアノンはジャケットを着ると、出口のほうへむかいかけた。それから、最後にもう一度ふりかえった。

「さっきのことだけど、たしかにあの日、ジャスティンだっていう気はしなかった。どこかちがう気がしてた。それに、ジャスティンのほうも、あそこにいなかったみたいなのよ。まったく覚えてないの。もちろん、いくらだって説明はつく。そして今日の説明も、そのうちのひとつにはなる」

「これがその説明だから」

リアノンは首をふった。

「じゃ、明日」リアノンに言う。

「明日」リアノンも答える。約束未満、社交辞令以上って口調で。

6003日目

次の朝、起きると、ひとりじゃなかった。部屋にはほかに、男の子が二人いた。ポールとトムだ。ポールは一歳上の兄、トムは双子の弟。自分はジェームズだ。

ジェームズは大きかった。アメフトの選手だ。トムもほとんど同じ体格をしている。ポールはもっとでかい。

部屋は清潔だったけど、ここがどこの町かわかる前から、がらのよくない地域だということはわかった。大家族で、家は小さい。パソコンはないだろう。ジェームズも車は持っていないだろう。

ジェームズとトムを起こして、学校にいかせるのは、ポールの仕事だ。自分でそう決めたのか、だれかに言われたのかは、わからない。父親は、夜勤からまだもどってきていない。母親はすでに仕事場へむかっていた。二人の姉がそろそろ洗面所を使い終わる。そのあとがジェームズたちの番だ。

ジェームズの意識にアクセスして、ネイサンのとなり町にいることがわかった。リアノンの町まで車で一時間以上ある。

今日はきつい日になりそうだ。

学校まで、バスで四十五分かかった。学校に着くと、低所得家庭向けの無料の朝食をもらいにカフェテリアへむかう。ジェームズの食欲はすごかった。パンケーキを次から次へと食べるが、いっこうにお腹《なか》いっぱいにならない。トムも同じペースで食べている。

ついてることに、一時間目は自習だった。そして、ついてないことに、ジェームズにはまだ宿題が残ってた。できるだけ急いでやっつけ、なんとか十分間、パソコンを使う時間を確保する。

リアノンからメールがきていた。送信時間は午前一時になっている。

A
あなたのいうことを信じたいけど、どうやって信じたらいいのか、わからない。
リアノン

返事を書く。

リアノン

方法なんて必要ない。ただ覚悟を決めてくれれば、信じられる。
今日はローレルにいる。車で一時間ちょっとのところだ。宿主は、ジェームズっていう名前のアメフト部の選手。信じられない話なのはわかってる。でも、昨日と同じで、本当なんだ。

愛をこめて　A

まだ時間があったので、もうひとつのアカウントのほうをチェックする。ネイサンからまたメールがきていた。

永遠にぼくの質問を無視することはできないぞ。おまえがだれだか、知りたいんだ。どうしてあんなことをするのか、知りたい。

説明しろ。

今度も、返事はしなかった。説明すべきなのかどうかも、よくわからない。なんらかの責任はあるかもしれない。でも、その責任が説明することなのかどうかは、わからなかった。
なんとかランチタイムまでやり過ごす。本当はすぐさま図書室へいって、パソコンを使いたかったけど、ジェームズは腹を空《す》かせていたし、トムがいっしょだった。それにジェームズの場合、もし今、食いっぱぐれたら、夕飯まで食べるものはなさそうだ。調べてみると、案の定財布には小銭もぜんぶいれて三ドルしかなかった。

無料のランチをもらって、即行で食べた。ちょっと図書室へいってくると言うと、さんざんトムになじられた。「図書室なんて女のいくところだ」本物の兄としてすぐに言いかえす。「だから、おまえには女ができないんだな」結果、プロレス技の掛け合いになる。そんなこんなで、貴重な時間が失われていく。

ようやく図書室にいくと、パソコンはすべてふさがっていた。しかたがないので、十年生を見おろすように横に立つと、二分で十年生はビビって、席をゆずった。公共の交通機関を調べると、リアノンの住んでいる町までいくには、バスを三本乗り継がなければならない。そうするしかないと覚悟を決め、メールをチェックすると、リアノンからメールがきていた。二分前だ。

A
車はある？　もしなかったら、わたしがそっちにいきます。ローレルなら、スタバがあるから。スタバでは犯罪は起こらないらしいし。それでよければ、返事をください。

リアノン

さっそく返事を打つ。

リアノン
きてもらえたら、助かる。ありがとう。
A

二分後、メールがきた。

A
五時にはいけると思う。今日のあなたがどんなだか、早く見たい。
(まだ信じてない)リアノンより

もしかしたらと思うだけで、どうかなりそうだ。リアノンには考える時間があった。その上で、拒否するっていう結論にはいたらなかったってことだ。それだけでもラッキーだ。でも、あまり喜ばないようにしないと、だめだったときがつらくなる。

そのあとは、特になにごともなくすぎていった。けど七時間目に、一瞬どきっとすることがあった。生物のフレンチ先生が宿題をやってこなかった生徒を叱りつけていたときだ。実験の課題を、その生徒はなにもやらずにきていた。

「自分がどうしちゃったのか、わからないんです。悪魔にからだを乗っ取られたのかも！」そのサボり魔は言った。

クラスの子たちはどっと笑った。フレンチ先生すら、困ったもんねというように首をふった。

「そうそう、ぼくも悪魔にからだを乗っ取られたんです」別の生徒が言う。「ビールを七本飲んだあとに！」

「はいはい」フレンチ先生はため息をつくように言った。「そこまでよ」

みんなの言い方でピンときた。ネイサンの話が広まってるにちがいない。


「そういやさ」アメフトの練習にいくとき、トムに聞いてみた。「モンロービルで、悪魔にからだを乗っ取られたとか言ってるやつがいるって話、知ってる？」

「なんだよ。昨日、その話をしたばかりじゃないか。みんな、その話をしてるよ」

「そうだけど、今日、新しい情報とかあったかなと思ってさ」

「新しい情報なんて、ないに決まってんだろ。アホがくだらねえうそのせいでどうしようもなくなったところへ、くだらねえ宗教団体が出てきて、そいつをイメージキャラクターに祭りあげようとしてんだよ。そいつに同情したいくらいだよ」

マズいな、と思った。

アメフトのコーチは奥さんがラマーズ法で出産するからそのクラスにいかなくちゃならないとぐだぐだ言い訳してたけど、つまりはいつもより早く練習を切りあげるってことだった。トムに、スタバにいくと言うと、救いがたい女々しい野郎だなって目で見られたけど、トムにきてもらっちゃ困るので、予想通りの反応でほっとした。

リアノンはまだきていなかったので、ブラックコーヒーのスモールを頼む。そのぶんしか、金がなかったのだ。そして、席にすわって、リアノンを待った。店は混んでいた。もうひとつのイスにだれもすわらせないために、いかつい顔をしてなきゃならない。

ようやく五時二十分すぎになって、リアノンが現われた。リアノンがきょろきょろしているのを見て、こっちから手をふる。今日はアメフトの選手だと言ってあったけど、彼女は一瞬、目を見張った。けど、こっちへきて、すわるなり言った。

「まず、これ以上しゃべる前に、携帯を見せて」面食らった顔をしたのだろう。リアノンは説明した。「この一週間の通話記録をぜんぶ見たいの。発信も受信のほうもぜんぶよ。これが、大がかりなジョークとかじゃないんなら、隠すものはないはずでしょ」

ジェームズの携帯をわたした。リアノンのほうが、操作にくわしかった。

数分間、調べたあとで、リアノンは気がすんだような顔で携帯を返した。

「じゃあ、今度は問題。まず第一問ね。ジャスティンに海へ連れていってもらったとき、わたしはなにを着ていたか？」

あの日のリアノンを思い浮かべる。そうした細かいところまで思い出そうとしたけど、すでに記憶からこぼれ落ちていた。リアノンのことは覚えてるけど、着ていたものは覚えてない。

「覚えてない。ジャスティンが着ていたものは覚えてるわけ？」

リアノンは一瞬、考えてから、答えた。「たしかにね。じゃあ、わたしたちは寝た？」

首をふる。「いちゃいちゃ用の毛布は使ったけど、寝なかった。キスはした。それでじゅうぶんだったんだ」

「じゃ、車をおりる前、わたしはなんて言った？」

「はい、これが楽しいムード」

「正解。すぐに答えて。スティーブの彼女の名前は？」

「ステファニー」

「パーティが終わった時間は？」

「十一時十五分」

「学校を案内した女の子だったとき、わたしに回した手紙になんて書いた？」

「たしか、『ここの授業も、あたしの今の学校と同じくらいたいくつ』とか、そんな感じのこと」

「その日持ってたリュックのボタンはどんなのだった？」

「アニメの仔猫《こねこ》」

「ふうん。あなたは超天才的うそつきか、毎日からだを変えてるか、どっちかみたいね。どっちが真実なのか、想像もつかないけど」

「二番目のほうだよ」

リアノンの肩越しに、いぶかしげにこっちを見ている女の人が目に入った。今の話が聞こえてたのかもしれない？

「外にいかない？」小声で言う。「聞かせるつもりのない人にまで聞かせてるかも」

リアノンは、どうかなって顔をした。「あなたが小柄なチアリーダーならいいんだけど――気づいてるかわからないけど、今日のあなたはすごく大きくて、威圧感があるのよ。頭の中でママの声が響くわけ。『二人きりで暗いところにいってはいけません』って」

窓の外にある、道沿いのベンチを指さす。

「あそこなら、人目がありまくりで、しかもだれかに聞かれることもない」

「オーケー」

外に出ていくと、聞き耳を立てていた女の人ががっかりしたのが見えた。それで、まわりのかなりの客がパソコンやノートを開いていたことに今更気づき、メモを取られたりしてないことを祈った。

ベンチまでいくと、リアノンはこっちがすわるのを待ってから、距離をとって腰をおろした。なるほど、大事なことだ。

「じゃあ、生まれたときからこうだったってこと？」リアノンは聞いた。

「そう。そうじゃなかったっていう記憶はないからね」

「どうしてそうなるの？　混乱しなかった？」

「だんだん慣れたんだと思う。最初は、みんなも同じだと思ってたんだ。つまり、赤ん坊のころは、だれが面倒を見てくれてるかなんて、気にしない。ちゃんと面倒を見てもらえてればね。小さいころは、ゲームみたいなものだと思ってた。それから、ごく自然にアクセスする方法を覚えた——宿主の記憶を見るってことだよ。だから、いつも自分の名前はわかったし、自分のいる場所もわかった。自分が他の人とちがうって気づきだしたのは、四歳か五歳だったかな。本気でこんな状態から抜け出したいと思うようになったのは、九歳か十歳くらいだった」

「そう思ったの？」

「そりゃもちろん。ホームシックになって家に帰りたいと思っても、肝心の家がないって状態を想像してくれれば、わかると思う。友だちやママやパパや犬がほしかった。でも、一日以上、いっしょにはいられない。残酷だよ。夜になって、泣いたりわめいたりして、親に寝かせないでくれって頼んだことだって何度もある。親たちにはわからなかったけどね、子どもがなにをそんなに怖がっているか。ベッドの下のモンスターとか、寝る前のお話をしてもらうための作戦とか、そんなふうに思うだけ。ちゃんと説明することはできなかった。親たちに理解してもらうようには、話せなかった。さよならを言いたくないって言っても、さよならなんかじゃないって言われるだけ。ひと晩だけだって。そうじゃない、その先もなんだって言っても、ばかげたことを言ってるって思われるだけだった。

でも、そのうち、受け入れられるようになった。ていうか、受け入れるしかなかった。これが自分の人生で、どうしようもないんだって、わかったんだ。潮の流れに逆らうことはできない。だから、流れに乗って漂うことにした」

「今の話、何回したことがある？」

「一回もないよ。リアノンが初めて」

それを聞いたら、リアノンが自分は特別って思ってくれると思った。そのつもりで言ったけど、むしろリアノンは不安に思ったみたいだった。

「でも、両親はいるはずでしょ。だれにだって、両親はいるんだから」

肩をすくめる。「さあね。そうだとは思うけど。でも、質問できる相手がいるわけじゃないし。自分みたいな人間には、会ったことはないんだ。会ったらわかるってわけでもないし」

リアノンの表情から、悲しい話だと思ってるのがわかった。すごく悲しい話だって。どう話せば、悲しいだけじゃないってわかってもらえるだろう？

「でも、いろんなものを垣間見《かいまみ》てきた」そう言って、いったん黙った。どう続けていいのか、わからない。

「続けて」リアノンがうながす。

「ただ、その——話だけ聞くと、ひどい人生だって思うかもしれないけど、実際は、本当にたくさんのものを見てきた。ひとつのからだだけじゃ、人生ってどういうものか、感じ取るのはむずかしいと思う。自分ってものに縛られるからね。でも、その自分ってものが毎日変わると、なんていうか、もっと普遍的なものに触れられる。ありふれた日常の細かいことにも。さくらんぼが人によってぜんぜんちがう味がすることとか、青色もちがう色みたいに見えることとか。

男の子が愛情を表わすおかしな儀式だって、たくさんあるよ。本人たちはぜったいそうと認めないんだけどね。一日の終わりに、本を読んでくれる親はいい親だってこともわかる。その時間をとらない親がどれだけたくさんいるか、見てきてるから。一日がどれだけ貴重かも、わかる。一日一日がまったくちがうから。月曜日と火曜日のちがいをたずねたところで、ほとんどの人は食べた夕食のちがいを説明するくらいだと思うよ。でも、そうじゃない。いろんな角度から世界を見ることによって、世界にはいろいろな次元があるってことを感じられるんだ」

「でも、時間の流れの中でものごとを見ることはできないでしょ？」リアノンは言った。「今、言ったことをぜんぶ否定しようっていうんじゃないの。たぶん、あなたの言ったことは理解してると思う。だけど、十年間、毎日のように会っていた友だちはいないのよね。ペットが年を取っていくようすも見たことがない。親の愛情が、時間が経《た》つにつれ、ややこしくなっていくのもわからない。一日以上続く関係を持ったことがないわけでしょ。それを言うなら、一年以上の関係も」

その話にもどるって、予想はついたはずなのに。

「でも、いろんなものを見てきてる。ずっと観察してきたんだ。どういうものかは、わかってる」

「外からでしょ？　外からじゃ、理解できるとは思わない」

「人と人との関係には、リアノンが思ってるより、予想がつくものが多いと思うよ」

「ジャスティンのこと、好きなの。あなたが理解できないと思ってるのはわかってるけど、好きなのよ」

「やめたほうがいい。彼のことは内側から見たんだ。ちゃんとわかってる」

「一日だけでしょ。たった一日、見ただけよ」

「その一日で、彼が別の人間だったのも見たはずだよ。ジャスティンじゃなかったときのほうが、愛せたはずだ」

もう一度リアノンの手を握ろうとしたけど、リアノンは言った。「やめて」

手が止まった。

「わたしには、付き合ってる人がいるの。あなたが彼のことを好きじゃないのは知ってるし、わたしも好きじゃないと思うときがある。でも、それが現実なの。今は、わたしが出会った五人の中にいたのが、ぜんぶあなただったって、信じはじめてる。わたしもあなたと同じで、頭がどうかしてるのかもね。あなたは、わたしのことを好きだって言うけど、わたしのことなんて本当には知らないじゃない。たった一週間よ。わたしにはもっと時間が必要なの」

「でも、あの日感じなかった？　あの海で。すべてが完璧だって思わなかった？」

すると、また感じた——海の引力、宇宙の歌を。うそがうまい人間なら、否定したはずだ。でも、うそつきの人生を送りたくないと思っている人間もいる。リアノンは唇を噛《か》んで、うなずいた。

「たしかに感じた。でも、自分がだれに対してそう感じたのかが、わからないのよ。たとえ、あれがあなただったって信じたとしても、これまでのジャスティンといた時間もどうしたって影響を及ぼすってことは、わかってほしい。まったく初めての相手とじゃ、あんなふうに感じたはずないもの。あんなに完璧だったはずがない」

「どうしてそうだとわかるの？」

「そう、そこなの。わたしにもわからない」

リアノンは携帯を見た。本当に帰らなければならないのかどうかはともかく、もう帰るという意思表示なのはわかった。

「夕食までに帰らないと」

「わざわざここまできてくれて、ありがとう」

どうしよう。どうすればいい？

「また会える？」

リアノンはうなずいた。

「証明してみせる。本当はどういうものかって」

「なにが？」

「愛が」

リアノンを怯《おび》えさせてしまった？　気まずい思いをさせた？　それとも、期待を抱かせた？　わからない。それがわかるほど、彼女の近くにいないから。

家に帰ると、トムに不満をぶつけられた。スタバへいったせいでもあるし、家に帰るのに三キロも歩かなきゃならなかったから、夕食が遅れたせいでもある。父親にもぼろくそにどなられた。

「相手がだれか知らないけど、こんだけの価値のある女であることを祈るよ」トムになじられた。

ぽかんとした顔でトムを見る。

「アホかよ。コーヒーを飲みにいっただけだとか、連中がかけてるフォークソングを聴きにいったとか言うなよ。おまえのことはわかってるんだから」

返事はせずに聞き流した。

おかげで、皿をぜんぶ洗うことになった。洗ってるあいだ、ラジオをつけると、ローカルニュースが流れ、ネイサン・ダルドリーが出てきた。

「じゃあ、ネイサン、先週の土曜日にきみが経験したことを話してくれるかい?」チャックっていうインタビュアーが言う。

「からだを乗っ取られたんです。ほかに言い表わしようがありません。自分のからだを自分でコントロールすることができなかった。生きていただけで、ラッキーなんだと思います。みなさんにお願いがあります。ぼくみたいに一日だけ、乗っ取られた経験のある人は、連絡をください。というのも、チャック、正直言って、ぼくはみんなに頭がおかしいと思われてるんだ。学校ではずっとバカにされっぱなし。だけど、ぼくはちゃんとわかってる。それに、こういうことが起こったのは、ぼくだけじゃないってことも」

こういうことが起こったのは、ぼくだけじゃないってことも。

この言葉が頭から離れなかった。自分もネイサンみたいに確信できたらいいのに。

自分だけじゃない、って。

6004日目

次の朝、目が覚めると、同じ部屋にいた。

同じからだに。

信じられない。どういうこと？　これまでずっとこんなことはなかったのに、今日になっていきなり？


壁を見る。手を見る。シーツを見る。

それから横を見ると、ジェームズが自分のベッドで眠っていた。

ジェームズ。

それで、気づいた。同じからだじゃない。寝ている場所も、昨日とは反対側だ。

そうか、今日はジェームズの双子の弟のトムなんだ。


こんなことは初めてだ。ジェームズが眠りから覚めるようすを見つめる。一日、自分のからだから離れていたあとで、目覚めるのを。一日抜け落ちたのを感じさせる形跡がないか、目が覚めてとまどっている感じはないか、じっと観察する。でも、見たのは、ごくふつうに、アメフト部の男子が目を覚ましてのびをしている姿だった。もしジェームズがなにか変だとか、ちがうって感じてたとしても、表には出ていない。

「おい、なにじろじろ見てんだよ？」

言ったのは、ジェームズではない。兄のポールのほうだ。

「起きただけだよ」ボソボソと答える。

でも実際は、ジェームズから目を離せなかった。学校までいくバスの中も。学食での朝食のときも。ちょっとぼーっとしてるようにも見えたけど、よく眠れなかったからってくらいで説明できる範囲だった。

「調子はどう？」聞いてみる。

ジェームズはうなるように返事をした。「別に。ご心配ありがとう」

ぼけてるふりをすることにした。どうせぼけたやつだと思われてるのだ。たいして変わらないだろう。

「昨日、練習のあと、なにやってた？」聞いてみる。

「スタバへいった」

「だれと？」

ジェームズは、トムがいきなりイタリア歌手よろしく裏声で歌い出したみたいにこっちを見た。

「コーヒーを飲みたかっただけだよ。別にだれもいっしょじゃない」

ジェームズをじっと見て、リアノンと話したことを隠してるようすがないか見極めようとする。でも、ジェームズの場合、そんなあからさまなうそをついたら、すぐ態度に出そうだ。

つまり、本当にリアノンと会ったことは覚えてないらしい。彼女と話したことも、彼女といっしょだったことも。

「じゃあ、どうしてあんなに時間がかかったんだよ？」なおも聞く。

「なんだよ、計ってたのかよ？　感動的だぜ」

「じゃあさ、昨日の昼、だれにメールしてたんだ？」

「自分のメールをチェックしただけだ」

「自分の？」

「自分以外のメールをチェックするわけねえだろ。へんな質問ばかりしやがって。な、ポール？」

ポールはベーコンを食べているところだった。「言っとくけど、おまえらが喋《しゃべ》ってるとき、おれはスイッチ切ってんだよ。なんの話だか、さっぱりわからねえ」

言ってることが支離滅裂だってわかってるけど、今もジェームズのからだの中にいるんだったらよかったのにと思わずにはいられなかった。そうすれば、昨日のジェームズの記憶を見ることができる。外から見ているぶんには、ジェームズは自分のいった場所は覚えてるけど、そこであったことに関しては、自分の日常に近いバージョンに勝手に作り替えているみたいだ。

ジェームズの意識がやってるんだろうか？　適当に脚色するとか？　それとも、こっちがやってる？　からだを離れる前に、今みたいな別バージョンを作って、残してきてるのか？

ジェームズは、悪魔に乗っ取られたとは思っていない。

昨日も、これまでと同じふつうの日だと思っている。

今日もまた、午前中はメールにアクセスする数分の隙を見つけるのに費やされることになった。

リアノンに電話番号をわたしとけばよかった。

そう思った次の瞬間、はっとする。廊下の真ん中で思わず立ちつくす。別に、ごくふつうのありふれた考えだ。でも、だからこそ、ショックだった。自分の人生では、そんなのは意味がない。リアノンに電話番号をわたしたってしょうがない。そんなことはわかってる。なのに、そんなごくふつうの考えがしのびこんできて、一瞬、自分はふつうの存在だと勘ちがいしてしまった。

これがなにを意味するかはわからない。でも、ろくなことにならない気がした。

ランチタイムに、ジェームズに図書室へいってくると言った。

ジェームズは言った。「アホかよ。あんなの、女のいくところだ」

リアノンからのメッセージはきてなかったので、こっちから書いた。

リアノン
今日はすぐにわかると思うよ。目が覚めたら、ジェームズの双子の弟だった。自分の存在についていろいろわかるチャンスだと思ったけど、今までのところ、うまくいってない。

またきみに会いたい。

A

ネイサンからもメールはなかった。もう一度、ネイサンの名前で検索をかけてみる。ネイサンについての記事が、少しは増えてるかもしれない。

少しどころか、二千以上ヒットした。ぜんぶ、この三日間に書かれたものだ。うわさは広がっていた。ほとんどが、福音派の教会のサイトが発信源で、ネイサンの悪魔説をそのまま受け入れていた。連中にとって、ネイサンは世界が地獄にむかってるという数多い証拠のうちの一例ってことらしい。

これまで「オオカミ少年」については、記憶に残ってるものだけでも、かなりいろんなバージョンを聞いた。でも、ひとつとして少年本人の気持ちに触れたものはない。特にオオカミが本当に現われたあとの少年の気持ちに関しては、まったくゼロだ。ネイサンは今、どう考えているんだろう？　自分が言ってることを本当に信じてるんだろうか？　記事やブログはどれも役に立たなかった。どれでも、ネイサンは同じことを言っていて、みんなはネイサンを頭がおかしいやつか、神の言葉を伝える存在か、どっちかに分類してるだけだ。ネイサンを落ち着いてすわらせ、十六歳の少年として扱おうなんて人間は、ひとりもいない。刺激的な質問をするだけで、本当に聞くべきことは聞いていない。

ネイサンの最後のメールを開いてみる。

永遠にぼくの質問を無視することはできないぞ。おまえがだれだか、知りたいんだ。どうしてあんなことをするのか、話すべきだ。

説明しろ。

でも、答えるには、ネイサンが創り出した話の少なくとも一部は認めなきゃならない。ある意味、ネイサンの言うことは正しい。ネイサンの質問を永遠に無視することはできない。質問はじりじりと意識の中に食いこみつつある。どこで目が覚めても、ついてくる。でも、ネイサンに答えれば、ネイサンに確信を与えることになる。それはだめだ。そんなことをしたら、ネイサンはますます固執するだろう。

こっちにとっていちばんいいのは、ネイサンが自分は本当に頭がおかしいんじゃないかって疑いはじめることだ。そんなことを願うなんて、ひどいのはわかってる。しかも、本当はそうじゃないのに。

どうすればいいか、リアノンに聞きたい。でも、彼女がなんていうかは想像できる。でも、それって、よりよい自分の姿を彼女に投影しようとしてるだけかもしれない。なぜなら、本当は答えはわかってるから。自分を守ることに価値はない。守ろうとしている自分といっしょに生きられないなら。

ネイサンがこういう目に遭ってることに、責任があるのはたしかだ。責任を負うべきなんだ。それはわかっていた。たとえ嫌でたまらなくても。

すぐに返事を書くつもりはない。ちゃんとゆっくり考える必要がある。なにひとつ、確信を与えずに、かつ、ネイサンを助けられるようなものが必要だ。

ついに最後のクラスのとき、思いついた。これならいけるかもしれない。


きみのことは知っている。ニュースで話も聞いた。だが、ぼくとはまったく関係ない。きみはなにか勘ちがいしているようだ。

ちなみに、きみはほかの可能性もあるってことを考えていないように見える。きみが非常につらい経験をしたのはわかる。でも、悪魔を責めたって仕方ない。

アメフトの練習の前に、急いで送った。

それから、リアノンからのメールがないかチェックする。

きていなかった。


そのあとは特になにごともなくすぎていった。でも、実際には毎日、いろいろな出来事が起こっているのだ。そう思ったとたん、気がつくとまたあれこれ考えていた。今の今まで、自分は平穏無事に暮らしてきたし、そうやってなんなく切り抜けることに小さな満足感さえ抱いてきた。でも今は、一日がたいくつで、空虚に思える。腹が立った。いろいろな活動を経験すると、その活動についてあれこれ考える時間ができる。前はそれを面白いと思っていた。でも今は、そんなの無意味だっていう思いに侵されつつある。

アメフトの練習をする。家に帰る。宿題をする。夕食をとる。家族とテレビを見る。

生きる目的が見つかってしまったときに陥る罠《わな》——

その目的以外のことが、すべて色あせて見えてしまう。

ジェームズと先に寝にいった。ポールはキッチンで母親と、週末の仕事のスケジュールの話をしている。ジェームズと二人、だまって寝間着に着がえ、連れ立ってトイレにいき、部屋にもどった。

ベッドに入ると、ジェームズが明かりを消した。ジェームズがベッドに入る音を待ったけど、聞こえない。部屋の真ん中にぼんやりと突っ立ってる。

「トム？」

「ん？」

「どうして昨日のことを聞いたんだ？」

からだを起こした。「わからない。おまえがその、ちょっと……変だったからかな」

「ふしぎだと思ったんだよ。おまえが聞いてきたのが」

ジェームズはベッドにむかった。マットレスにジェームズの体重がかかる音がする。

「じゃあ、別にいつもとちがう感じがあったわけじゃないんだ？」聞いてみる。なにかが、そう、なんでもいいから、意識の表面に浮かびあがってくるかもしれない。

「思い当たるようなことはなにもないな。スナイダー・コーチが妊娠してる奥さんの呼吸を手伝うために、練習を早く切りあげなきゃならないなんて、超笑えると思ったくらいかな。ま、それが昨日のいちばんの出来事だな。ただささ……今日のおれは変だったか？」

本当のことを言うと、朝食のあとは、ほとんど注意してなかった。

「どうしてそんなこと聞くんだ？」

「別に。おれ自身はなんともない。ただ、ほら、別になんともないときに、なにかあるように見えんのは嫌だろ」

「大丈夫だよ」

「ならよかった」ジェームズは寝返りを打って、枕の位置を調整した。

もっとなにか言いたかったけど、どう言えばいいのか、わからなかった。夜に交わされる、どこかもろさのある会話が愛《いと》おしかった。明かりのついていない部屋では、発した言葉がいつもとちがう響きをもつ。今までのことを思い出す。だれかの家へ泊まりにいったり、兄弟や心から好きな友だちと同じ部屋で眠ったりしたときしか、こんなふうに一日を終えたことはない。こんなときは、ついなんだって言えるような気になってしまう。ふだん、ものすごくたくさんのことを言わずに、とどめているのに。やがて夜が根をおろす。でも、いつだって、眠りに落ちるというよりは眠りの中に溶けこんでいくような気がする。

「おやすみ」ジェームズに言う。でも本当に言いたいのは、さよならだった。今日でここを離れ、彼の家族の元を離れていく。たった二日だけれど、それでもこれまでの二倍だ。少しだけ、そう、ほんの少しだけ、毎朝同じ場所で目覚めるのがどういうことか、わかった気がした。

でも、それは手放さなければならなかった。

6005日目

精神疾患は気分や性格の問題だと思ってる人もいる。鬱は単なる悲しみのひとつの形にすぎないし、強迫神経症は神経質だってことと同じようなもんだろうって。そういう人たちは、病んでいるのは魂で、からだじゃないと考える。自分でどうにかできることだって、信じてるのだ。

でも、そうじゃない。

子どものころは、わかってなかった。新しいからだで目覚めたときに、いろんなことがぼんやりと、鈍く感じることがあるのが、理解できなかった。反対のこともある。異様なエネルギーに溢《あふ》れていたり、集中できなかったり。ラジオのボリュームを最大にして、次から次へチャンネルを変えてくような感じだ。宿主のからだの感情に自由にアクセスできないなら、自分が今、感じているのは、自分の感情だと思うしかない。でも、そのうち、そうした抑えがたい衝動や傾向は、目の色や声と同じように肉体の一部なんだと気づいた。たしかに、感情自体は漠然としていて、形は持たない。だけど、感情を生み出すのは化学作用であり、生物学的現象なのだ。このサイクルを克服するのはむずしい。からだが自分に反抗するのだから。そしてそのせいで、ますます絶望は深まり、不均衡が増幅される。こうした状態で生きていくのは、並外れた力を必要とする。けれども、そうした力が実際、存在するのを何度も見てきた。戦っている宿主に入ったときは、彼らの力を真似《まね》たり、ときにはそれを超える力を手に入れなければならない。なぜなら、宿主とちがって、こっちは準備できていないからだ。

今では、そういうときの兆候がわかるようになった。いつ薬の瓶を探せばいいか、どんなときにからだの望むままにさせてやればいいか。そして、つねに忘れないようにしなければならない。これは自分じゃないってことを。これは、単なる化学作用だ。生理現象なんだ。自分ではない。それに、宿主自身でもない、と。

ケルシー・クックの意識の中は真っ暗だった。目を開ける前から、それはわかった。彼女の意識は落ち着きがなく、さまざまな言葉や考えや衝動がつねにぶつかり合っている。そのノイズの中で、なんとか自分の考えを主張しようとする。すると、からだが反応し、どっと汗が噴きだす。なんとか平静を保とうとするが、からだがそれを邪魔し、ゆがみの中に沈めようとする。

朝起きてすぐに、ここまでひどいことはあまりない。今の時点でこんなにひどいなら、日中はかなりひどいにちがいない。

ゆがみの下には、痛みへの欲望がひそんでいる。目を開けると、傷が目に入る。からだだけではない——もちろん、肌にも細い線がいくつも走っている。死をとらえようとするクモの巣。

そして部屋にも、そこらじゅうに傷跡がある。壁にも、床にも。この部屋の主は、もはやなにひとつ気にかけていない。ポスターは半分破れてぶらさがっている。鏡はひび割れ、服は床に放り投げてある。カーテンが引かれ、本棚の本はほっとかれた歯みたいにゆがんでいる。一度、ペンをこじ開けてふりまわしたらしく、目をこらすと、壁と天井じゅうに乾いたインクのあとが点々と散っているのが見える。

彼女のこれまでの生活にアクセスして、ショックを受ける。これほどひどくなるまで、なんの関心も払われず、診断も受けていない。ずっとほっとかれているのだ。自分で決める力などとっくに失われているのに。

朝の五時だ。アラームもなく目が覚めた。目が覚めたのは、頭の中でいろいろな考えがわめきちらしているからだ。毒気を吐き散らしている。

なんとかしてもう一度眠ろうとする。でも、からだが許してくれなかった。

二時間後、ベッドから這《は》い出《で》た。

絶望は、むかしから黒雲や黒犬に喩《たと》えられてきた。ケルシーのような人間にとって、黒雲は正しい比喩だ。黒雲に囲まれ、その中に沈みこみ、ひと目でそれとわかる出口はない。彼女はなんとかして黒雲を食い止め、せめて黒犬の形にしなければならない。もしそれができても、黒犬は彼女のいくところへついて回るだろう。つねにそばにいるのだ。でも、少なくとも彼女からは切り離され、彼女に従うようになる。

よろめきながらバスルームへいき、シャワーを浴びはじめる。

「なにしてるんだ？」男の声がする。「昨日、シャワーを浴びなかったのか？」

かまいやしない。今は、水がからだを打つ感覚が必要だ。今日一日をはじめるための刺激が。

バスルームを出ると、ケルシーの父親が廊下に立って、こっちをにらみつけていた。

「服を着ろ」父親は顔をしかめて言った。タオルをますますきつく巻きつける。

服を着ると、教科書をまとめ、学校へいく支度をする。ケルシーのリュックの中に日記が入っている。でも、読む時間はない。メールをチェックする時間もなかった。ケルシーの父親は別の部屋にいるが、待っているのを感じる。

この家には二人しかいない。ケルシーの意識にアクセスし、学校へ送ってもらうためにうそをついているのを知る。バスのルートが変更になったと言ってるけど、本当はほかの子たちとバスに閉じこめられたくないのだ。いじめられてるわけではない。自分をいじめるのに手一杯で、そんなことに気づく余裕すらない。バスの閉鎖された空間が、そこから逃れられないのが、だめなのだ。

父親の車もたいして変わらないが、少なくとも相手にしなくちゃいけないのはひとりだ。車が走りだしても、父親はイライラを発散しつづけている。問題があるとわかってるのに、それを頑として無視する人間がいることに、いつもあぜんとする。まるでそうすれば、問題がなくなるみたいに。問題を直視するのを避けつづければ、結局は怒りで煮えくりかえることになるのに。

ケルシーにはお父さんの助けが必要だ。そう言いたい。でも、それを言える立場ではない。そもそも父親がきちんとした対応をするか、わからないのに。

だから、ケルシーは車に乗っているあいだじゅう、黙っている。父親の反応から、朝はいつもこんなだと想像がつく。

ケルシーの携帯でメールにアクセスすることはできたけど、まだメールを追跡されるのではという不安が消えなかった。特にネイサンにあんなメールを送ってしまったあとだ。

なので、そのまま教室へいき、機会が訪れるのを待つことにした。でも、一日を乗り切るには、ケルシーを励ましつづけなければならなかった。気を抜いたら最後、生きる重みが忍びより、ケルシーを闇へ引きずりこもうとする。だれも自分のことなんて見てくれない、というほうがたやすい。ケルシーの場合、つねに視線にさらされているようで、しかも無視されているように感じる。人に話しかけられても、家の外から、壁を通してしゃべりかけられているような気がする。友だちもいるけど、ただ時間をやり過ごすためにいるだけで、時間を共有しあう存在ではない。偽りの獣が本能のふりをして、すべては無意味だとささやきつづける。

ケルシーに本気で関わろうとしてくれたのは、実験の授業でパートナーになっているレナだけだった。物理の実験で、課題は滑車の組み立て。前にもやったことがあるので、そこまでむずかしくはない。でも、ケルシーが進んでやり出したので、レナは驚いてしまった。やりすぎた。ケルシーは自分から参加したりしないのに。しまったと思ったけど、レナはやめさせてくれなかった。もごもごとごめんとかそんなことを言って、引っこもうとしたけど、レナは続けさせようとした。

「得意なんだね。あたしよりずっとうまい」

滑車を組み立てて、傾斜を調整したり、いろいろな摩擦力について説明を書いたりしているあいだ、レナは今度のダンスの発表のことを話し、週末の予定を聞いてきた。レナは両親とワシントンDCにいくらしい。ケルシーがどう反応するか、ものすごくビクビクしてるのが伝わってくる。ふだんはここまでたどり着くよりはるか前に会話は終わってしまうのだろう。でも、今日はレナの話が続くように仕向ける。レナの声で、ケルシーのボロボロになった意識から発せられる声にならない強烈な声を、抑えつけようとする。

そして、物理の時間が終わり、レナとは別々の授業にむかった。そのあと、彼女とはもう会わなかった。


昼休みは図書室のパソコンの前で過ごした。ケルシーがランチにこないとがっかりする友だちがいるとは思えなかった——けど、もしかしたら、ケルシーがそう思ってるだけかもしれない。大人になるにつれ、現実は、自分の意識だけに根ざしているわけではないことを学んでいく。ケルシーの意識は、彼女にそれを学ばせまいとしているような気がする。そして自分まで、なにを考えるにもそこから抜け出せなくなっているような気がする。

自分のアカウントにログインすると、自分は本当に自分だという事実をあらためて確認でき、うれしい驚きを感じる。そう、ケルシーではないのだ。しかも、リアノンからメールがきていた。でも、喜びはつかの間だった。

A
今日は、だれなの？

変な質問ね。だけど、この質問で合ってるのよね。そもそも今回のことがつじつまが合ってるって言えるならだけど。

昨日はつらい一日だった。ジャスティンのおばあちゃんは病気なの。でも、ジャスティンはショックを受けてるって認めようとしないで、ますますまわりの世界に不満をぶつけるだけ。力を貸してあげたいけど、かんたんにはいかない。

こんな話、聞きたくないかもね。Aがジャスティンのこと、どう思ってるか、わかってるし。ジャスティンのことは話してほしくないなら、そうする。だけど、Aはそうじゃない気がして。

今日はどんな日を過ごしてる？

リアノン

リアノンに返事を書いて、ケルシーがどんなことに直面しているか、少しだけ説明した。そして、最後にこう書いた。

リアノンにはなんでも話してほしい。たとえそれで傷つくことになったとしても。もちろん傷つかない話のほうがいいけど。

愛をこめて　A

それから、もうひとつのアカウントを開くと、ネイサンから返事がきていた。

やっぱりぼくはまちがってなかった。おまえの正体はわかってる。おまえがだれかも、突き止めてやる。牧師さまも、調べてくださるとおっしゃってる。

ぼくに自分のことを疑わせようとしたんだろ。だけど、ぼくだけじゃないことはわかってる。今に見てろ。

今すぐ白状するんだな。こっちがおまえを見つける前に。

じっと画面を見つめる。一日いっしょに過ごしたときのネイサンと、このメールの口調のネイサンは本当に同一人物だろうか。とてもそうとは思えない。ほかの人間が、ネイサンのアカウントを乗っ取ったという可能性はある？　牧師さまっていうのは、だれなんだ？

昼休み終了のベルが鳴った。教室にもどると、黒雲がケルシーを支配した。教師が言っていることに集中できない。こんなことがどれだけ重要だって言うんだろう。ここで教わることなんて、なにひとつ人生の苦しみを軽くしてはくれないのに。爪の甘皮を、容赦なく徹底的に攻撃する。その痛みだけが、本物に感じられるから。

父親は、迎えにはこない。まだ仕事中だ。だから、歩いて帰る。バスに乗らないために。この習慣を破りたい誘惑にかられたけど、最後にバスに乗ったのがあまりにも前で、ケルシーの記憶を探しても、どのバスに乗ればいいのかわからない。仕方がないので、歩きはじめる。

また、気づくと、リアノンに電話できないだろうかと考えていた。このあとの空っぽな一時間を彼女の声で満たしたいという、ごくありふれた望み。

でも、それは叶《かな》えられない。自分に残されたのはケルシーだけ、ケルシーのぼろぼろになった感覚だけなのだ。帰りは急な坂道で、これもケルシーが自分を罰する方法のひとつなのかもしれないと思う。三十分ほど歩いたところで、残りの三十分を歩く前に、この先にある公園で休むことにした。運動場にいた親たちが警戒するようにケルシーを見る。ケルシーが、親でも小さい子どもでもないからだ。なので、ジャングルジムやブランコや砂場をよけて、外側にあるシーソーにすわる。ぽつんと置いてあるシーソーは、態度が悪いせいで追放されたように見えた。

宿題をすることもできたけど、ケルシーの日記に呼ばれているような気がした。なにが書いてあるか、ちょっとこわい気もしたけど、それ以上に興味をひかれた。ケルシーの感じてきたことにアクセスできないなら、せめてその一部でも書かれたものを、読んだっていいだろう。

それは、いわゆるふつうの日記とはちがっていた。二、三ページ読んだだけで、それはわかった。異性や同性について思い悩むとか、よくあるような父親や先生との衝突についてはなにも書かれていない。秘密を打ち明けたり、不正への怒りをぶちまけたりもない。

その代わりにあったのは、執拗《しつよう》なまでに細かく書きこまれた自殺の方法だった。

心臓にナイフを突き立てる。手首を切る。ベルトで首を絞める。ビニール袋をかぶる。飛びおりる。焼死。すべてが細部まで入念に調べられている。さまざまな例が挙げられ、図解もある。雑な絵だが、モデルは明らかにケルシーだ。自分自身の死の場面を描いているのだ。

ぱらぱらとめくっていく。薬の用量や、特記事項が記されているページもある。うしろのほうは、まだ白紙だったが、その前のページに大きく「最終期限」と書かれ、今日からわずか六日後の日付が記されていた。

残りの部分にも目を通し、ほかに、未遂に終わった「最終期限」がないか探す。

でも、六日後の日付以外はなかった。

シーソーからおりて、じりじりとあとずさるように公園から出る。なぜなら、今こそ本当に自分が、親たちがおそれるような存在に、親たちが避けたいと思うような現実になった気がしたからだ。いや、避けたい現実じゃない。**防ぎたい**現実。自分の子どもに近づいてほしくない人間。親がそう思うのもとうぜんだ。自分が触れたものすべてが危険物になるような気がする。

どうすればいい？　今は危険はない。今は、自分がケルシーのからだをコントロールしてる。自分がコントロールしているあいだは、自傷行為はさせない。でも、六日後このからだをコントロールしてるのは、自分じゃない。

よけいな手出しをすべきじゃないのは、わかってる。これはケルシーの人生で、自分の人生じゃない。ケルシーの選択を制限するようなことをするのは、フェアじゃない。ケルシーが自分で決めるべきだ。

日記を読むんじゃなかった。子どもっぽい思いが頭をかすめる。

でも、読んでしまったのだ。

ケルシーにアクセスして、助けを求めた記憶を探そうとする。でも、助けを求めるなら、耳をかたむける人間がそばにいなきゃならない。でも、これまでのケルシーの人生で、そういう瞬間は見つからない。彼女の父親は自分が見たいものしか見ない。そしてケルシーには、父親の作りあげたフィクションを事実で払いのける気がない。母親は何年も前に出ていった。近くに住んでいる親戚はいない。友だちは、黒雲のはるか外に存在している。物理のクラスでレナが親切にしてくれたからといって、こんな重荷を負わせるわけにはいかないし、レナにだってどうしたらいいかわからないだろう。

汗だくになり、疲れ切って、ケルシーのだれもいない家に帰る。パソコンの電源を入れ、履歴を見ると、知る必要のあることがすべて表示される。自殺の計画の参考にしたサイト、そうした情報を集めることのできるサイトが、ずらりと並んでいる。たった一度クリックしただけで、だれにでも見えるところに。でも、見る者はいない。だれかに話さなければ。ケルシーも自分も。

リアノンにメールをした。

今すぐ、話したいことがある。今日の宿主の女の子が自殺したがってる。本当なんだ。

そして、ケルシーの家の電話番号を書いた。むこうからかかってくるなら、すぐにわかる形で記録が残ることはないだろう。まちがい電話だったってことにもできる。

十分後、電話がかかってきた。

「もしもし?」電話をとる。

「A?」リアノンだ。

「うん」リアノンが、今日の声を知らないことを忘れていた。「そうだよ」

「メール読んだ。驚いた」

「だよね」

「どうしてわかったの?」

ケルシーの日記のことを手短かに話す。

「かわいそうに。どうするつもり?」リアノンが聞く。

「わからないんだ」

「だれかに言ったほうがよくない?」

「これまでこんな経験、ないんだ。どうすればいいか、ぜんぜんわからない」

わかってるのは、リアノンが必要ってことだけだ。でも、怖くて言えなかった。そんなことを言ったら、リアノンが怯《おび》えて逃げてしまうかもしれない。

「どこにいるの?」

リアノンにケルシーの住んでいる町の名前を言う。

「それなら、そんなに遠くない。そんなにかからないでそこまでいけると思う。今、ひとり?」

「うん。この子のお父さんは、七時くらいまで帰ってこないんだ」

「住所、教えて」

住所を言う。

「すぐにいく」

こちらから頼む必要さえなかった。そしてそれは、リアノンが思ってるより大きな意味をもっていた。

ケルシーの部屋を片づけたら、どうなるだろう? 明日の朝、ケルシーが目を覚まして、すべてが片づいているのを見たら、なにか変わるだろうか? 思いも寄らなかった平穏を感じたりしないだろうか？　人生がぐちゃぐちゃである必要なんてないんだって、わからせることができる？　それとも、ひと目見て、またちゃめちゃめちゃにするだけ？　彼女の化学作用が、彼女の肉体が、そうしろと言うから。

玄関のベルが鳴った。それまで十分間、ぼうっと壁のインクのしみを見ていた。それが動いて、答えの形になるんじゃないかと思ってた。そんなことにならないのは、わかってるのに。その時点では黒い雲は厚く垂れこめ、リアノンですら、それを払うことはできなかった。リアノンが立っているのを見てうれしさがこみあげたけど、純粋に喜ぶというより、ただただ感謝するっていう心境だった。

リアノンはケルシーの姿を受け入れようとするように、目をパチパチさせた。リアノンがまだ慣れてないことを忘れていた。毎日、Aが別の人間だってことに。頭でわかってるのと、実際、危機にひんした痩せた少女がブルブル震えながら立っているのを見るのとは、ちがう。

「きてくれてありがとう」

五時ちょっとすぎだ。つまり、ケルシーの父親が帰ってくるまで、あまり時間はない。

ケルシーの部屋へいく。リアノンは、ケルシーのベッドの上に置いてある日記を見て、手に取った。リアノンを見つめながら、読み終わるのを待つ。

「かなり深刻かも」読み終わると、リアノンは言った。「考えながらきたの……いろいろと。でも、こんなだとは思わなかった」

そしてベッドにすわったので、となりに腰をおろす。

「ケルシーを止めなきゃ」リアノンが言う。

「でも、どうやって？　だいたいそんな権利あるのかな？　彼女が自分で決めることじゃない？」

「だからなに？　このまま彼女を死なせるわけ？　関わりたくないから？」

リアノンの手を取る。

「この『最終期限』が本当かどうかもわからないし、あれこれ考えないようにする彼女なりの方法かもしれない。紙に書くことで、実際にしないようにするとか」

リアノンは顔をあげた。「Aは口ではそう言ってるけど、自分でも信じてないでしょ？　もし本当にそう信じてるなら、電話してこなかったはずだもの」

そして、リアノンは握られた手を見おろした。

「なんだか変」

「え？」

リアノンはぎゅっと握りかえしたあと、すっと手を引っこめた。「これのこと」

「どういう意味？」

「このあいだとはちがうってこと。つまり、ちがう手でしょ。あなたもちがう人だし」

「ちがわない」

「そんなふうには言えないはずよ。たしかに、中身は同じかもしれない。でも、外側だって重要よ」

「リアノンは同じだよ。どんな宿主の目を通して見ても。同じだって感じる」

それは本当だった。でも、リアノンの言いたいこととはちがうのも、わかってた。

「これまでだれかの人生に関わったことはないの？　あなたの宿主の人生に」

うなずく。

「あなたが目にしたままにしておこうと心がけてきたってことね」

「ああ」

「じゃあ、ジャスティンのことは？　どうしてジャスティンのときだけは、ちがったの？」

「リアノンがいたから」

そのひと言で、リアノンはついに理解した。そのひと言で、あの広がりへの扉がついに開いたのだ。

「それじゃ、説明になってない」リアノンは言った。

それが説明になってるってことを、この広がりが本物だってことを、リアノンに証明する唯一の方法は、身を乗り出して、リアノンにキスすることだった。前と同じように。でも、前とはぜんぜんちがう。キスしたのは初めてじゃないけど、でもやっぱり二人の初めてのキスでもあるから。唇の感触も、からだの触れあう感じも、前とはちがう。それに、まわりには、広がりと同時に黒雲があった。リアノンにキスしてるのは、キスをしたいからじゃないし、キスしてるのは、そうせずにいられなかったからでもない。リアノンにキスしたのは、したいとかせずにいられなかったとかを超越した、二人の存在にとって本質的なことであり、これから二人の宇宙を築く分子の成分だったから。初めてのキスじゃないけど、リアノンにちゃんと知ってもらってから初めてのキスであり、だからこそどんな初めてのキスよりも、初めてのキスって感じがした。

そして、同時に、ケルシーにもこの感覚を味わってほしいと思っていた。もしかしたら、ケルシーも感じてるかもしれない。もちろん、それだけじゃ足りない。それだけじゃ解決にならない。でも、一瞬でも、彼女の感じている重みを軽くしてくれるはずだ。

からだを離して、リアノンの顔を見る。笑みはない。前のときのような、うっとりした表情にはなってない。

「やっぱり変よ」

「どうして？」

「あなたが女の子だから？　わたしにはまだ付き合ってる人がいるから？　それとも、ほかの人が自殺しそうだってことを話してるときだから？」

「本当にそんなことが気になる？　本当に本心から？」こっちはそんなこと、気にならないから。

「うん。気になってると思う」

「どれを？」

「ぜんぶ。キスしてるとき、実際にキスしてるのはAじゃない。あなたが、そのからだの中のどこかにいるのはわかってる。でも、わたしがキスしてるのは、外側なのよ。内側にいるあなたを感じることができるのに、実際は悲しみしか受け取れない。だって、キスしてるのはケルシーなんだもの。泣きたくなる」

「そんなの、嫌だ」

「わかってる。だけど、そうなんだもの」

リアノンは立ちあがると、まだ起こっていない殺人の手がかりを探そうとするように部屋を見まわした。

「ケルシーが道で血を流して倒れてたら、どうする？」リアノンが聞いた。

「それとこれとじゃ、ちがうよ」

「じゃあ、ケルシーがだれか別の人を殺そうとしたら？」

「自首させる」

「なにがちがうわけ？」

「今回のことに関係あるのは、ケルシー自身の命だから。だれか別の人の命じゃない」

「でも、命を奪う行為ってことは変わらない」

「ケルシーが本当に命を絶ちたいと思ってるなら、止める方法はないよ」

自分でそう言いながら、まちがってると思った。

「わかったよ」リアノンに指摘される前に、続ける。「自殺するのをじゃますするようなものを用意しとくのはどうかな？　ほかのだれかを関わらせるのが、有効だと思う。きちんとした医者にいかせるのもいい」

「彼女が癌《がん》だったり、道で血を流してた場合と同じってことね」

そう、これが必要だったんだ、と思った。自分ひとりで考えるだけじゃ足りない。だれか信頼できる人にそう言ってもらいたかったんだ。

「じゃ、だれに言えばいいと思う？」

「学校のカウンセラーとか？」リアノンが言った。

時計を見る。「学校はもう終わってる。それに、真夜中までしか、時間はないし」

「ケルシーに親友はいる？」

首を横にふる。

「彼氏は？　彼女とか？」

「いない」

「自殺防止のホットラインは？」

「電話しても、アドバイスをもらうのは、Aである自分で、ケルシーじゃないから。明日になってもケルシーが覚えてるかどうか、わからない。なにかしらの影響はあるのかってことも、わからない。そういうことはもう、さんざん考えたんだよ」

「じゃあ、お父さんしかいないってことね？」

「ちょっと前に、会社を出たはず」

「じゃあ、帰ったら、このようすを見てもらわなきゃ」

リアノンはいともかんたんに言ったけど、実際はそんなにかんたんなことじゃないことは、二人ともわかっていた。

「なんて言う?」

「『パパ、あたし自殺したいの』って言えばいいわ。部屋から出ていって、ひと言そう言えばいいのよ」

「理由をきかれたら?」

「理由なんてわからないって言えばいい。はっきりさせちゃだめ。それは、ケルシーが明日から始めることだから」

「ちゃんと考えてくれてたんだ?」

「運転したり考えたり、忙しかったたわよ」

「お父さんが相手にしなかったら? 信じなかったらどうする?」

「そうしたら、お父さんの車のキーをひったくって、いちばん近くの病院へいくの。あの日記を持って」

リアノンの口から聞くと、それでいいんだって気がした。

リアノンはまたベッドにすわった。

「すわって」リアノンは言った。でも、今回はキスしなかった。その代わり、ケルシーのきゃしゃなからだを抱きしめてくれた。

「うまくできるかな」ささやくように言う。

「できるわ」リアノンが言う。「あなたならできる」

ひとりで部屋にいると、ケルシーの父親が帰ってきた。キーを放り投げ、冷蔵庫からなにかを出している音がする。そして、寝室まで歩いていって、また出てきた。ただいまを言いにもこない。ケルシーがここにいるって認識しているかどうかさえ、わからない。

五分すぎた。十分。ついに、父親が大声で呼んだ。「食事だぞ！」

キッチンでなにかしてるようすはなかったので、食卓にケンタッキーフライドチキンの容器がのってるのを見ても、驚かなかった。ケルシーの父親はすでにドラムスティックを食べはじめてる。

いつもこういうふうなんだろう。父親は食事を持って帰り、テレビの前で食べる。ケルシーは自分の分を部屋へ持っていく。そして、そのあともそのまま過ごす。

でも、今夜はちがう。今夜、ケルシーは言うからだ。「あたし、死にたい」

最初は、聞こえなかったのかと思った。

「こんなこと、聞きたくないのはわかってる。でも、本当なの」

父親の手がパタンとわきにおろされた。ドラムスティックをまだ持ったまま。

「なんて言ったんだ？」

「死にたいって」答える。

「おいおい」と父親。「冗談だろ？」

ケルシーだったら、嫌気がさして部屋を出ていっただろう。あきらめただろう。

でも、なおも言う。「助けが必要なの」そして、「これは、ずっと前から考えてたこと」と言って、食卓に日記を置き、父親のほうに押し出した。ケルシーに対する最大の裏切り行為かもしれない。最悪な気分だけど、リアノンの言ったことを思い出し、正しいことをしてるんだと自分に言い聞かせる。

ケルシーの父親はドラムスティックを置いて、日記を手に取った。読みはじめる。父親の表情を読もうとする。こんなものは見たくないはずだ。こんな状況になったことに、腹を立てている。こうなったことを憎んでいると言ってもいい。でも、娘を憎んでいるわけじゃない。父親は日記を読みつづける。この状況を憎んでいたとしても、娘のことは憎んでいないから。

「ケルシー……」父親は言葉を詰まらせる。

父親がどれだけ衝撃を受けているか、ケルシーにも見えているといいと思う。父親の表情。父親の人生が崩れ落ちていくさま。そうすれば、気づけるかもしれない。たとえほんの一瞬だとしても。彼女にとって世界はたいした存在じゃなくても、世界にとって彼女は大切な存在なんだって。

「これは、その……ただ書いただけじゃないんだな？」父親はたずねる。

うなずく。バカな質問だけど、だからって父親を責めたりはしない。

「じゃあ、どうすればいい？」

やった。とうとう父親をこっちへむかせたのだ。

「助けが必要なの。明日の朝、土曜にやってるカウンセラーを見つけて、どうすればいいか、教えてもらわなきゃ。薬を飲まなきゃいけないかも。医者にもいかないと。もうずっとこの状態で生きてきたから」

「どうして言わなかったんだ？」

どうしてわからなかったわけ？ 言いかえしたかった。でも、今、言うことじゃない。父親が自分で気づかなきゃならない。

「そんなこと、どうでもいい。今は、これからのことを考えなきゃ。あたしは今、助けを求めてる。だから、あたしを助けて」

「明日の朝まで待っても、大丈夫か？」

「今夜は、なにもするつもりはない。でも、明日になったら、ちゃんと見張ってて。もし明日、気が変わってても、むりやり連れてって。気が変わるかもしれない。こんな話、しなかったふりをするかもしれない。その日記を持ってて。そこに書いてあることは本当だから。もしあたしが逆らっても、戦って。救急車を呼んで」

「救急車？」

「そのくらい深刻なことなの、パパ」

パパ、という言葉は父親の心に突き刺さった。ケルシーはめったに使わないのだろう。父親は泣いていた。二人は立ちつくしたまま、見つめ合った。

そして、ようやく父親は口を開いた。「なにか食べろ」容器からチキンをとって、部屋に持っていった。言うべきことはすべて言った。あとはケルシーが自分で話さなければならない。

父親が家を歩きまわっている音がする。それから、電話で話している声がした。父親を助けてくれる相手であることを祈る。リアノンが自分を助けてくれたみたいに。部屋のドアの前で足を止め、開ける勇気はないまま、でも、耳をそばだてている気配を感じる。わざと寝返りを打って、まだ目を覚ましていることを、生きていることを、伝える。

父親が心配しているようすに耳を澄ませながら、眠りに落ちる。

6006日目

電話が鳴ってる。

リアノンだと思って、手をのばす。

ありえないのに。

表示された名前を見る。オースティン。

彼氏だ。

「もしもし?」電話に出る。

「ヒューゴ！　九時のモーニングコールだよ。一時間でいくから。かわいくきめとけよ」

「そうするよ」モゴモゴと答える。

一時間で、やることをすべてすませなければ。

まず、定番。起きて、シャワーを浴びて、着がえる。キッチンで、親が知らない言葉でしゃべってるのが聞こえる。スペイン語っぽいけど、そうじゃない。ってことは、ポルトガル語だろう。外国語は対応に困る。数カ国語をほんの少ししゃべれるだけで、ぺらぺらなふりができるほど速く記憶にアクセスはできない。ヒューゴの意識にアクセスして、両親がブラジル出身だと知る。でも、それがわかったところでポルトガル語ができるようになるわけじゃないから、キッチンは避けておく。

オースティンはヒューゴをひろって、アナポリスのゲイ・パレードにいくつもりだ。友だちのウィリアムとニコラスもいっしょにくることになってる。ヒューゴの記憶にもカレンダーにも、ちゃんと印がついている。

ありがたいことに、ヒューゴは部屋にラップトップを持っていた。週末だから学校のパソコンは使えないし、危険だけど、ログインするしかない。急いで自分のアカウントを開くと、十分前にリアノンが送ったメールがきていた。

A

昨日、うまくいったことを祈ってます。今、ケルシーの家に電話してみたんだけど、だれも出なかったの。ちゃんとカウンセリングにいったのかな？　いい兆しだと思おうとしてるとこ。

あと、このサイト、見ておいたほうがいいかも。もう手のつけようがなくなってる。

今日はどこにいるの？

R

リアノンの「R」の下に貼ってあったアドレスをクリックすると、ボルティモアのゴシップ誌のサイトにつながった。

悪魔はわれわれの中にひそんでいる！

ネイサンの話だけど、それだけじゃなかった。今回は、ほかにも五、六人が悪魔にからだを乗っ取られたと名乗り出てる。ネイサン以外は見覚えがないので、ほっとする。全員、年上だ。それに、ほとんどが、乗っ取られていた期間は一日以上だって言ってる。

記者は半信半疑の書き方をしてるだろうと思いきや、実際は無批判に彼らの主張を受け入れていた。それどころか、別の悪魔話に関連づけてる。悪魔にやらされたと主張している死刑囚とか、地位を失いかけ、自分ではないものに取りつかれたと言い張る政治家や牧師とか。どれもずいぶんと都合のいい話だ。

急いでネイサンの名前で検索をかけると、この前よりさらに記事は増えていた。ずいぶんと広まってる。

どの記事でも、ある人物のコメントが引用されている。基本的に、毎回同じことを言っていた。

「こうしたケースが、悪魔による乗っ取りだということはまちがいない」ダルドリーのカウンセリングをしているアンダーソン・プール牧師は言っている。「まさに典型的なケースだ。悪魔は、どこにでもいるのだ。

こうした現象は、なんら驚くようなことではない。われわれの社会は、扉を大きく開け放ってきた。悪魔が入ってくるのも、当然だろう」

みんな、こんなことを信じているんだ。記事やそれに対するコメントは、ものすごい数だった。なにもかもが悪魔の仕業だと思ってる連中からだ。

よく考えもしないで、衝動的にネイサンにメールを送った。

悪魔なんかじゃない。

送信ボタンを押す。でも、ちっとも気分は晴れなかった。

リアノンにメールして、ケルシーのお父さんと話したことを伝えた。それから、今日はアナポリスへいくこと、着ていくTシャツ、自分の外見も書いておいた。

外からクラクションの音がした。車が見える。オースティンのだろう。キッチンをダッシュで通り抜け、ヒューゴの両親にいってきますとさけぶ。それから、車へ乗りこもうとすると、助手席にいた男の子（ウィリアム）はうしろの男の子（ニコラス）の横に移って、ヒューゴを彼氏のとなりにすわらせてくれた。オースティンはヒューゴのTシャツをひと目見るなり、舌を鳴らした。「そんなんでゲイ・パレード（※LGBTを讃《たた》えるイベント）にいくのかよ？」もちろん、ジョークだ。たぶん。

車に乗っているあいだじゅう、会話に囲まれていたけど、半分上の空だった。意識は別のところをさまよっていた。

ネイサンにあんなメールを送るんじゃなかった。

たった一行だけど、あまりにも多くのことを認めてしまっていた。

アナポリスに着いたとたん、オースティンは水を得た魚みたいになった。

「最高だろ？」何度も聞いてくる。

ウィリアムとニコラスといっしょに、うなずく。実際のところ、アナポリスのゲイ・パレードはそこまで洗練されてるって感じじゃなかった。いろんな意味で、海軍兵学校が一日だけゲイやレズビアンになったって感じで、そのへんの人たちが適当に寄り集まってきて、歓声を送ってくる。空は晴れ、涼しいのも手伝って、みんなますます盛りあがった。オースティンはヒューゴとつないだ手を大きくふりながら、黄色いレンガの道を歩いていく。いつもだったら、魅了されてたと思う。今日この日に、オースティンが誇らしげなのもとうぜんだ。ヒューゴが心ここにあらずって感じなのは、オースティンのせいじゃない。

群衆の中にリアノンの姿を探す。探さずにはいられない。オースティンもそれに気づいた。

「だれか知ってるやつがいるのか？」

「ううん」正直に答える。

リアノンはいない。今日は、こられなかったのだ。バカみたいだ、きてくれるかもしれないと思うなんて。こっちの都合に合わせて、そのたびに自分の生活を中断するなんて、できるわけない。リアノンの日常だって、同じように大切なんだ。

しばらくいくと、ゲイ・パレードに反対している人たちが何人か、街角で待ち受けていた。こういう人たちのことは理解できない。赤毛の人がいることに抗議してるようなものなのに。自分の経験から言っても、欲求は欲求だし、愛は愛だ。相手の性別に恋するんじゃない。その人に恋するのだ。それがむずかしい人がいるのは知ってるけど、どうして難しいのか、わからない。あまりにもあたりまえのことなのに。

ケルシーだったとき、リアノンが長いキスをすることにためらっていたのを、思い出す。性別が理由じゃないといいけど、と思う。あのときは、ほかにも理由になりそうなことは山ほどあったし。

抗議者の持っているプラカードのひとつに目が留まった。〈ホモセクシャルは悪魔のしわざ〉。またいろいろな思いが渦巻く。どうして人間は怖《おそ》れているものに悪魔と名づけるんだろう。原因と結果が逆だ。悪魔が人間にやらせるんじゃない。人間がやったあとで、それを悪魔のせいにするんだ。

オースティンは抗議者の前でわざと足を止めて、ヒューゴにキスした。オースティンらしい。応じようとした。主義としては、オースティンに賛成だ。でも、キスには入りこめなかった。

熱烈さを装うなんてできない。

オースティンは気づいた。なにも言わなかったけど、気づいてしまった。

ヒューゴの電話でメールをチェックしたかったけど、オースティンの目の届かないところへいかせてもらえなかった。ウィリアムとニコラスが昼ごはんを食べにいくと、オースティンはしばらくは二人だけで行動しようと言った。

昼ごはんを食べにいくのかと思ったけど、オースティンは今っぽい服を売ってる店にいって、あれこれ試着しては、試着室の外にいるヒューゴに意見を求めた。一度、試着室の中に引っぱりこまれてキスされたので、今回はこっちも返した。でも、そうしながら、ここにいたら、リアノンに見つけてもらえないと思わずにはいられなかった。

オースティンが、スキニージーンズがちゃんとスキニーかどうかについてあれこれ話してるあいだ、気がつくと、今ごろケルシーはどうしてるだろうと考えていた。心の中にある思いを打ち明け、うまくやってるだろうか？　あくまで反抗して、そもそも助けがほしいなんて言った覚えはないって言い張ってたら？　すると今度は、トムとジェームズが、今週は一日が消えたなんて気づきもしないで部屋でゲームをしている姿が浮かんでくる。ロジャー・ウィルソンが今夜、明日の朝、教会へ着ていく服を用意するさまを思い浮かべる。

「なに、考えてる？」オースティンにきかれた。

「そのジーンズ、いいなって」

「見てもいないじゃないか」

反論できなかった。オースティンの言うとおりだ。見てもいない。

そして、オースティンを見た。もっと集中しないと。

「それ、気に入ったよ」オースティンに言う。

「おれは、気に入らない」オースティンは言って、試着室に飛びこんでしまった。


ヒューゴにとっていい訪問者じゃなかった、と後悔した。ヒューゴの記憶にアクセスして、彼とオースティンが付き合いだしたのは、ちょうど一年前のこのゲイ・パレードがきっかけだったことを知る。それまでも友だちだったけど、おたがい自分の気持ちは話したことがなかった。二人とも友情を壊すのが怖くて用心深くなり、結果、友情自体も深まるどころか、むしろ気まずくなっていった。そんなときだった。二十代の男性二人が手をつないで通りすぎたのを見て、オースティンが言ったのだ。「十年後におれたちもああなるかもよ」

ヒューゴは言った。「十カ月後かも」

オースティンが言う。「十日後とか」

「十分後でもいいな」

「じゃ、十秒後」

それから二人で十数えて、そのあと一日じゅう、手をつないでいた。

そうして始まったのだ。

ヒューゴなら、思い出したにちがいない。

でも、Aは思い出さなかった。

オースティンは、なにかがちがうのを感じていた。そして、なにも持たずに試着室から出てくると、ヒューゴをじっと見つめ、心を決めたように言った。

「出ようぜ。この店でこの話はしたくない」

そして、パレードから離れ、人混みを避けて、川辺のほうに歩いていった。人目につかないベンチを見つけ、そっちへいってすわる。すわるなり、オースティンは堰《せき》を切ったように話しはじめた。

「今日は一日、心ここにあらずって感じだった。おれの言うことはひと言だって聞いてないし、だれかを探してきょろきょろしてる。キスしても、板きれにキスしてるみたいだ。それも、よりによって今日って日に。もう一度がんばってみるって言ってたよな。なんだか知らないけど、おまえがこの何週間かずっと悩んでいることは、吹っ切るって。ほかにだれかいるわけじゃないって、はっきり言ってたよな。でも、ちがったみたいだな。おれは向かい風にだって喜んでむかっていくつもりだった。だけど、向かい風にむかいつつ、ぶらぶら歩いたり、会話を楽しんだり、そこまではできないってわかったよ。結局のところ、おれはそこまで器用にはなれないらしいな」

「オースティン、ごめん」

「そもそも、おれのこと愛してるのか」

ヒューゴはオースティンのことを愛してるんだろうか？　その気になれば、ヒューゴがオースティンを愛してるときの記憶と、そうじゃないときの記憶にアクセスしておくことはできたはずだ。でも、だとしても、この質問には答えられないし、答えることが誠実かどうかもわからない。完全に追いつめられてしまった。

「ぼくの気持ちは変わってない。今日はちょっとぼうっとしてるだけなんだ。オースティンのことは関係ない」

オースティンは笑った。「おれたちの記念日なのに、おれには関係ないってか？」

「そういう意味じゃない。ぼくの気分の問題だ」

オースティンは首を横にふった。

「もう無理だよ、ヒューゴ。無理だって、おまえもわかってるだろ」

「別れるつもり？」声が恐怖でふるえるのを、抑えられなかった。自分が二人をこんな目に遭わせようとしてることが、信じられない。

オースティンも恐怖を聞き取った。ヒューゴのようすを見て、もう少し続ける意味があると思ってくれたらしい。

「今日っていう日を、こんな日にしたくないんだ。おまえも同じだって、信じたい」

今日、ヒューゴがオースティンと別れるつもりだったかどうかなんて、わかるはずがない。でも、もし別れるつもりだったとしても、明日以降、いつだって別れられる。

「こっちへきて」オースティンがからだを寄せたので、彼の肩に頭をもたせかけた。しばらくそうやって二人ですわって、入江の船を眺めていた。オースティンの手を取る。そして、彼のほうを見やると、必死で涙をこらえていた。

もう一回キスしたとき、そこに思いをこめることができたのがわかった。オースティンもそれを感じた。愛だ、って思ったかもしれない。それは、関係を終わらせないでくれたオースティンへの感謝の気持ちだった。あともう一日、チャンスをくれたことへの。

そのまま遅くまでアナポリスにいた。そのあいだずっと、オースティンのいい彼氏でいたと思う。そのうち、パレードの主催者たちがヴィレッジ・ピープルの『イン・ザ・ネイビー』を爆音でかけはじめると、少しだけだけどヒューゴになりきって、オースティンとウィリアムとニコラスと数百人のゲイとレズビアンの人たちと踊った。

リアノンのことは探しつづけたけど、オースティンがほかのことに気をとられているときだけにした。そして、ある時点であきらめた。

家に帰ると、リアノンからメールがきていた。

A

アナポリスにいけなくてごめんなさい。今日は用事があったから。

R

明日はどう?

用事ってなんだろう。ジャスティンに関係あるとしか思えない。そうじゃないなら、どんな用事か書くはずだ。

そんなことを考えていたとき、オースティンから、今日は楽しかったというメールがきた。こっちも楽しかったと返す。明日、ヒューゴもそう思うことを、祈るしかなかった。オースティンに証拠をわたしてしまったんだから。

ヒューゴの母親が入ってきて、ポルトガル語でなにか言ったけど、半分しかわからなかった。

「疲れてるんだ。そろそろ寝るよ」英語で返事をする。

母親の言ったことへの返事ではなかったのに、母親は首をふって(よくいる愛想の悪い思春期の子どもってわけだ)、自分の部屋にもどっていった。

寝る前に、ネイサンから返事がきているかどうか見ることにした。

きていた。

ひと言だけ。

証拠を見せろ。

6007日目

次の朝は、ビヨンセのからだで目が覚めた。

もちろん、あのグラミー賞歌手の、本物のビヨンセじゃない。でも、びっくりするくらいビヨンセに似てる。からだの凹凸がすべて、あるべきところにある。

目を開けると、景色がぼやけていた。枕元の眼鏡に手を伸ばすけど、見つからない。しょうがないので、よろめきながら洗面所へいって、コンタクトレンズをはめる。

それから、鏡を見た。

かわいいんじゃない。きれいでもない。

非のうちどころのない、ゴージャスさだった。


いちばんいいのは、そこそこかわいかったり、そこそこかっこいいときだ。理由1。ほかの人間に、さえないと思われずにすむ。理由2。いい印象を与えられる。理由3。外見だけですべてが決まらずにすむ。っていうのも、魅力的な外見は、メリットだけじゃなくて、デメリットももたらすからだ。

アシュレイ・アシュトンの人生は、外見によって決められてしまっていた。ただきれいってだけなら、もって生まれたものでなれるけど、まわりをはっとさせるには、なんらかの作為が必要だ。この顔とからだには、ものすごい労力が注がれていた。一日を始めるにあたって、本当はなにか朝のお手入れをひと通りしなきゃいけないんだろうなと思う。

でも、そんな気はない。アシュレイみたいな女の子には、どんなに戦ったところで、十代の外見を永遠に保つことなんてできないんだって言ってやりたい。人生を築いていくには、どれだけ見かけがいいかってことよりも大切なことがたくさんあるんだって。でも、そんなメッセージを伝える方法はない。せいぜいできる抵抗は、一日眉毛を整えないことくらいだった。

自分のいる場所をたしかめると、リアノンのところからたった十五分のところだった。

いいぞ。

アカウントにログインすると、リアノンからメールがきていた。

A

今日は予定がなくて、車も使えるの。ママに用事があるって言っておいたから。「用事」になる気はある?

R

もちろん、って返事を打った。もちろん×一〇〇万回だ、って。

アシュレイの両親は、週末旅行に出かけていた。兄のクレイトンが保護者役なので、面倒くさいことを言ってくるんじゃないかって心配だったけど、実際にはおれにはおれの用事があるってしつこくくりかえしたから、こっちもじゃまする気はないわよって言いかえした。

「そのかっこうで出かけるのか?」

ふつうだったら、兄がこういう質問をする場合、スカートが短すぎるとか胸元がはだけすぎてるとか、そういう意味だけど、この場合は、アシュレイが家用のかっこうで、外出用のかっこうをしてないってことだろう。

本当はどうでもよかったけど、アシュレイにとってはどうでもよくないってことを尊重しなきゃならない。それどころか、めちゃめちゃこだわってるに決まってる。だから、部屋にもどって着がえ、少しだけど化粧までした。アシュレイが送っている人生に興味をかきたてられる。超美人の人生に。ものすごく背が低かったり、ものすごく背が高いのと同じで、ものすごい美人の場合も、世界の見え方が変わるにちがいない。まわりの見る目がちがうなら、自分のまわりを見る目も変わる。

実の兄ですら、妹には一歩ひいていた。アシュレイがふつうの外見だったら、ぜったいそうじゃなかったと思う。今日は、友だちのリアノンと出かけてくると言っても、あれこれ聞いてきたりしなかった。

美しさに疑問を持たれることがないなら、ほかのことにも疑問をもたれることはめったにない。

車に乗ったとたん、リアノンは笑い出した。

「冗談でしょ」リアノンは笑いながら言った。

「なにが？」それから、意味を理解した。

「なにが？」リアノンはからかうようにくりかえした。それだけリアノンがくつろいでるのはうれしかったけど、からかわれてることには変わりない。

「わかってよ。いろんなからだで会ったことがあるのに、リアノンだけなんだから。こっちだって、まだ慣れてない。リアノンがどんなふうに反応するか、想像もつかないよ」

リアノンは少しまじめになって言った。

「ごめん。だって、超美人の黒人の女の子だなんて。Aのことをイメージするのは、すごくむずかしい。毎回、変えなきゃならないんだもの」

「リアノンがいいように想像してよ。そっちのほうが、リアノンが見ている宿主よりよっぽどAに近いと思う」

「わたしの想像力がこの状況に追いつくのにはもう少し時間が必要なの。いい？」

「もちろん。じゃ、どこへいく？」

「もう二人で海へはいったから、今日は森へいったらどうかと思ってたの」

車は走りだした。森へむかって。

この前とはちがった。ラジオはついていたけど、いっしょに歌わなかった。同じ空間にいたけど、二人の考えはそこからさまよい出ていった。

リアノンの手を握りたかったけど、うまくいかない気がした。リアノンのほうから手を握ってくることはないのはわかってた。こっちが必要としないかぎり。超美人だからだ。そのせいで、触れてはいけない存在になってしまう。それに、毎日からだがちがうせいでもある。これまで積みあげてきた関係はあっても、それは目に見えない。前回とはちがうに決まってる。自分がちがうんだから。

ケルシーのことをちょっと話した。リアノンが昨日、ようすをたしかめるためにもう一度電話をすると、ケルシーの父親が出たので、ケルシーの友だちだとうそをついた。そうしたら、ケルシーはやらなければならないことがあって留守にしていると言われたので、それ以上はきかなかったという。きっといい兆しだと考えることにする。

そのあとも、いろいろ話したけど、とりとめのないことばかりだった。なんとか気まずい雰囲気を抜け出したい。前みたいに彼氏として扱ってほしい。それとも、彼女として？　でも無理だった。彼氏でも彼女でもないから。

公園につくと、週末に森を訪れている人たちとはちがう方向へ車を進めた。そして人目につかないところにピクニックできそうな場所を見つけると、リアノンはトランクからごちそうを出してきて、驚かせた。

かごからつぎつぎ美味《おい》しそうなものが出てきた。チーズ、フランスパン、フムス、オリーブ、サラダ、ポテトチップ、サルサ。

「ベジタリアンなの？」目の前に広げられたものを見て、聞いた。

リアノンはうなずいた。

「どうして？」

「わたしの説では、死んだら、これまで食べた動物たちから食べられるってことになってるの。Aが肉食系なら、これまで食べた動物をぜんぶ足してみて——ね、それだけのあいだ、煉獄《れんごく》で食われつづけるわけ」

「本気？」

リアノンは笑った。「まさか。ただしょっちゅうきかれるから、うんざりしてるだけ。ベジタリアンなのは、意識を持ってる生き物を食べるのはまちがってるって思うから。環境にも悪いし」

「なるほどね」これまで何度も、宿主がベジタリアンのときにうっかり肉を食べてしまったことは言わなかった。意識にアクセスするとき、ベジタリアンかどうか調べるのは、つい忘れがちなのだ。たいてい、友だちの反応で気づく。一度完全な菜食主義者《ビーガン》だったときは、マクドナルドでゲエゲエ吐くはめになった。

お弁当を食べながら、またとりとめのない話をした。広げたお弁当を片づけて、森を歩き出すと、ようやく本題に入った。

「Aがどうしたいかを知りたいの」リアノンは言った。

「リアノンと付き合いたい」よく考える前に、言ってしまった。

リアノンは歩きつづけた。いっしょに歩きつづける。

「でも、無理よ。それはわかってるでしょ?」

「そんなことない。わかってなんかいない」

リアノンは足を止めた。そして、肩に手を置いた。

「わかってくれないと。あなたのことを想うことはできる。あなたも、わたしを想うことはできる。でも、付き合うことはできない」

バカみたいだけど、きかずにはいられなかった。「どうして?」

「どうして? ある朝、起きたら、Aがアメリカの反対側にいるかもしれないからよ。毎回会うたびに、新しい人に会うような気がするから。わたしがいてほしいとき、そばにいてもらえないから。あなたがどんな姿でも好きになれるとは思えないから。今日みたいじゃ無理」

「どうして今日みたいだと、好きになれないの?」

「すごすぎるんだもの。今日は完璧すぎる。いっしょにいるところなんて想像できない……あなたみたいな人と」

「アシュレイじゃなくて、中身を見て」

「中身を透かして見るなんてできないでしょ。それに、ジャスティンのこともある。ジャスティンのことを忘れるわけにはいかない」

「ジャスティンのことなんて、考えなくていい」

「わかってないくせに。ジャスティンの中にいたのはどのくらい？　起きてるあいだよ。十四時間？　十五時間くらい？　彼の中にいたときに、彼のことを本当にすべてわかったって言える？　わたしのことだってそう」

「リアノンがジャスティンのことを好きなのは、彼が自暴自棄になってるからだよ。信じて。同じような関係を見てきたんだ。自暴自棄になってるやつを好きになった女の子がどうなるか、わかってる？　自分も絶望するんだ。かならずね」

「わたしのことなんて知らないくせに――」

「こういう関係のことなら、わかってるんだ！　ジャスティンみたいな人間のこともわかってる。リアノンがあいつのことを想ってるほど、あいつはリアノンのことを想ってない。それに、こっちはあいつなんかより、ずっとリアノンのことを想ってるんだ」

「やめて！　だまって」

やめられなかった。「ジャスティンがアシュレイに会ったら、どうなると思う？　三人で出かけたら？　それでも、ジャスティンはリアノンのことをちゃんと見てると思う？　ジャスティンは、リアノンがどういう人間かなんてことは頭にないよ」さらに言う。「こっちはたまたま、アシュレイなんかよりリアノンのほうが一〇〇〇倍すてきだと思ってるけどね。でも、ジャスティンはどうかな。チャンスがあっても、手を出さないでいられると思う？」

「ジャスティンはそんな人じゃない」

「本当に？　本当にそう言いきれる？」

「いいわ。彼に電話してみる」

すぐにやめさせようとしたけど、リアノンはジャスティンに電話をかけ、友だちがきてるから会ってほしいと言った。みんなで夕食を食べない？　ジャスティンはくると言ったけど、リアノンがおごると言ったからだった。

電話を切ると、二人ともしばらく突っ立っていた。

「満足？」リアノンが聞いた。

「わからないよ」正直に言う。

「わたしも」

「何時に待ち合わせたの？」

「六時」

「わかった。じゃあ、それまでのあいだ、すべてを話したい。で、リアノンにもすべてを話してほしい」


事実について話しているほうが、はるかにかんたんだった。なにが本題だとか、いちいち確認する必要もない。ただ話せばよかったから。

リアノンに、いつ最初に気づいたのか、きかれた。

「四歳か五歳だったと思う。もちろん、その前からからだが変わることや、毎日ちがうパパとママがいるってことは、わかってた。おばあちゃんとか、ベビーシッターとか、みんなね。でも、つねにだれかしら世話をしてくれる人がいたし、そういうものだと思ってたんだ。毎朝、新しい生活が始まるんだって。もしまちがえても、つまり、名前とか場所とか決まりとかをまちがえたとしても、だれかがすぐに直してくれた。そこまですごい騒ぎにならなかったんだ。自分のことを男の子だとか女の子だとか、そんなふうに考えたこともなかった。一度もね。今日は男の子、次の日は女の子、みたいな感じかな。服を着がえるみたいに。

結局つまずいたのは、明日っていう概念のせいだった。しばらくして、気づきはじめたんだ。みんなが、しょっちゅう『明日やろう』って言うことに。『明日、いっしょにやろうね』って。そんなの無理だって言うと、変な目で見られた。それでだんだんと、ほかの人たちにとっては、どうやらいっしょに過ごす明日があるらしいことに気づいたんだ。でも、自分にはない。『明日はもういないでしょ』って言っても、『もちろんいるに決まってる』って。でも、次の日に目を覚ますと、やっぱりいないんだ。そして、新しく現れた両親は、どうして子どもが動揺しているか、わかってくれない。

可能性は二つしかない。ほかのみんながおかしいか、自分がおかしいか。いっしょに過ごす明日っていうものが存在するって、みんなが思いこもうとしてるのか、自分だけが『みんなの明日』からいなくなるのか」

リアノンが聞いた。「その場所に残ろうとした？」

「したと思うよ。でも、もう今は思い出せない。泣いたり、抗議したりしたのは覚えてる。そのことは、話したよね。だけど、ほかの日はどうだったんだろう？　よくわからない。ほら、リアノンだって五歳のときのことをぜんぶ覚えてるわけじゃないよね？」

リアノンはうなずいた。「そんなにはね。幼稚園が始まる前に、ママがわたしと姉を靴屋に連れていって、新しい靴を買ってくれたこととか、青信号が進めで、赤信号が止まれだって習ったこととか。クラスで信号の色を塗って、黄色について説明するときに先生がちょっと困ってたことも覚えてる。たしか、赤信号のときと同じようにしなさいって言われた記憶がある」

「字が読めるようになるのは早かったんだ。先生が驚いたのを、覚えてるよ。次の日は次の日で、先生たちはまた驚いたんじゃないかな。同じ子がすっかり忘れてるんだから」

「五歳児なら、一日くらい、記憶が消えたって気づかなそう」

「かもね。わからないよ」

「そのことについて、ジャスティンに何度も聞いたの。Aがジャスティンだった日のこと。にせの記憶なのに、疑いもせず話すから、びっくりだった。いっしょに海にいったって言っても、否定しないの。でも、本当のところは、覚えていないのよ」

「双子のジェームズもそんな感じだった。なにもへんだと思ってなかったよ。だけど、リアノンと会ったときのことを聞いたら、ぜんぜん覚えてなかった。スタバにいったのは覚えてるんだ。ジェームズの意識は、その時間のことはちゃんと説明できる。でも、実際、なにがあったかは覚えてないんだ」

「Aが覚えてててほしいと思うことしか、覚えてないのかも」

「その可能性も考えてみた。本当のところがわかればいいんだけど」

さらに森の奥まで歩いていく。そして、木の幹をつかんでぐるっと回る。

「恋愛は？　恋愛はしたことある？」リアノンが聞く。

「恋愛って言えるかどうかはわからないけど。人を好きになったことはあるよ、もちろん。一日で離れなきゃならないことを本気で悲しんだこともあった。あとから、相手のことを探そうと思ったことも、一、二度ある。だけど、うまくいかなかった。いちばん恋愛に近いのが、ブレナンかな」

「聞かせて」

「一年半くらい前かな。そのときは、映画館でバイトしてた。ブレナンはいとこのところに遊びにきてたんだ。彼がポップコーンを買いにきて、おたがいちょっと気をひくようなことを言い合ったんだよ。それがなんて言うか……火をつけたんだ。スクリーンがひとつしかない、狭い映画館でね。映画の上映中はすごくひまなんだ。ブレナンは、映画の後半は見なかったと思うよ。こっちに出てきて、また二人でしゃべったから。結局、映画の結末を教えなきゃならなかった。ブレナンがずっと映画を観てたってことにできるように。最後にメアドをきかれたから、アカウントを作った」

「わたしのときみたいに」

「そう、リアノンのときみたいに。その夜、メールをくれて、次の日、ブレナンはメイン州の家に帰った。理想的だったんだよ。そのあとは、メールだけの関係でよかったから。映画館では名札をつけてたから、名前のほうはそれで通すしかなかったけど、名字のほうは適当に作って、ネット上のプロフィールもでっちあげた。本物のほうのプロフィールからいくつか写真を借りてね。たしか、イアンって名前の子だった」

「え、じゃあ、Aも男の子だったの?」

「そうだよ。問題ある?」

「ううん」リアノンは言った。「ないと思う」でも、あると思ってるのがわかった。大問題でないにしても。また、頭の中のイメージを少し修正しなきゃならないから。

「それから、ほとんど毎日メールしてた。チャットもしたよ。本当のことは話せなかったけど(イアンがいそうもない場所からメールする日もあったし)、それでも、外の世界に自分のものでありつづける関係があるって感じられたし、それはすごく新しい感覚だった。たったひとつ、問題だったのは、ブレナンがそれ以上のことを求めてきたこと。もっと写真がほしいとか。スカイプで話そうとか。そうやって密に連絡を取り合って、一カ月くらい経ったころ、ブレナンがまたこっちにくるって言い出したんだ。おばさんとおじさんから、またおいでって言われてたし、もうすぐ夏だからって」

「たいへん」

「そう、まずいと思った。逃げ道は思いつかなかった。はぐらかせばはぐらかすほど、ブレナンもそれに気づいた。話すことって言えば、自分たちのことだけになった。ときどき脱線したけど、ブレナンはいつも、元の話に引きもどした。だから、終わりにするしかなかった。二人には明日がなかったから」

「どうして本当のことを言わなかったの？」

「ブレナンに理解してもらえるとは思えなかったから。そこまでブレナンのことを信じてなかったんだと思う」

「じゃあ、終わりにしようって言ったのね」

「ほかに好きな人ができたって言ったんだ。そのときの宿主から写真を借りて。にせのプロフィールの〈交際ステータス〉も変えた。ブレナンは二度と連絡してこなかった」

「かわいそうに」

「わかってる。それからあと、二度とネット上で深く付き合うようなことはやめようって決めたんだ。かんたんそうに思えてもね。だって、最終的にリアルな関係にならないなら、ネット上の関係なんて意味がないから。そして自分はだれにもリアルなものを提供できない。ごまかししか」

「だれかさんの彼氏を演じるとか」リアノンが言った。

「まあね。だけど、わかってほしい。リアノンだけは、そのルールの例外なんだ。リアノンとの関係は、ごまかしの上に築きたくなかった。だから、リアノンには初めて本当のことを話したんだ」

「面白いのは、そうやってごまかしたって話を、Aがすごくめずらしいことみたいに話すでしょ。でも、本当のことを言わずに毎日を送ってる人なんて、たくさんいると思う。毎朝、同じからだで目覚めて、同じ人生があっても」

「どうして？　リアノンが言ってないことはなに？」

リアノンは目を見て言った。「もしわたしがなにかを言わずにいるとしたら、それは理由があるからよ。Aがわたしを信用してるからって、わたしがAを信用することにはならない。信用っていうのは、そういうものじゃない」

「そのとおりだと思う」

「そう。だけど、この話はもういい。次は、そうね、三年生のときのことを話して」

会話は続いた。リアノンに、ものを食べる前に必ずアレルギーに関する情報にアクセスするようになったいきさつ（九歳のとき、イチゴで宿主を殺しかけたから）を話すと、リアノンは子ウサギ恐怖症になった理由（スウィズルっていう、ケージから脱走しては人の顔の上で眠る極悪ウサギのせい）を話してくれた。今までで最高のママ（プール遊園地の事件が関係してる）のことを話すと、リアノンは一生同じ母親と暮らすいい点と悪い点について教えてくれた。母親ほど、頭にくる存在はいないけど、母親ほど愛せる人もいない、って。そのあと、自分はずっとメリーランド州にいたわけじゃなくて、宿主が長い距離を移動したときは、自分も移動することを話した。お返しに、リアノンは飛行機に乗ったことがないのを教えてくれた。

リアノンはあいかわらずアシュレイと距離をあけてすわっていた。肩にもたれかかったり、手をつないだりはありそうもない。でも、からだが離れていたとしても、言葉はそうじゃなかった。だから、それでかまわなかった。

車にもどると、お弁当の残りを片づけ、今度はそのへんを歩きながら、さらにしゃべった。こうやって話してみると、自分がかなりの数の宿主の生活を覚えていることに気づいて、びっくりした。リアノンはリアノンで、彼女のたったひとりぶんの人生に、負けないくらいいろいろな物語があることに驚いているようだった。リアノンのようなふつうの存在は、こっちにとってはふしぎだし、興味をかきたてられる。そのようすを見て、リアノン本人も、自分の人生にこれまでより少しよけいに興味がわいてきたのかもしれない。

このまま真夜中までだって、過ごせそうだった。でも、五時十五分になると、リアノンは携帯を見て言った。「そろそろいかなきゃ。ジャスティンが待ってる」

うまく忘れてたのに。

結末は見えてる。こっちは、めちゃくちゃ魅力的な女の子だ。そしてジャスティンはいかにも女好きってタイプ。

リアノンのさっきの説が合ってることを祈る。つまり、宿主は、こっちが覚えていてほしいことしか覚えてないか、宿主の意識が覚えていたいことしか覚えてないか、どっちかだといい。もちろん、そこまでやるつもりはない。ジャスティンがその気になるってことだけはっきり示せればいいんだから、実際になにかする必要はない。

リアノンは高速道路をおりたところにあるシーフード店を選んでいた。いつもどおり、宿主に貝アレルギーがないことを確認する。アシュレイはある意味、自分はいろんなものにアレルギー反応を起こすと思いこむことによって、食べられるものをかなり限定してた。けど、貝類はそのリストに入っていなかった。

アシュレイが入っていくと、比喩とかじゃなく本当に、客の頭が次々とこっちへむけられた。ほとんどは、アシュレイより軽く三十歳以上年上の男の頭だ。アシュレイは慣れっこだろうけど、こっちはすっかりビビってしまった。

リアノンはジャスティンを待たせたらどうしようとはらはらしていたけど、実際は、ジャスティンのほうが十分遅れで現われた。最初、ジャスティンがアシュレイを見たときの顔は、それだけできたかいがあったって思った。友だちがきてるってリアノンに聞いたとき想像したのが、アシュレイじゃなかったのはまちがいない。リアノンにあいさつはしたけど、そのあいだもあぜんとしたようにアシュレイを見つめていた。

席に着いたあとも、ジャスティンの反応ばかりに気をとられていたので、リアノンのようすに気づいたのは、しばらくたってからだった。いきなり口数が少なくなって、自分の殻に閉じこもって、おどおどしてる。ジャスティンがいるせいなのか、それともジャスティンとアシュレイ二人のせいなのかは、わからない。

リアノンとは直前まで夢中になって話しこんでいたせいで、ジャスティンと会ったときのことを、なにも決めていなかった。だから、ジャスティンが、どうやって知り合ったのかとか、どうして今までアシュレイの話をしなかったのかとか、とうぜんするような質問をしはじめると、リアノンに代わってうまいこと答えるのはこっちの役割になった。うそを思いつくのにいちいち考えこむリアノンとちがって、こっちは、うそをつくのが生きていくための必須条件みたいになってる。

ジャスティンには、アシュレイとリアノンの母親同士が高校時代の親友だということにした。アシュレイは、今はロサンジェルスに住んでいて（いかにもって感じにしてみた）、テレビのオーディションを受けてる（実際、可能だし）。今回は、母親と一週間東海岸にきたので、むかしの友だちのところへ寄ることにしたのだ。リアノンとはたまに会っていたけど、今回はひさしぶりだってことにした。

ジャスティンは熱心に耳をかたむけているように見えたけど、実際はぜんぜん聞いてなかった。一度、偶然にテーブルの下でジャスティンの脚に触った。ジャスティンは気づかないふりをした。リアノンも気づかないふりをした。

大胆にふるまったけど、やり方にはかなり気をつけた。話を強調するときに何度かリアノンの手に触れておいて、同じことをジャスティンにしても、ことさら特別に見えないようにした。パーティでハリウッドスターと一度だけキスした話をしたときも、いかにもなんでもないって感じで話した。

そうやって誘いに乗ってくるのを待ったけど、ジャスティンにその気概はないみたいだった。特に、料理が目の前に運ばれてくると、優先順位は食べもの、アシュレイ、リアノンの順になった。クラブケーキをたっぷりのタルタルソースに浸しながら、そんなもの食べないでとわめいてるアシュレイを想像する。

食べ終わると、ジャスティンの関心はふたたびアシュレイにむけられた。リアノンも少し元気になって、アシュレイを真似《まね》てジャスティンの手を握った。ジャスティンは払いのけこそしなかったけど、上の空って感じだ。むしろ、みっともないと思ってるようなそぶりだった。よし、うまくいくかもしれない。

とうとうリアノンはお手洗いにいってくると言った。チャンスだ。ジャスティンに取りかえしのつかないことをさせてやる。リアノンに、ジャスティンの本性を見せてやる。

まず脚からはじめた。今回はリアノンがいない。案の定、ジャスティンは脚をどけなかった。

「ハーイ」

「ハイ」ジャスティンは答え、笑みを作った。

「このあと、どういう予定?」

「食事のあとってこと?」

「そう、食事のあと」

「特に決めてない」

「なにかしようよ」言ってみる。

「ああ、いいよ」

「あたしたち二人だけで」

決めぜりふ。ようやくジャスティンは悟った。

さらに身を乗り出し、ジャスティンの手に触れて言う。「きっと楽しいよ」

さあ、こっちへ身を乗り出すんだ。欲しいものを手に入れろ。あと一歩、必要だ。たったひと言、イエスと言わせれば。

ジャスティンはまわりを見まわす。リアノンがいるかどうかたしかめ、まわりの客が見ているかどうかをたしかめる。

「驚いたな」

「いいのよ。あなたのこと、気に入ったの」

ジャスティンは背もたれによりかかって、首を横にふった。「いや……無理だよ」

やりすぎた。ジャスティンは相手に押されるのは好きじゃない。

「どうして？」

ジャスティンは、バカかって目でこっちを見た。

「どうしてって？　リアノンのことは？　本気かよ」

気の利いた答えを返そうとしたけど、そんなものはなかった。どっちにしろ必要なかった。リアノンがもどってきたから。

「もうやめて。おしまいよ」リアノンは言った。

ジャスティンは自分に言われたのだと思い、バカみたいにさけんだ。

「おれはなにもしてない！」そして、脚をひっこめて席の下の壁に押しつけた。「おまえの友だち、どうかしてるぞ」

「もうやめて」リアノンはくりかえした。

「わかった。ごめん」リアノンに言う。

「とうぜんだよ！」ジャスティンはわめいた。「ったく、カリフォルニアではどうだか知らないけど、ここじゃ、そんな真似《まね》はやめとくんだな」立ちあがったジャスティンのズボンの前を盗み見る。口とは裏腹に、アシュレイの誘いが少なくともひとつは効果をあげたらしい。でも、そんなことをリアノンに言えるはずがない。

「おれはもういく」ジャスティンはそう言って、なにかを証明しようとするみたいに、アシュレイの目の前でリアノンにキスをした。「ごちそうさま。また明日な」

アシュレイには、さよならも言わなかった。

リアノンはとなりにすわった。

「ごめん」リアノンに言う。

「いいの、わたしのせいだから。バカだった」

くると思った。**だから言ったでしょ**、が。

「だから言ったでしょ、Aにはわからない。Aには、わたしたちのことはわからないのよ」

伝票がきた。払おうとしたけど、リアノンはアシュレイの手をはねのけた。

「あなたのお金じゃないでしょ」その言葉はほかのなによりも心に突き刺さった。

リアノンは帰りたがってた。さっさとアシュレイを家まで送りたがってる。そうすれば、ジャスティンに電話して、謝って、すべて元通りにできるから。

6008日目

次の朝、目が覚めるとすぐに、パソコンを開いた。でも、リアノンからメールはきていなかった。もう一度、ごめんってメールを入れる。昨日のお礼をくりかえす。送信ボタンを押すと、メッセージが相手の心にむかってまっすぐ飛んでいくのが見えるような気がするときがある。でも、今回みたいに、壁にぶつかるところが浮かぶこともある。

SNSをチェックして、情報を探す。オースティンとヒューゴの〈交際ステータス〉がまだ「交際中」になっている。よかった。ケルシーのページは鍵がかかっていた。救えたらしいケースが一件、救えるかもしれないケースが一件。

ひどいことばかりじゃないって、自分に言い聞かせる。

それから、ネイサンの情報を見る。あいかわらず記事は増えつづけてる。プール牧師のもとには毎日のように証言が寄せられ、ニュースサイトはそのままそれを消費してる。ジ・オニオン（※アメリカの風刺報道機関）まで参戦し、大見出しをつけていた。「ウィリアム・カルロス・ウィリアムズからポール牧師へ『プラムを食べたのは悪魔のせい』」（※詩人ウィリアムズの作品に「冷蔵庫にあったプラムをたべてごめん」という内容の詩がある）。頭の回る連中がパロディ化しはじめたってことは、そうじゃない連中が信じはじめたってことだ。

だからって、こっちにはどうしようもない。ネイサンは証拠をほしがってる。でも、こっちには証拠なんてない。あるのは、言葉だけだ。言葉なんかじゃ、証拠にならない。


今日はＡＪっていう男の子だ。ＡＪは糖尿病なので、ふだんから気をつけていることに加え、別の次元のことも考えなければならない。前にも糖尿病だったことは何度かあって、最初のときは悲惨だった。糖尿病は管理できる病気だ。だから、問題はそこじゃなくて、なにに気をつけ、どう対処するかを、宿主の記憶に頼るしかなかったからだ。結局最後は、具合が悪いふりをして、母親に家にいてもらい、健康管理をしてもらわなきゃならなかった。今では、うまく対処できる気がしてるけど、いつも以上にからだの声に耳を傾けなきゃならない。

ＡＪには、本人はもはや特殊とも思っていないような好みが、いくつかあった。まず彼はスポーツマニアで、本人もサッカーチームの二軍でプレイしてるけど、いちばん好きなのは野球だった。頭の中は、いろいろな統計や事実や数字がいっぱいで、そこから推定して何千通りもの組み合わせや比較を生み出せる。一方で、部屋はまさしくビートルズに捧《ささ》げられた神殿で、見たところ、ジョージがいちばんのお気に入りらしい。着るものを選ぶのも楽だった。というのも、洋服ダンスには、ブルージーンズと、ボタンダウンのシャツの色ちがい以外なかったからだ。それから、こんな数を必要とする人間がこの世にいるとは思えないほどの野球帽があったけど、学校にはかぶっていかないことにしてるみたいだった。

ＡＪがバスに乗ることをなんとも思ってなくて、バスには待ってる友だちがいて、朝食を食べたのにまだお腹《なか》が空《す》いてるってこと以外なんの悩みもない子だってことは、いろんな意味でありがたかった。

今日はごくふつうの日になる。今日は、それを楽しもう。

ところが、三時間目と四時間目のあいだに、現実に引きもどされた。廊下の真ん中で、ネイサン・ダルドリーに会ったのだ。

最初はまちがいだと思った。ネイサンに似てる子なんてごまんといる。でもそれから、ほかの子たちの態度に気づいた。まるでジョークの種が歩いてくるって感じだ。ネイサンは、クスクス笑う声や悪口に気づかないふりをしてたけど、つらそうなのは隠せなかった。

自業自得だ。黙ってることだってできたのに。ほっときゃよかったんだ。

それから、別の考えがよぎる。

悪いのはこっちだ。ネイサンがこんな目に遭ってるのは、自分のせいなんだ。

ＡＪの意識にアクセスすると、ネイサンとは小学校のときから友だちだとわかった。今も、仲は悪くない。すれちがうとき、声をかけても変じゃないだろう。ネイサンも、ふつうにあいさつを返してきた。

昼食は友だちととった。昨日の夜の試合のことをきかれたので、つねに記憶にアクセスしつつ曖昧に答えておく。

ネイサンがひとりで食べているのを横目で見やる。ネイサンは元々さえなかったけど、ここまで友だちがいなかった覚えはない。でも、今はいないみたいだ。

「ちょっとネイサンと話してくる」ＡＪの友だちに言った。

ひとりがうめき声をあげた。「マジかよ？　あいつにはもううんざりなんだよ」

「最近じゃ、トークショーをやってるらしいぜ」もうひとりも相づちを打つ。

「悪魔には、土曜の夜に車をぶっとばすより大事な用があるだろーが」

「だよな」

それ以上、話が盛りあがる前にトレイを持ち、「あとでな」と言い残して、ネイサンのほうへ歩いていった。

ネイサンはＡＪがくるのに気づいてたけど、自分の席にくるとは思ってなかったみたいで、びっくりした顔をした。

「いい？」ネイサンに聞く。

「うん。もちろん」

自分でも、なにを言うつもりかわからない。ネイサンのメールが浮かんでくる。「証拠を見せろ」って言葉がネイサンの目から発射されるんじゃないかって、半分本気で思う。あれは、自分にむけられた挑戦だから。証拠はここだ。目の前にいる。でも、ネイサンにはわからない。

「調子はどう？」友だち同士のふつうの会話って感じにしようとしつつ、フライをつまみあげた。

「別にふつうだよ」じろじろ見たりからんできたりするやつらはいても、最近の調子を聞いてくれる子はほとんどいないんだろう。

「最近、なんかあった？」

ネイサンはＡＪのうしろをちらりと見やった。「友だちがこっちを見てるよ」

ふりかえると、さっきのテーブルの子たちはさっと目をそらした。

「いいよ。やつらはほっとけばいい。ほかの連中もね」

「別にほっといてるよ。どうせあいつらにはわからない」

「わかる。つまり、あいつらにはわからないってことを、わかってるって意味」

「うん」

「だけど、ハンパないだろ？　みんなに興味もたれてさ。ブログとかいろいろ。それに、あの牧師とか」

言いすぎたかもしれない。でもネイサンは話せてうれしそうだった。ＡＪはいいやつなんだろう。

「ああ、牧師さまは本当にわかってくれてる。ぼくが苦しむことになるって、わかってた。でも、強くならなきゃいけないって言われたんだ。みんなに笑われるくらい、悪魔から救われることに比べれば、なんでもないって」

悪魔から救われる。そんなふうに考えたことはなかった。自分が、救われなきゃならないようなおそろしい存在だと思ったことなどなかったのだ。

ネイサンは、ＡＪが考えこんでいるのに気づいた。「なに？」

「ただ さ、その日のこと、ちゃんと覚えてるのかなと思って」

ネイサンの表情に警戒の色が浮かんだ。

「どうしてそんなこと聞くんだ？」

「興味があるんだよ、なんとなく。別に疑ってるわけじゃないよ。そうじゃない。ただ さ、これまでいろいろ読んだり聞いたりしたけどさ、ネイサンの立場からの話って聞いてなかったなと思って。ぜんぶまた聞きか、また聞きのまた聞きだったり、そのまたまた聞きだったりだろ。だから、ネイサンに直接聞いてみようと思ったんだ」

危険な賭けなのはわかってた。ＡＪは信頼できる友だちだって思わせるのはマズい。明日になれば、ＡＪは今、話したことをぜんぶ忘れているかもしれない。そうしたら、ネイサンは疑い出すだろう。でも反面、ネイサンがどのくらい覚えてるのか、どうしても知りたかった。

ネイサンが話したがってるのは、見ればわかる。もう自分が道を外れたことは、わかってるはずだ。引きかえすつもりはないけど、少し後悔もしてる。ここまで毎日の生活が変わってしまうとは思ってなかったんだろう。

「ごくふつうの日だったんだ」ネイサンは話しはじめた。「変わったことなんて、なにもなかった。両親と家にいて、家事を手伝って。そういう感じだった。でも、そのあとは――わからない。なにかあったにちがいないんだ。だって、ぼくは学校でミュージカルがあるって話をでっちあげて、父さんたちの車を借りたんだから。そこんとこは覚えてないんだ。あとで、父さんたちに聞いただけで。でも、実際、車で走り回ったんだよ。なんて言うか……そうしたいっていう衝動を感じてた。どこかへ引き寄せられるみたいに」

ネイサンは黙った。

「どこかって？」

ネイサンは首をふった。「わからない。ここがおかしなとこなんだ。それから数時間は、まったく空白なんだよ。自分のからだをコントロールできてないっていう感じはあったんだけど、それだけなんだ。パーティの場面がちらちら浮かんだりもするけど、どこなのかも、ほかにだれがいたのかもわからない。それから次の記憶はもう、警官にいきなり起こされたとこへ飛んじゃうんだ。酒は一滴も飲んでないし、ドラッグだってやってない。警察で調べられたんだよ、知ってるだろ？」

「発作みたいのが起こったとか？」

「親の車を借りて、発作を起こすとか、ありえないよ。そうじゃない。ほかのなにかにコントロールされてたんだ。牧師さまが言ってた。ぼくは悪魔と戦ったにちがいないって。聖書に出てくるヤコブみたいに。自分のからだがなにか邪悪なものに利用されているのを知って、それと戦ったんだって。そして、ぼくが勝って、悪魔はぼくを道路のわきに置いたまま出ていった」

ネイサンは信じてる。本気で今の話を信じてるんだ。

でも、ちがうとは言えない。本当のことは話せない。もし言えば、ＡＪを危険な目に遭わせることになる。自分もだ。

「悪魔とはかぎらないんじゃないのかな」

ネイサンはキッと身構えた。「ぼくにはわかるんだよ。それに、ぼくだけじゃない。ほかにも、同じ経験をした人がたくさんいるんだ。何人かとは話もした。共通することが多くて、ぞっとするくらいだ」

「また同じ目に遭うのがこわい？」

「いいや。今回は準備してるからな。悪魔が近づいてきたときは、どうすればいいか、ちゃんとわかってる」

近づくどころか、今、正面にすわって、話を聞いてるけど。

でも、ネイサンはわかっていない。


悪魔なんかじゃない。

そのあと一日じゅう、同じ言葉が頭に響いていた。

悪魔じゃない。でも、そうなるかもしれない。

第三者の視点から見れば、そう、ネイサンの視点から見れば、どんなにおそろしいかは想像がつく。ひどいことをしないなんて、保証はない。もし今、エンピツを握って、物理の教室でとなりにすわってる女の子の目をえぐり出したとしたら？　もっとひどいことだってあり得る。かんたんに完全犯罪ができるんだ。殺人を犯した宿主はいずれ捕まるだろうけど、本当の殺人犯は自由の身のままだ。どうして今までそのことを考えなかったんだろう？

自分が悪魔になれる可能性をもってることを。

でも、さらに考える。**やめろ。そうじゃない。**だからって、ほかの人間とちがうってことになるか？　たしかに、罪を逃れることはできる。でも、だれだって罪を犯す可能性はある。そうしないことを選択しているのだ。毎日毎日、選択しながら生きてる。自分だけが例外じゃない。

悪魔なんかじゃない。


あいかわらずリアノンからメールはこない。まだ混乱してるからなのか、もう縁を切りたいからなのか、知る方法はない。

メールを書いた。一行だけのメール。


もう一度、会いたい。

A

6009日目

次の朝も、リアノンからメールはなかった。

車に乗りこみ、発進させる。


車の持ち主はアダム・キャシディ。本当なら、学校にいくはずだ。でも、アダムの父親のふりをして学校に連絡し、医者にいくと言った。

丸一日かかるかもしれない、って。


ここから二時間かかる。本当はアダム・キャシディのことを知るのに使う時間だとわかってるけど、今、彼は二の次の存在でしかない。そんな一日なら、これまでしょっちゅう経験してる。一日を過ごすのに必要最低限のことだけ調べる。すっかり慣れて、一度もアクセスしないで数日過ごしたこともある。宿主たちにとっては、なにもない日だったと思う。っていうのは、自分にとっては、もっとなにもない日だったたから。

運転してるあいだほとんど、リアノンのことを考えていた。どうやってリアノンを取りもどすか。どうすれば、リアノンに嫌われないか。どうすれば、この関係を続けられるか。

最後のがいちばんむずかしい。

リアノンの学校につくと、前にエイミー・トランがとめた場所に車を入れた。学校はすでに始まっていて、ドアを開けて中に飛びこむと、いきなりものすごいやかましさだった。休み時間だ。次の授業が始まるまでの二分間で、リアノンを見つけなきゃならない。

リアノンがいる場所はわからない。そもそも次の授業はなにかも知らない。廊下の人ごみをかきわけながら、彼女を探す。すれちがいざまに人にぶつかって、気をつけろとどなられる。かまいやしない。今の自分には、リアノン以外はその他大勢でしかない。リアノンしか見えない。

どこへいけばいいか、天の声に耳を傾ける。直感に頼る。こうした直感は、自分以外のところからおりてくる。宿主のからだの外から。

リアノンは教室に入ろうとしていた。でも、立ち止まる。顔をあげる。こっちを見る。

どう説明すればいいか、わからない。自分は廊下にぽつんと浮かぶ島で、ほかの生徒たちはどんどんぶつかっては通りすぎていく。リアノンはもうひとつの島だ。リアノンのほうを見ると、リアノンはすぐにAだとわかってくれた。わかるすべなんてないのに、わかってくれた。

リアノンは教室を離れ、こっちに歩いてくる。ベルが鳴り、生徒たちが廊下から流れ出し、二人だけが取り残される。

「ハイ」リアノンが言う。

「うん」

「くるんじゃないかって思ってた」

「怒ってる？」

「ううん、怒ってない」リアノンは教室のほうをちらりとふりかえった。「わたしの出席率には、いいとは言えないけど」

「いろんな人の出席率をさげてるな」

「今日はなんて名前？」

「A」と、答える。「リアノンに対しては、いつもAだよ」


リアノンの次の授業はテストでさぼれないから、学校の外にはいけない。でも、今の時間、授業のない子や、同じようにさぼってる子たちとすれちがってるうちに、リアノンはまわりを気にしはじめた。

「ジャスティンは授業中？」リアノンがおびえている理由を口に出してみる。

「うん。さぼってなければだけど」

だれもいない教室を見つけて、中に入った。壁にかかっているシェイクスピアの関連品からすると、文学の教室だろう。演劇かもしれない。

ドアについてる小窓から見えないように、うしろの席にすわった。

「どうしてAだってわかった？」きかずにはいられなかった。

「わたしを見たときの表情で。ほかの人のはず、ないもの」

以下、愛のなせる業ってやつ。世界を書き直したくなる。登場人物を選び、舞台背景を作り、筋書きを支配したくなる。愛する人が正面にすわる。これを可能にするなら、永久に可能にできるなら、なんだってしたいと思う。二人きりのときは、そう、部屋にいるのが二人だけなら、これこそあるべき姿だってふりができる。これからもずっとそうだってふりが。

リアノンの手を取る。リアノンは手をひっこめない。二人のあいだのなにかが変わったから？　それとも、からだがちがうせい？　アダム・キャシディの手を握るほうが、抵抗がないってこと？

空気中の電気が弱まる。正直に話す方向以外に、進みようがない。

「このあいだの晩はごめん」もう一度、謝る。

「わたしも悪かったの。ジャスティンを呼んだりするんじゃなかった」

「なんか言ってた？　あのあと」

「あなたのこと、『インラン黒人女』って」

「やるな」

「罠《わな》だって感じたんだと思う。わからないけど。なにか変だってわかったのよ」

「だから、テストをパスしたのかも」

リアノンは手を引っこめた。「その言い方はひどい」

「ごめん」

リアノンはこうやってノーを言える強さを持っているのに、どうしてジャスティンに対してはその強さを持てないんだろう。

「リアノンはどうしたい？」リアノンにたずねる。

リアノンはしっかりと目を合わせて答えた。

「Aはわたしにどうしてほしい？」

「リアノンが自分にとっていちばんいいと思うことをしてほしい」

「その答えはまちがってる」リアノンは言った。

「どうしてまちがってるの？」

「うそだから」

こんなに近い。こんなにも近くにいるのに、届かない。

「元の質問にもどろうよ。どうしたい？」

「不確かなもののためにすべてを投げ出したくない」

「なにが不確かなの？」

リアノンは笑った。「本気で言ってる？　説明しなきゃならない？」

「そのことは別として。これまで生きてきた中でリアノンがいちばん大切な人だと思ってるのは、わかってくれてるよね。これは、たしかなものだ」

「たった二週間じゃない。不確かよ」

「リアノンは、ほかのだれよりもAのことを知ってる」

「でも、Aはほかのだれよりもわたしのことを知ってるとは言えない。今はまだ」

「二人のあいだになにかあることは、否定できないはずだ」

「それは、わかってる。今日、Aを見たとき——Aが現われて初めて、自分がAのことを待ってたことに気づいた。そのとたん、待ってたって気持ちがからだのなかを駆け巡った。あれは特別ななにかだとは思う……でも、たしかなものかどうかはわからない」

自分がリアノンにどれだけのことを要求してしまっているかはわかってる。そう言いたかった。でも、思いとどまった。なぜなら、またひとつうそをつくことになると気づいたから。そして、そのことで非難されるだろうから。

リアノンは時計を見た。「テストの用意をしなくちゃ。Aにももどるべき生活があるでしょ」

抑えられなかった。思わず聞いてしまう。「もう会いたくない？」

リアノンは一瞬、動きを止めた。「会いたいわ。でも、会いたくない。会えば楽になるって、Aは思ってるかもしれないけど、実際はもっとつらくなるだけ」

「じゃあもう、ここにはきちゃだめ？」

「しばらくはメールだけがいいと思う。いい？」

こうしてあっという間に、世界はまちがったほうに進んでしまった。あっという間に、あの広がりは縮んでボールになり、手の届かないところへ飛んでいってしまった。

そう感じた。でも、リアノンは感じていなかった。
もしくは、感じまいとしていた。

6010日目

リアノンの町から四時間。

シェベルっていう女の子だった。今日は、どうしても学校に行く気持ちになれない。だから、仮病を使って、家にいることにした。本を読もうとした。ゲームをしたり、ネットを見たり、いつも時間つぶしにしていることをすべて試した。

ひとつもうまくいかなかった。時間は満たされなかった。

何度もメールをチェックする。

リアノンからのメールはない。

メールはない。

ない。

6011日目

リアノンの町からわずか三十分のところだった。

夜明けと共に姉に揺り起こされた。ヴァレリアってどなってる。今日の宿主の名前だ。

学校に遅刻しそうなんだと思った。

でも、ちがった。仕事に遅刻しそうなのだ。

ヴァレリアはメイドだった。未成年の不法労働者。

ヴァレリアは英語がしゃべれないので、意識へアクセスすると、ぜんぶスペイン語だった。なんとか状況を把握しようとする。どういうことか翻訳するのに時間がかかる。

アパートには四人で住んでいる。制服を着ると、バンが迎えにくる。ヴァレリアはいちばん年下で、いちばん下っ端だ。姉になにか話しかけられ、うなずく。お腹《なか》がねじれるような気がする。最初は、自分がこの状況にショックを受けているせいだと思う。でもそれから、本当に下腹がさしこむように痛いのに気づく。生理痛だ。

適切な言葉を探して、姉に話す。姉はわかってくれるけど、それでも仕事にはいかなきゃならない。

バンにはどんどん女の人が乗りこんでくる。ヴァレリアくらいの年齢の女の子も混じってる。しゃべってる人たちもいるけど、姉とヴァレリアはだれとも口をきかない。

バンは家の前にとまり、女の人たちをおろしていく。一軒につき少なくとも二人、三人か四人のときもある。ヴァレリアは姉とペアを組んでいる。

ヴァレリアはバスルームの担当だ。トイレを磨かなければならない。シャワールームの髪の毛を掃除しなければならない。鏡をぴかぴかになるまでこすらなければならない。

姉とは別々の部屋で働く。しゃべらない。音楽もかけない。ただ黙々と働く。

制服の下で汗が噴きだす。下腹の痛みは治まらない。薬の入っている棚はいっぱいだけど、ここには掃除しにきたのであって、物をとるためでないのは知っている。痛み止めが二粒なくなったところでだれも気づかないだろうけど、その危険をおかす価値はない。

主寝室にいくと、この家の女の人がまだいて、電話で話していた。ヴァレリアに言葉がわかるとは思っていない。このままヴァレリアが熱力学の法則や、トマス・ジェファーソンの一生について、完璧な英語でしゃべりはじめたらどんなにびっくりするだろう。

二時間後、掃除が終わる。これで終わりだと思ったけど、あと四軒ひかえている。最後のほうは、ほとんど動けなかった。姉はそれを見て、いっしょにバスルームの掃除をしてくれる。姉とヴァレリアは同志なのだ。姉妹愛だけが、今日という日の、覚えておく価値のある記憶となる。

家に帰るころは、ろくに言葉も出なかった。むりやり夕食を食べる。だれもしゃべらない。

それからベッドへいって、となりで眠る姉のための場所を残して横になった。
メールなんて問題外だった。

6012日目

今日は、リアノンから一時間の場所だ。
サリー・スウェインの目を開き、部屋を見まわして、パソコンを見つける。ねぼけ眼のまま、メールを開く。

A
昨日は、メールできなくてごめん。メールしようと思ってたんだけど、あれこれあってバタバタしちゃって（どれもたいしたことじゃないんだけど、時間をとられて）。Aに会うのはつらいけど、Aに会うのは楽しい。本当よ。でも、いったん休んで、いろいろなことをよく考えるのが、今はいいと思う。
昨日はどんな日だった？　なにをしたの？
R

本当に知りたいと思ってる？　それとも、ただの社交辞令？　だれに宛てたメールでもおかしくない内容に思える。前は、こういうふつうの感じで接してほしいと思ってたくせに、いざそうされると、あたりさわりのなさにがっかりする。

返事を書いて、この二日間にあったことを説明してから、今日はもう連絡できないと伝える。今日は学校をさぼるわけにはいかない。サリー・スウェインはクロスカントリーの大会に出ることになっている。休んだら、あまりに身勝手だから。

走る。走るのは得意だ。走ってるときは、だれにでもなれる。自分を研ぎ澄まし、肉体と化す。それ以上でもそれ以下でもない。肉体に、肉体として反応する。勝つために走るなら、なにも考えずに、肉体の考えだけに耳を澄ます。ゴールはない。あるのは、肉体のゴールだけ。スピードの中に自分を消し去る。ゴールラインを超えるために、自分を無にする。

6013日目

今日は、リアノンから一時間半のところで目覚めた。ハッピーな家族の一員として。スティーブンズ家は、土曜日をむだに過ごさない。そんなことはありえない。母親は九時ぴったりにダニエルを起こし、ドライブへいくわよと言った。ダニエルがシャワーから出たころには、父親はすでに荷物を積み終え、二人の妹たちも早く出発したくてうずうずしていた。

まず、ボルティモアの美術館でやっているウィンスロー・ホーマー展にいった。それから、インナー・ハーバーで昼食をとり、かなり離れたところにある水族館へ。次に、妹たちのためにＩＭＡＸシアターでディズニー映画を観て、「有名《フェイマス》」なんて名前につけなくてもいいくらい有名なジミーズ・フェイマス・シーフードレストランで夕食を食べた。

ぴりぴりする瞬間もないことはなかった。妹がイルカのショーに飽きたりとか、駐車場が空いてなくて父親がイライラしたりとか。でも、あとはハッピーだった。全員、ハッピーで、ダニエルがそうでないことにも気づかないくらいハッピーだった。その輪にずっと入りきれずに、外側をうろついていた。ウィンスロー・ホーマーの絵の人たちみたいに、同じ部屋にいるけど、本当にはいないって感じで。水族館の魚みたいに、ぜんぜん別のことを考えながら、慣れない生息環境に適応しようとして。じゃなきゃ、ほかの車に乗っている人みたいに、それぞれ人生の物語を抱えてるけど、あっという間に通りすぎて、気づかれることも理解されることもないって感じで。

でも、いい一日だったし、ひどい日を過ごすよりずっとよかったのはまちがいない。リアノンのことを考えない時間もあったし、自分のことすら忘れる瞬間があった。自分の額縁の中にただすわって、水槽の中をただよい、車に乗って、なにも言わず、自分とつながるようなことは一切考えない瞬間が。

6014日目

リアノンから四十分。

日曜なので、プール牧師がなにをたくらんでいるのか探ることにする。

今日の宿主のオーランドは、日曜はめったに昼前には起きないので、キーボードをそっと叩《たた》けば、親にもほっといてもらえそうだ。

プール牧師は、悪魔に乗っ取られた人たちの経験談を集めたウェブサイトを立ちあげていた。すでに数百の書きこみや動画がアップされている。

ネイサンの投稿はおざなりで、以前の発言を要約しただけって感じだった。動画はない。新しい事実はなにもなかった。

ほかの経験談はもっと手がこんでいた。ひと目で頭がおかしいってわかるものもある。病的な被害妄想を抱えた人たちで、必要なのは、おおげさな陰謀説を吐き出す場所じゃなくて、専門家の助けだ。けれども、痛々しいほど真剣な証言もあった。ある女の人は、スーパーのレジで悪魔に襲われ、盗みたいという衝動に駆られたと本気で信じていた。息子が自殺した男の人は、息子は悪魔に乗っ取られたのだと信じていた。心の悪魔といった比喩的なことじゃなくて、本物の悪魔に。

宿主は同じ年齢だけなので、ティーンエイジャーの投稿を探した。プールはひとつひとつの投稿に目を通しているにちがいなく、パロディとかふざけたものは見当たらなかった。結果、ティーンエイジャーの投稿はかなり少なかった。でも、その中のモンタナ州の少年の投稿を読んで、ぞくっとした。悪魔にからだを乗っ取られたけど、一日だけだったという。特別なことは起こらなかったけど、自分のからだをコントロールできないのはわかったと書いていた。

モンタナにいったことはない。それはまちがいない。

でも、その少年の説明は、いつも自分がやってることにかなり近かった。

サイトには、プール自身のサイトのリンクが貼ってあった。

〈悪魔が体内にいると信じる者は、ここをクリックするか、下記の番号へ電話を〉

本当にからだの中に悪魔がいるなら、クリックしたり電話したりするわけないだろ？

前のアカウントをチェックする。ネイサンはまた連絡をとろうとしていた。

証拠はないんだな。

助けてもらったらどうだ。

そして、プールのサイトへのリンクが貼ってあった。返事を書いて、このあいだ喋《しゃべ》ったばかりだと言ってやりたくなった。AJに月曜はどんな日だったか聞いてみろと言いたかった。ビビらせてやりたい。いつでも、どんな人物の姿でも、おまえの前に現われることができるんだぞって。

だめだ。こんなふうに考えちゃだめだ。

なにも望まなかったときのほうが、ずっと楽だった。

ほしいものを手に入れられないと、人は残酷になれるのだ。

もうひとつのアカウントをチェックすると、リアノンからメールがきていた。自分の週末の話をなんとなく書き、こっちの週末のことをなんとなく聞いていた。

あとは一日、寝て過ごすことにした。

6015日目

目が覚めると、リアノンから四時間でも、一時間でも、十五分でもないところにいた。

そう、リアノンの家で目が覚めたのだ。

リアノンの部屋で。

リアノンのからだで。

最初は、まだ夢を見ているのだと思った。目を開けると、女の子の部屋にいた。小さいころからの部屋らしく、アイライナーやファッション雑誌といっしょにマダムアレクサンダー人形（※品質の高さで知られた、プラスチックの着せかえ人形）が置いてある。意識にアクセスして、どうやらリアノンだとわかったとき、よくある夢のトリックだと思った。前にも同じ夢を見た？　見てない気がする。でも、ある意味で自然だ。起きてるあいだつねにリアノンのことを考え、リアノンのことを想い、リアノンを望んでるなら、眠っている時間にまでリアノンが入りこんできたっておかしくない。

でも、夢じゃなかった。枕が顔に押しつけられているのを感じる。脚にシーツがふれているのを感じる。それに、息をしている。夢の中では、いちいち呼吸なんてしない。たちまち世界がガラスになったような感覚に襲われる。どの一瞬ももろさを秘めている。どの動きにも危うさが宿る。リアノンはこんなことを望まないだろう。どれだけ恐怖を感じるかもわかってる。完全にコントロールを失うのだから。

なにをしても、なにかを破壊する可能性がある。言葉ひとつで、動きひとつで、めちゃめちゃにしてしまうかもしれない。

あらためてまわりをゆっくりと見まわす。大きくなるにつれ、元の部屋の痕跡をぬぐい去る子もいる。新しい部屋で納得して暮らすために、むかしの化身をすべて追い出さなきゃって。でも、リアノンは自分の過去にそういった不安感は抱えていない。家族と写っている写真がある。三歳のとき、八歳のとき、十歳のとき、十四歳のとき。ペンギンのぬいぐるみが今もベッドを見張っている。本棚には、J・D・サリンジャーの本がドクター・スースの本と並んでいる。

写真を手に取る。したければ、この写真を撮った日の記憶にアクセスできる。お姉さんといっしょに共進会にいったときの写真らしい。お姉さんはなにかの賞をもらったらしく、リボンを付けている。なんの賞か調べるのは、たやすい。でも、リアノンに話を聞くのとはちがう。リアノンがとなりにいて、案内してくれるんだったらいいのに。これじゃ、勝手に押し入ったような気がする。

今日という日を無事に過ごすには、リアノンが望むように生活するしかない。リアノンが今日のことを知ったら——きっと知ることになる——立場を利用するようなことはなにひとつしなかったと、わかってもらいたい。この方法でリアノンのことを知りたいわけじゃない、と直感が告げる。こんなふうにして、なにかを手に入れたくない、と。
　できることはすべて、失うことにつながる気がする。

リアノンが腕をあげるときは、こんなふうに感じる。

まばたきするときは、こんなふう。

ふりむくときは、こんな感じ。

舌で唇をなめるのは、床に足をつけるのは、こんな感じ。

これが、リアノンの重さ。これが、高さ。これが、世界を見ている角度。

自分に関するリアノンの記憶すべてにアクセスできる。ジャスティンに関する記憶すべてにアクセスできる。そばにいなかったとき、リアノンが言ったことだって、聞くことができる。


「おはよう」

内側から聞くと、こんな声なんだ。

ひとりでいるときは、こんな声なんだ。

廊下でリアノンのお母さんとすれちがった。ふらふらしてる。起きてるけど、起きたくて起きたんじゃないって感じだ。お母さんにとっては、夜は長く、やがて短い朝がくる。もう一度寝てみるつもりと言って、無理そうだけど、と付け加える。

リアノンのお父さんはキッチンにいて、仕事に出かけようとしていた。お父さんの「おはよう」は、お母さんのほど愚痴っぽくはない。でも、急いでいるようすから、リアノンにむけられるのはこのひと言だけだとなんとなくわかる。お父さんが鍵を探してるあいだに、シリアルを取りにいき、お父さんの口早な「じゃあな」に、「じゃあね」とオウム返しのようにかえす。

シャワーを浴びるのはやめた。下着もそのままにする。トイレにいくときは、目をつぶった。鏡に映ったリアノンの顔を見るだけで、はだかになった気がする。これでせいいっぱいだ。髪をとかすだけで、なまめかしく感じる。化粧をするだけで。靴を履くだけでも。リアノンのからだのバランスを経験し、内側からリアノンの肌の感覚を味わい、リアノンの顔に触れ、触れたときと触れられたときの感触両方を知る。避けることはできないし、信じられないほど強烈だ。Aとしてものを考えようとするけど、自分はリアノンだと感じずにはいられない。

鍵を探すのに、それから、学校へいくのに、記憶にアクセスしなければならない。もしかしたら家にいたほうがよかったのかもしれない。でも、ほかに考えることもすることもなく、ひとりっきりで彼女の部屋にいるなんて耐えられそうもない。ラジオがニュースに合わせてある。意外な気がする。お姉さんの卒業記念のタッセルが、バックミラーにさがっている。

リアノンがいるような気がして、助手席を見る。こっちを見て、どっちへいけばいいか教えてくれるような気がして。

ジャスティンを避けないとならない。早めにロッカーへいって、教科書を取り、直接一時間目の教室にいく。友だちがポツポツとやってくると、できるだけ会話を交わす。だれも、ちがいに気づかない。別にリアノンのことを気にかけてないわけじゃない。朝早くて、みんなぼーっとしてるから。これまでジャスティンばかりに気をとられてたせいで、友だちの存在がリアノンの毎日の大きな一角を占めてるのに気づいてなかったことに気づく。そういえば、リアノンの生活をちゃんと見たのは、エイミー・トランになって、この学校にきたときだけだ。リアノンはいつもだれかといっしょにいる。学校を抜け出すときもあるけど、友だちから逃げたいからじゃない。

「生物の宿題は終わった？」友だちのレベッカが聞いてきた。最初、宿題を写させてほしいってことかと思ったけど、逆だと気づいた。案の定、やり残している問題があったので、お礼を言って、写しはじめる。

授業が始まると、先生がしゃべっているのを聞いて、ノートをとるだけでよくなった。

覚えていて。リアノンにむかって言う。**いつもと同じ日だったってことを。**

これまで見たことがないものが目に入るのは、どうしようもない。ノートにかかれた木と山の落書き。足首にうっすらついた靴下のあと。左手の親指の付け根にある小さな赤いあざ。本人は気づいてないかもしれない。でも、こっちは初めてだから、すべてが目に飛びこんでくる。

リアノンがペンを握るときの感触。
リアノンの肺に空気が満ちるときの体感。
椅子にもたれるときの感じ。
耳に触れたときの感覚。
世界の音はこんなふうに聞こえているんだ。毎日、こういうことを聞いているんだ。

ひとつだけ、記憶にアクセスする。自分からアクセスしたんじゃない。自然に浮かんできたのだ。遮りはしなかったけど。

レベッカはとなりにすわって、ガムを噛《か》んでたけど、授業にたいくつしたのか、口から出して、指でこねくりはじめた。それで、六年生のころも、レベッカがよくそれをやってたのを思い出した。先生に見つかって、あんまり驚いたものだから、ビクッとしたひょうしにガムがすっ飛んで、ハンナ・ウォーカーの髪の毛にくっついてしまったのだ。ハンナは初めなにが起こったのかわからず、クラスの子たちはゲラゲラ笑いはじめ、先生はかんかんになった。ハンナのほうに身を乗り出して、ガムがくっついていることを教えてあげたのは、リアノンだった。それ以上、からまないように指で摘《つ》まんでそっと外してあげたのも。最後にはうまく取れた。記憶にちゃんと残ってた。

昼休みもジャスティンに会わずにすまそうとしたけど、うまくいかなかった。

ロッカーやカフェテリアには近づかないようにしてたのに、廊下でジャスティンに会ってしまったのだ。リアノンに会えて、別にうれしそうでも嫌そうでもない。リアノンがいるのがあたりまえになっていて、授業のチャイムくらいにしか思ってないんだろう。

「外にいく？」ジャスティンが聞いてきた。

「うん」なににOKしたのかもわからないまま、答える。

この場合、「外」というのは学校から通りを二つへだてたところにあるピザ屋のことだった。ピザを数切れとコークをたのむ。ジャスティンは自分のぶんは払ったけど、リアノンのぶんを払うとは言わなかった。別にそれは問題ない。

今日は喋《しゃべ》りたい気分らしく、いちばん好きな話題なんだろうって話をしつづけた。要は、自分がどれだけ不当な扱いを受けてるかって話。陰謀にしちゃかなり幅広くて、車のイグニションがおかしいってことから、父親がしつこく大学について聞いてくるとか、英語の先生の「ゲイっぽいしゃべり方」ってことまであって、ついていくのがやっとだ。そう、まさに「ついていく」って感じで、少なくとも五歩下がって聞くものらしい。こっちの意見なんて、求めちゃいない。こっちからなにか言っても、ジャスティンはテーブルの上に置きっ放しにして、手に取ろうともしない。

ジャスティンが、ステファニーのスティーブに対する態度がクソだって話をしながら、ろくにこっちも見ずにテーブルばかり見て、ピザを食べてるあいだ、なにか思い切ったことをやってやりたいという衝動を必死で抑えていた。ジャスティンは気づいてないけど、主導権はこっちにある。たった一分ですむ――いや、一分もかからず、ジャスティンと別れられる。適切な言葉を選んで、リアノンをつなぎ止めてる縄を切るだけでいいんだから。ジャスティンは涙や怒りや誓いの言葉で反撃してくるかもしれないけど、それくらいなんでもない。

そうしたくてたまらなかったけど、口は開かなかった。この力は使わない。そんなふうに終わらせても、リアノンと望みどおりのスタートを切れはしない。そんなふうに終わらせたら、リアノンは一生許してくれないだろう。明日になれば、元の鞘《さや》に収まることだってできるし、それより、付き合いが続くかぎりずっと、裏切り者としか見てもらえなくなる。そもそも、続かないだろうし。

リアノンが自分で悟るのを祈るしかない。ジャスティンは気づくようすもない。リアノンは、どの宿主のときも中のAに気づいてくれた。でも、ジャスティンは、リアノンがここにいないことがわからない。ちゃんとリアノンを見ていないから。

すると、ジャスティンがリアノンのことをシルバーと呼んだ。食べ終わったときに、なにげなく「いこう、シルバー」って。聞きまちがいかと思い、記憶にアクセスする。あった。二人だけの時間。そのとき、二人は英語の授業のために『アウトサイダー』を読んでいた。二人並んで、ジャスティンのベッドに寝転がり、同じ本を開いて。リアノンのほうが少しだけ、先に進んでる。リアノンは、涙もろいギャングの少年たちが『風と共に去りぬ』で結ばれるシーンを読んで、この本は過去の遺物だって思うけど、ジャスティンが心を動かされているのを見て、口をつぐむ。そして、読み終わったあとも寝転がったまま、また最初から読んで、ジャスティンが読み終わるのを待つ。やがて、ジャスティンは本を閉じて言う。「すげえ。黄金のようにいつまでも輝くものはないってとこ」リアノンはこの瞬間を壊したくなくて、だまっている。それは報われる。ジャスティンがにっこりほほえんで、こう言ったから。「つまり、銀でいたほうがいいってことなんだろうな」その夜、帰り際に、ジャスティンが言う。「じゃあな、シルバー！」そしてそれは習慣になる。

学校にもどるときも、手もつながず、話もしなかった。別れるときも、気をつけろよとか、楽しかったのひと言もない。「あとで」すらなかった。とうぜん会えると思ってるから。

わかりすぎるほどわかってた。ジャスティンが去っていったときも、ほかの子たちといっしょのときも。自分がやろうとしていることの危険性は自覚している。バタフライ・エフェクト——蝶《ちょう》が羽ばたいたら起こりうる、あらゆる相互作用の危険性を。真剣に考え、与えうる影響をたどれば、どの一歩もまちがいになりうるし、どんな動きも意図しない結果につながる可能性がある。

無視しちゃいけない人物を無視してない？　ふだん言うことを言ってないってことは？　リアノンなら気づくことを気づいてない？　廊下を歩いているとき、仲間うちの話を聞き損ねてない？

大勢の人を見たとき、目は自然とだれかに吸い寄せられる。知り合いかどうかは関係ない。でも、今、この目にはなにも映っていない。自分がなにを見ているかはわかってるけど、リアノンならなにを見るかは、わからない。

世界はあいかわらずガラスでできている。


リアノンの目を通して読む感覚を味わう。

リアノンの手でページをめくる感覚を味わう。

リアノンの足首を交差させる感覚を味わう。

うつむいて髪で目を隠すときの感覚を味わう。

リアノンの字はこんななんだ。こんなふうに手を動かすんだ。こうやって名前を書くんだ。


文学の授業でテストがあった。トーマス・ハーディの『テス』だ。読んだことがある。出来は悪くなかったと思う。

意識にアクセスして、放課後はなんの予定もないことだけ、たしかめる。ジャスティンは最後の授業の前にリアノンを見つけて、放課後、なにかしたいか聞いてきた。なにかっていうのが、どうなるかは、はっきりしてるし、いい結果になるとは思えない。

「ジャスティンはなにをしたいの？」聞いてみる。

ジャスティンは、頭の悪い仔犬《こいぬ》を見るみたいな目をむけた。

「どう思う?」

「宿題とか?」

ジャスティンはバカにしたように鼻を鳴らした。「ああ、そういう言い方もできるだろうな。おまえがそう言いたいなら」

うそが必要だ。本当は、「うん」と答えておいて、すっぽかしてやりたい。でも、そんなとをしたら、明日、なにかしら反動があるかもしれない。だから、母親の睡眠障害を診てもらいに病院にいかなければいけないと言った。面倒だけど、薬を投与するから、帰りは運転できないかもしれないから、と説明する。

「そっか、病院でたっぷり薬がもらえるなら、それもいいか。あの薬、いいからな」

ジャスティンがかがんできたので、キスしなきゃならなかった。三週間前とからだは両方とも同じなのに、ぜんぜんちがう。前のとき、自分はむこう側にいて、舌が触れあっただけで親密な会話を交わしているような気持ちがした。でも今は、異質な気持ち悪いものを口に押しこまれたような気がした。

「じゃ、薬とってこいよ」ジャスティンにそう言われて、わかれた。

リアノンのお母さんが避妊薬を持ってたら、代わりにそっちをジャスティンにわたしてやるのに。

リアノンとは海にいって、森にいった。だから今日は、山にいくことにした。

すばやく検索して、いちばん近い山を探す。リアノンがいったことがあるかどうかはわからないけど、それはそんなに気にしなくていい気がする。

今日の服装は、ハイキングむきとは言えない。コンバースの靴底はすりへっててほとんど平らになってる。それでも、思い切って実行することにして、ペットボトルの水とスマホだけ持って、あとのものは車に残して出発する。

今日も月曜日だったので、山道はほとんど人がいなかった。時折、おりてくるハイカーとすれちがうと、数キロにわたる静けさに囲まれている者同士らしく、会釈するか、あいさつだけを交わす。山道には気まぐれに案内が立てられてるだけだ。でも、こっちがちゃんと注意してないだけかもしれない。傾斜は、リアノンの脚の筋肉の感じで計り、きつくなるにつれ、呼吸が荒くなっていくのを感じる。それでも、歩きつづける。

今日の午後は、リアノンにひとりでいる幸せをたっぷり味わわせることにした。ひとりでいるっていっても、ソファーに寝転がってぼんやりするとか、数学の授業でうとうとする退屈な時間とかじゃない。真夜中に寝静まっている家をうろうろするとか、ドアがバタンと閉められたあと、ひとりで部屋に残される痛みともちがう。今日の孤独は、そのどれともちがう。自分でいるっていうことだ。自分のからだをすみずみまで感じる。でも、意識をはぐらかすためではない。目的を持ってからだを動かすけど、決して急がない。となりの人と会話する代わりに、あらゆる要素と会話をする。汗をかき、痛みを感じ、坂道をのぼり、滑ったり落ちたりしないように気をつけ、完全に道がわからなくならないように道に迷うのだ。

ゴールには、休息がある。頂上には、景色がある。最後の急な斜面に挑み、最後のカーブを曲がると、すべてを見おろしていた。目を見張るような眺め、というほどではない。エベレストの頂上にのぼったわけじゃない。でも、見わたすかぎりでは、雲と空とけだるい太陽をのぞいて、いちばん高いところにいる。あの、十一歳のときにもどる。今回は二人で木のてっぺんにいる。空気もきれいになったように感じる。世界が自分より下にあるときは、思いきり呼吸できるからだ。ほかにだれもいないときは、あの広がりが与えてくれる静かな驚きに、自分たちを開くことができる。

どうか、今このときのことを覚えていて。まわりの景色に息を飲みつつ、リアノンにむかって念じる。**この気持ちを覚えていて。二人でここにきたことを、どうか覚えていてほしい。**

岩の上にすわって、水を飲んだ。リアノンの中にいることはわかってたけど、リアノンといっしょにいるような気がしていた。まるで二人別々の人間で、いっしょに今というときを味わっているような気がした。

夕食はリアノンの両親と食べた。今日はなにをしていたかきかれたので、話した。リアノンだったら、ここまで話さなかったと思う。ふだんはこういうことはきっと話していない。

「すてきじゃない？」お母さんが言った。

「あの辺へいくときは、気をつけるんだぞ」お父さんは言って、またすぐに今日の仕事での出来事を話しはじめた。そして、今日という日が、一瞬、ほかの人の心に印象づけられたものの、またすぐに自分だけのものになった。

できるかぎり宿題を終わらせる。リアノンのメールはチェックしなかった。読んでほしくないものがあるかもしれない。自分のアカウントも見ない。ほしいのは、リアノンからのメールだけだから。枕元のテーブルに本が置いてあるけど、それも読まない。今日、読んだぶんは、明日になったら忘れて、どっちにしろもう一度読まなきゃならないかもしれない。代わりに、雑誌をぱらぱらとめくる。

最後に、リアノンに手紙を残すことにする。自分がここにきたということをはっきり知らせる唯一の方法だから。もうひとつの方法、つまりなにも起こらなかったふりをするのにも惹《ひ》かれないことはない。もしリアノンがわずかに残っている記憶をたよりに責めてきたとしても、すべて否定すればいい。でも、リアノンに対しては誠実でありたい。この関係をうまくいかせるためには、たがいに正直じゃなきゃならない。

だから、彼女に話した。手紙の最初に、この先を読む前にいったん今日のことをできるだけ思い出してほしいと書く。リアノンの意識に残っていることが、これを読んだことで損なわれることのないように。そして、自分が選んでリアノンになったわけではないことを説明する。自分でコントロールすることはできない。できるかぎり彼女の一日を尊重するように努めたこと、彼女の生活を乱すような行いをしていないよう願っていることを、伝える。それから、二人の一日について詳細に書き記す。リアノン自身の字で。宿主に対して手紙を書くのは初めてで、おかしな気もするし、しっくりくるような気もする。リアノンがこれを読むとわかっているから。言わないままにしておけることもたくさんある。だから、手紙を書いているという事実自体が、信頼の表現でもある。リアノンへの信頼でもあり、信頼が信頼を呼び、真実が真実へつながるという信念への信頼でもある。

リアノンのまぶたを閉じるときの感触。
リアノンの眠りの味わい。
リアノンを眠りへ誘う、家のたてる音。
これが、リアノンが毎晩感じているさよなら。これが、リアノンの一日の終え方。

ベッドで丸くなる。服は着たままだ。今日という日が終わりに近づき、ガラスの世界は遠のいて、バタフライ・エフェクトの恐怖は弱まっていく。二人でこのベッドに横たわり、自分の見えないからだがリアノンにぴったりと寄り添っているさまを想像する。同じ間隔で呼吸し、同じリズムで胸が上下する。同時に目を閉じ、同じシーツの感触を楽しみ、同じ夜を感じる。ともに呼吸がゆっくりになり、同じ夢を別々の形で見る。まったく同時に、眠りが二人を連れ去る。

6016日目

A

すべて覚えていると思う。今日はどこにいる？　長いメールを書くより、直接会いたい。

R

このメールを読んだとき、リアノンからだいたい二時間のところにいた。ディラン・クーパーっていう男の子のからだだ。ディランは超のつくデザインオタクで、部屋はアップル製品のリンゴ園と化していた。意識にアクセスしてみる。めちゃくちゃ好きな女の子ができると、新しいフォントを作って、それに彼女の名前をつけるらしい。

リアノンに返事を書いて、今日の場所を伝える。リアノンはすぐに返信してきた。パソコンの前で待ってたにちがいない。放課後会えるかきかれたので、クローバー書店で待ち合わせた。

ディランはモテた。それに、今、わかるだけでも、三人の女の子に恋をしてる。おかげで、そのだれとも接近しないようにするのが大変だった。どのフォントがいちばん好みか、決めるのはディァラン本人だから。

三十分早く書店に着いたけど、神経が高ぶって、本を手にとっても、まわりの人の顔ばかり見て、文字が頭に入ってこない。

リアノンが入ってきた。やっぱり時間より少し早めだ。立ちあがったり、手をふったりする必要はなかった。リアノンは店を見まわして、ディァランの視線に気づくと、すぐにわかってくれた。

「ハーイ」リアノンが言う。

「うん」答える。

「二日酔いの気分」リアノンが言う。

「わかる」

リアノンがコーヒーを二つ頼み、二人でカップを両手で守るように持って席につく。

昨日気づいたものが見える。あざ。おでこのニキビ。全身像のほうがずっと大切だけれど。怯《おび》えてるようすはない。怒ってるようにも見えない。どちらかといえば、昨日の出来事をおだやかに受け止めているように見えた。ショックが和らげば、その下に理解がひそんでいることを期待する。リアノンの場合、理解はすでに浮上しているようだった。今はもう、疑いのかけらもないように見える。

「目が覚めたとき、なにかがちがうって感じた。手紙を見る前からよ。よくある、自分がどこにいるのか一瞬わからなくなることだとか、ああいう感じじゃない。でも、一日が消えたようには感じなかった。目を覚ましたら、なにかが……そう、付け加えられていたような感じ。Aの手紙に書かれていたとおり、ちゃんと読む前に昨日の出来事をすべて思い出そうとしてみた。ぜんぶちゃんとあった。ふだんから忘れているようなことは別よ。起きて歯をみがくとか。そうじゃなくて、山に登ったこと。ジャスティンとランチを食べたこと。親との夕食。手紙を書いたことまで、記憶に残ってた。そんなのおかしいけど――次の朝の自分に宛てて手紙を書くなんて。でも、わたしの意識の中では、おかしくなかった」

「自分の中にだれかいた感じはする？　思い出せる？」

リアノンは首を横にふった。「Aの言っているような意味では、感じなかった。Aがいろんなことをコントロールしてるとか、からだの中にいるとか、そういう感じはなかった。Aがいっしょにいたような感じ。つまり、Aがいたことは感じられるんだけど、わたしの外にいたように思えるの」

リアノンはいったん言葉をとぎらせた。それからぽつりと言った。「こんな会話、頭がおかしいみたい」

でも、もっと知りたい。

「すべてを思い出してほしいんだ。今の話だと、リアノンの意識は昨日のことをうまく受け入れてるように思える。それか、意識が忘れないでほしいと思ってるみたいだ」

「よくわからない。覚えていてうれしいけど」

それからさらに昨日のことを話し、どんなにふしぎな気持ちがしたかを語り合った。最後に、リアノンが言った。「わたしの生活を乱さないようにしてくれて、ありがとう。服を着たままにしてくれたことも。もちろん、こっそりのぞいたのは覚えていてほしくないだろうけど」

「こっそりのぞいたりなんてしてないよ」

「信じてる。そういう自分が信じられないけど、Aの言うことをぜんぶ信じてる」

リアノンにまだ言いたいことがあるのが、わかった。

「なに？」

「ただ――前よりもわたしのことわかったような気がする？　どうしてかっていうとね、変なんだけど……Aのこと、もっとわかったような気がするの。Aがしたことと、しなかったことのせいだと思う。なんか変じゃない？　Aがわたしのことを前よりわかったと思うなら、わかるけど……もちろん、実際そうかはわからないけど」

「リアノンの両親に会ったしね」

「どう思った？」

「二人とも、それぞれの形でリアノンのことを大事に思ってるって思ったよ」

リアノンは笑った。「うまい言い方ね」

「とにかく、会えてよかったよ」

「Aが実際に会うときのために、覚えておかなきゃ。『ママ、パパ、Aよ。初めて会ったと思ってるだろうけど、前に一度会ったことがあるのよ、わたしのからだにいたときにね』って」

「気に入られるだろうな」

もちろん、気に入られるはずはないことを、二人ともわかっていた。リアノンの両親に会うことは決してできない。Aとしては。

口にはしなかったし、リアノンも言わなかった。そのあと訪れた沈黙の最中に、リアノンがそのことを考えていたかどうかも、わからない。自分は考えてたけど。

「もう二度とないのよね？」リアノンがしばらくして言った。「二回、同じ宿主になることはないのよね」

「そうだよ。二度とない」

「怒らないでね。でも、またAがわたしをコントロールできるようになるかもしれないと思いながら寝なくてすむのは、ほっとするかも。一度なら、受け入れられる。でも、しょっちゅうは無理」

「約束する。リアノンといつもいっしょにいられたらうれしいけど、宿主っていう形では、もうない」

この話になってしまった。この先どうなるのかっていう話。二人で過去を乗りこえ、現在を楽しんでいる。でも、自分がその先に話をもっていってしまったせいで、未来につまずく。

「わたしの生活を見たでしょ。Aはどうすれば、この関係がうまくいくって思ってる？」

「二人で方法を見つけよう」

「答えになってない。それじゃ、ただの希望よ」

「希望のおかげでここまできたんだ。答えのおかげじゃない」

リアノンはちらりと笑みを浮かべた。そして、コーヒーをひと口飲んだ。そのようすを見ながら、次の質問がぴんときた。「変だってわかってる。でも、どうしても気になるの……Aは本当に男でも女でもないの？　つまり、わたしのからだにいたときのほうが、男の子のからだにいるときよりも、ええと……しっくりくるとか、そういうのはない？」

リアノンがこのことにこだわりつづけるのが、面白く思えた。

「自分は自分だからね。いつだってしっくりくるって言えばくるし、こないって言えばこない。そんなもんだよ」

「だれかとキスするときは？」

「同じだよ」

「セックスするときは？」

「ディランの顔、赤くなってる？　今、赤い？」

「うん」リアノンは言った。

「なら、よかった。Aも赤くなってるから」

「もしかしてまだ――？」

「だって、自分がいるときにするのは、フェアじゃないって――」

「うそ！」

「リアノンに面白がってもらえて、光栄だよ」

「ごめん」

「女の子ひとりだけかな」

「ほんと？」

「ああ、昨日ね。リアノンの中にいたとき。覚えてない？　もしかしたら彼女を妊娠させたかも」

「笑えない！」でも、リアノンは笑っていた。

「リアノンのことしか目に入らないよ」

そのひと言で、会話はまた深刻な話にもどった。空気が変わったような、雲が太陽を覆ったような気がした。笑い声は消え、その余韻のなかに残される。

「A――」リアノンは言いかけた。でも、聞きたくなかった。ジャスティンのことも、無理だってことも、ほかの、二人がいっしょにいられない理由も、聞きたくない。

「今はやめよう。楽しいムードのままでいよう」

「うん」リアノンも言った。「それがいい」

そしてリアノンは、昨日、ほかにも気づいたことがないかたずねた。だから、親指のつけ根のあざと、授業で気づいた子たちのことと、リアノンの親の心配事について、話した。それから、レベッカとなにをして、どんなことを話したかを伝えたけど、ジャスティンについてどう思ったかは言わなかった。リアノンにはすでにわかってることだから。認めるかどうかは別だけど。こっちに対しても、自分に対しても。リアノンの目のまわりにある薄いしわや、ニキビのことも言わなかった。気にするだろうから。本当は、そのおかげでリアノンの美しさがより本物になるのだけど。

二人とも夕飯までには帰らなければならなかったけど、近いうちに会えるという約束を引き出すまでは、リアノンを帰せなかった。明日。明日が無理なら、明後日。

「嫌なんて言えないわよ。今度はAがだれになるか、知りたくてしょうがないんだから！」

ジョークだってわかってたけど、言わずにはいられなかった。「いつだってAだよ」

「わかってる。だから、会いたいの」

二人は楽しいムードのまま、わかれた。

6017日目

この二日間、ネイサンのことを忘れていた。けど、ネイサンのほうは忘れていなかった。

月曜日　午後七時三十分

証拠がほしい。

月曜日　午後八時十四分

どうしてなにも言ってこないんだ？

月曜日　午後十一時四十三分

ぼくはこんな目に遭わされた。説明してもらう権利がある。

火曜日　午前六時十三分

もう眠れない。おまえがもどってくるかと思うと。今度はなにをされるのかと思うと。怒ってるのか？

火曜日　午後二時三十分

やっぱりおまえは悪魔だ。ぼくをこんな状態のまま、放っておくなんて、悪魔しかあり得ない。

水曜日　午前二時十二分

ぼくにとって今の状態がどういうふうか、おまえにわかるか？

重圧を感じる。責任感だ。でも、単純なものじゃない。そのせいで重苦しく、気分がめいる。でも同時に、そのおかげで、重しを失ってなにもかも無意味だと思わずにすんでいる。午前六時。ヴァネッサ・マルチネスはもう起きていた。ネイサンのメールを読んだあと、リアノンもやっぱり、またくりかえされることを怖《おそ》れていたのを思い出した。たしかに、ネイサンには説明してもらう権利がある。

もう二度と、起こらない。それは、まちがいない。それ以上は説明できないけど、それは確実だ。一度しか起こらない。だから、もう忘れて先へ進むんだ。

二分後に返事がきた。

おまえはだれだ？　どうしておまえを信じていいってわかる？

どう答えても、即、プール牧師のサイトに載せられる危険性がある。本名を教える気はない。でも、名前を言えば、悪魔だと思われなくなるかもしれない。ありのままの存在として、見てもらえるようになるかもしれない。ネイサンと同じ、人間として。

アンドルーだ。ぼくを信じていい。きみに起こったことを本当に理解しているのは、ぼくだけだから。

案の定、この答えが返ってきた。

証明しろ。

きみはパーティへいった。お酒は飲まなかった。そこにいた女の子と喋《しゃべ》った。そのうち、その子に地下室で踊らないかと誘われた。だから、地下室へいった。そして、一時間くらい、踊った。時間が経つのを忘れた。これまでの人生で最高にすてきな経験だった。きみが覚えてるかは知らないけど、いつかまた、同じように踊るときがきたら、前にも同じことがあったような気がするはずだ。前にもこうやって踊ったことがあったって。そうして、忘れていた日を思い出す。そうやって、あの日を取りもどすことになる。

でも、まだ足りなかった。

でも、ぼくはどうしてそのパーティへいったんだ?

なるべくシンプルにすませようと思った。

その女の子と話すためにいったんだ。その一日だけ、その子と話したかったから。

ネイサンは聞いてきた。

その子の名前は？

リアノンを巻きこむわけにはいかない。ぜんぶを話すわけにはいかない。だから、はぐらかすことにした。

それはどうでもいいことだ。大切なのは、短いあいだだけど、それだけの価値があったってことだ。きみは楽しかったから、時間を忘れた。だから、道路の横に車をとめたんだ。きみは酒は飲んでない。事故も起こしてない。時間切れになっただけなんだ。

こわいのはわかる。理解するのはむずかしいだろう。だけど、もう二度と起こらない。

答えのない質問をしつづけても、きみがだめになるだけだ。もう忘れろ。

真実だけど、まだ足りなかった。

そっちのほうがおまえにとって都合がいいからだろ？　ぼくが忘れたほうが。

ネイサンにチャンスをやるごとに、真実を話すごとに、重圧は減っていく。ネイサンがどうしたらいいかわからず動揺してるのは気の毒だと思うけど、彼の敵意に対してはなんの思いもない。

ネイサン、きみがなにをしようがしまいが、ぼくには関係ない。ぼくはただ手を貸しただけなんだ、きみはいいやつだ。ぼくはきみの敵じゃない。最初からそうじゃないんだ。たまたま出会っただけで、今はもう別々の道を歩んでる。

じゃあ。

ウィンドウを閉じ、新しいウィンドウを開いて、リアノンから連絡がきているかどうか見ようとした。そういえば、まだリアノンからの距離を調べていない。アクセスし、四時間離れていることを知って、がっかりする。メールでそれを伝えると、一時間後に、どちらにしろ今日は会えそうもないという返事がきた。明日に希望を託すしかない。

それまでのあいだは、ヴァネッサ・マルチネスを満足させてやらなければならない。彼女は毎朝、最低でも三キロ走ってる。すでにその日課に遅れてしまってる。今日は半分の距離でいいことにしてもらおう。ヴァネッサが文句を言ってるのが聞こえるような気がした。でも、朝食の席では、だれもなにも言ってこなかった。ヴァネッサの両親と妹は、本気でヴァネッサのことを怖がってるみたいだ。

最初に嫌な予感がしたのはそのときで、そのあと、予感が正しかったことを思い知るはめになった。ヴァネッサ・マルチネスは親切な女の子ではなかった。

学校へいって友だちと会ったときから、すぐにわかった。その子たちも、ヴァネッサのことを怖がっていたからだ。まったく同じ服ってわけじゃないけど、全員、同じドレスコードの服を着ていて、それを設定してるのがだれかは、言うまでもなかった。

ヴァネッサは悪意の塊みたいな人間だった。こっちまで毒されそうになる。いじわるな発言が待たれる場面になると、かならずみんながこっちを見て、ヴァネッサのコメントを待つ。先生たちまで。みんなの沈黙にっちもさっちもいかなくなって、悪意に満ちた言葉が舌の先まで出かかる。暗黙の基準から外れた服を着ている女の子たちを見やる。あれじゃ、ズタズタにしてやるのはかんたんだ。

ローレンが背負ってるのって、リュック？　胸が出るまで小学三年生のふりでもしようってわけ？　それに、うそでしょ。フェリシティのあの靴下！　うわっ、子ネコ？　あんなの、ロリコンの変態しか履けないと思ってたわよ。ほら、ケンダルの着てるトップス！　ダサい子がセクシーぶった服を着るほどみじめなことってないよね。募金運動してあげなきゃ。あれじゃ、竜巻の被災者だって「いえ、わたしたちはいりませんから、お金はあのかわいそうな女の子にあげてください」って言うわよ。

こんな考えが自分の意識にのぼること自体、ぞっとする。さらにぞっとするのは、そういった言葉をなんとか押しとどめ、ヴァネッサに言わせないようにしても、だれもほっとしないことだ。むしろがっかりしてる。みんな、退屈してるのだ。その退屈を餌にして、意地悪は肥大していく。

ヴァネッサの彼氏はジェフという体育会系で、ヴァネッサのことを生理中だと思ったらしい。いちばんの親友でとりまきのシンシアは、親戚に不幸があったのかと聞いてきた。みんな、なにか変なのは感じてるけど、本当の理由はわかるはずない。もちろん、ヴァネッサが悪魔にからだを乗っ取られたとは思わないはずだ。むしろ、悪魔が休みを取ったって思うはず。

ヴァネッサを変えようとしたって、バカを見るだけだ。例えば、午後はさぼって、貧困者のための無料食堂のボランティアに登録させることだってできる。でも明日になって、ヴァネッサがいったところで、ホームレスの人たちの服をバカにするとか、スープをけなすだけに決まってる。せいぜいできるのは、わざとおかしなことをやって、逆にヴァネッサを他人に脅されるような立場に追いこむくらいだ。**ヴァネッサ・マルチネスがセサミストリートの歌を歌いながら、Tバックで廊下を歩いてる動画、見た？　それで、女子トイレに駆けこんで、自分の頭をトイレに流そうとするやつ。**でも、それじゃ、ヴァネッサと同じレベルまで自分を貶《おとし》めることになるし、毒をもって毒を制したところで、自分もその毒に冒されることになる。

だから、ヴァネッサを変えようとはしなかった。でも、今日だけでも、彼女の怒りが噴きだすのを抑えようとした。

嫌なやつに感じよくふるまわせるのは、ひどく疲れた。ヴァネッサみたいな子は、ひどいことをしてるほうがずっと楽なのだ。

そういうことをすべてリアノンに話したかった。なにかあったとき、話したいのはリアノンだから。それって、好きだって気持ちを計るバロメーターだと思う。

メールに頼るしかないけど、メールだけじゃ足りない。言葉だけに頼るのに疲れはじめていた。言葉は意味であふれている。それはたしかだ。でも、感覚が足りない。リアノンにメールを書くのと、リアノンの顔を見ながら話すのは、ちがう。リアノンの返事を読むのと、リアノンの声を聞くのもちがう。現代のテクノロジーにはずっと感謝してきたけど、今ではデジタルの交流には別れのきっかけが織りこまれているように思えてならなかった。リアノンの元へいきたい。そう思う自分が怖かった。今までのだれにもしばられない安らぎをすべて失ってしまったから。存在することにより大きな安らぎを覚えるようになったせいで。

思ったとおり、ネイサンからもメールがきていた。

去ることは許さない。まだ質問があるんだ。

その考え方はまちがっている、と告げる気力はなかった。いつだって、まだ質問はある。どんな答えも、次の質問につながる。

そこから抜け出すには、答えを求めるのをやめて、忘れるしかないのだ。

6018日目

次の日はジョージという男だった。リアノンからわずか四十五分。リアノンからメールがあって、昼休みに学校を出られると言う。

でも、今日はこっちが大変だった。なぜならジョージは学校へは通わず、自宅で勉強していたからだ。

ジョージの両親は二人とも在宅勤務で、ジョージと二人の兄は毎日家で勉強していた。たいていの家ではリビングとか居間などと呼ばれるような部屋が、ジョージの家では「スクールハウス」と呼ばれている。実際、二十世紀の初め、教室がひとつしかない校舎の時代からの遺物のような机も三つ、置かれていた。

ここじゃ、寝坊は存在しない。全員七時に起きる。シャワーの順番も協定が結ばれている。なんとか数分だけ隙を見つけて、パソコンを立ちあげ、リアノンのメールを読んで、ようすを見ないとわからないと返信した。八時には、全員速やかに席につき、父親が家の反対側で仕事をしているあいだ、母親が授業をした。

アクセスしたところによれば、ジョージはこの部屋以外で勉強したことはない。両親が、お兄さんの幼稚園の先生と教育方法についてやり合ったのが原因らしい。子ども全員を学校へいかせるのをやめるほどショッキングな幼稚園の教育方法って、なんなんだ？　でも、アクセスしても、その事件に関する情報は見当たらなかった。ジョージも知らないらしい。ただそのとばっちりを受けてるってだけだ。

これまでもホームスクールで学習している子はいたし、両親も熱心だったり、面白い人たちだったりで、子どもが自分で調べたり成長したりできる余地を設けるように心がけていた。でも、ジョージのうちの場合はちがった。ジョージの母親は厳格でかたくなで、しかも、これまで会っただれよりもしゃべるのが遅かった。

「さあ……今日は……南北戦争の……原因となった……事件……に……ついて……話し合いましょう」

兄たちはもうあきらめていた。前の一点を見つめ、熱心に聴いているパントマイムを演じている。

「南部の……大……統領は……ジェファーソン……デイヴィス……でした」

これじゃ、人質にとられてるみたいだ。リアノンが待ってくれてるってときに。そこで一時間後、ネイサンの戦略を見習うことにした。

質問をしはじめたのだ。

ジェファーソン・デイヴィスの奥さんの名前はなんていうの？

どの州が北軍だったの？

ゲティスバーグでは実際、何人の人が死んだの？

リンカーンはゲティスバーグの演説を自分ひとりで書いたの？

さらに三十以上、質問した。

兄たちは、コカインでもやってんじゃないかって目で見たし、母親は母親で質問されるごとにオロオロした。そのたびに答えを調べなければならないからだ。

「ジェファーソン・デイヴィス……は……二回結婚してるわ。最初の奥さんは……サラといって……ザカリー・テイラー……大統領の……娘だった。でも、サラは……死んだの……マラリアで……結婚……して……三カ月後に。そのあと、再婚したのは……」

さらに一時間、この調子で続けた。それから、資料を借りに図書館へいっていいかどうかたずねた。

母親はいいわといって、図書館まで送ってくれることになった。


学校のある時間だったので、図書館にはほかにティーンエイジャーはいなかった。でも、図書館員はジョージのことを知っていて、どこからきたかもわかっていた。とても親切だったけど、母親にはぶっきらぼうな態度をとったので、この町でジョージの母親にろくな仕事をしてないと思われてるのは、幼稚園の先生だけじゃなさそうだった。

パソコンを見つけて、リアノンに今いる場所を送った。それから、アンダーソンの『フィード』を取ってきて、ずっと前の宿主のときに、どこまで読んだかを思い出そうとした。窓側の個別閲覧席にすわって本を読みはじめる。リアノンがくるまでまだ二時間ほどあるのに、ついつい道路のほうを見てしまう。

借りものの人生を脱ぎ捨て、読んでいる本から借りた人生を身にまとう。一時間後、リアノンが見つけてくれたときは、意識が作りだした自分というものが存在しない読書空間にいた。最初、リアノンが目の前に立ったことさえ、気づかなかったくらいだ。

「えっと」リアノンは言った。「この建物で若い男の子はひとりしかいないから、あなただと思うんだけど」

やろうと思えばかんたんだ――誘惑に勝てなかった。

「はい?」ちょっと素っ気ない感じで言う。

「Aでしょ?」

ジョージの顔にせいいっぱい困惑したような表情を浮かべる。「どこかで会ったっけ?」

ここまでくると、リアノンは不安になりはじめた。「え、あ、ごめんなさい。その、えっと、人と会う約束をしてたから」

「どんな人?」

「それは、えっと、知らないの。ほら、その、ネットで知り合ったから」

フンと小さくうなる。「学校はどうしたの?」

「そっちこそ、学校は?」

「いってられないよ。ものすごくすてきな子と会うことになってるんだからさ」

リアノンはにらみつけた。「最低」

「ごめん、ただちょっと……」

「最低……ほんと、最低」

リアノンは本気で怒ってる。本気で焦った。

「リアノン、本当にごめん」

「これって、ルール違反よ。ひどい」リアノンは言って、しかも、うしろにさがりはじめた。

「二度としないから。約束する」

「こんなことするなんて、信じられない。わたしの目を見て、もう一度言って。約束するって」

リアノンの目を見る。「約束する」

一応は収まったけど、まだ本当には許してくれなかった。「信じる。でも、証明するまでは、最低のままだから」


図書館員がほかのことに気をとられるのを待って、こっそり外へ出た。ホームスクールの子が無断外出したら報告する、みたいな法律ってあるんだろうか。ジョージの母親は二時間後にもどってくる。あまり時間はない。

町の中華レストランへいった。お店の人は、学校にいってるはずなんじゃと思ったとしても、なにも言わなかった。リアノンは、午前中はたいしたことはなかったって言った。スティーブとステファニーがまたけんかしたけど、二時間目には仲直りした、とか。こっちは、ヴァネッサのからだにいたときの話をした。

「そういう女子っていっぱいいる」話し終わると、リアノンは言った。「危険なのは、意地悪に本当に長《た》けてる子よ」

「ヴァネッサはかなり長けてると思うな」

「じゃあ、会わずにすんでよかった」

でも、Aにも会えなかったじゃないか。そう思ったけど、口には出さなかった。

テーブルの下でひざとひざが触れあってる。リアノンの手を握る。リアノンも引っこめない。二人とも、手なんて握ってないみたいに話しつづける。触れあってる部分からエネルギーがどくどく流れこんでくるのなんて、感じてないみたいに。

「最低なんて言ってごめん。ただね――今の状態でも、じゅうぶん大変だから。それに、まちがってない自信もあったし」

「いいよ、本当に最低だったから。すべてがすごくふつうに感じられるのを、とうぜんだと思いはじめてるんだと思う」

「ジャスティンもときどきああいうことするのよ。わたしが話したことを、その話、聞いてないって言ったり。話を一から作って、わたしが信じると、笑ったり。すごく嫌なの」

「ほんとにごめん――」

「ううん、いいの。だって、ジャスティンだけじゃないの。わたしって、どこかからかいたくなるところがあるみたい。それに、わたしだってやるかも。つまり、からかうかも。思いつけばだけどね」

ホルダーに入っていた箸をぜんぶ出して、テーブルの上に置いた。

「なにしてるの?」リアノンが聞いた。

箸を使って、できるだけ大きなハートを作った。それから、人工甘味料の袋をその中に敷き詰め、足りなくなると、近くのテーブル二つから取ってきて、ハートを埋めつくす。

作り終えると、ハートを指さして言った。

「これで、リアノンを想う気持ちの九千万分の一だ」

リアノンは笑った。

「Aの想いの表われだって思わないようにする」

「なんで? もちろん深い想いの表われだよ」

「人工甘味料が?」

人工甘味料の袋を取って、リアノンに投げつけた。

「ぜんぶが象徴ってわけじゃない!(※「人工甘味料」はアダルトビデオで使われるオイル等を表すスラング)」わざとさけぶ。

リアノンは箸を一本取って、剣みたいにふりまわした。こっちもすぐさま一本取って、応戦する。

そんなことをしていると、料理がきた。そっちに気を取られた隙に、リアノンに胸をつかれる。

「やられた！」

「きくらげととり肉の卵炒《いた》めのかた？」ウェイターが聞いた。

ウェイターは、ランチのあいだじゅう、好きなだけ笑ったりしゃべったりさせてくれた。正真正銘のプロで、水が半分なくなったところで、気づかないうちに、おかわりをついでくれるタイプだ。

食事の最後に、彼がフォーチュンクッキーを持ってきてくれた。リアノンは自分のをきれいに二つに割ると、中から出てきた紙の文字を読んで、眉をひそめた。

「これ、占いじゃないよね」リアノンはそう言って、紙を見せてくれた。

あなたは、すてきな笑顔の持ち主です。

「そうだね。あなたは、すてきな笑顔の持ち主になります、なら、占いになるけど」

「これ、返そう」

リアノンがそう言うのを聞いて、片方の眉をあげた……というか、あげようとした。でも、発作を起こしたみたいに見えたと思う。

「ふだんからフォーチュンクッキーを返したりするの？」

「ううん。今回が初めて。でもほら、お店の――」

「ミスだから」

「そういうこと」

リアノンがウェイターを呼んで説明すると、ウェイターはうなずいた。そして、フォーチュンクッキーを五、六個持ってもどってくると、リアノンにわたした。

「一個でいいの。ちょっと待ってて」

リアノンが二個目のフォーチュンクッキーを割るのを、ウェイターとじっと見守る。今回は、リアノンの顔に笑みが浮かんだ。

リアノンは二人に見せてくれた。


冒険がすぐそこに。


「ありがとう」ウェイターに礼を言った。

リアノンに、自分のも開けるように言われて、クッキーを割ると、リアノンとまったく同じ言葉が出てきた。

もちろん、返したりしなかった。

三十分余裕をみて、図書館にもどった。図書館員に入るところを見られたけど、なにも言われなかった。

「えっと」リアノンは切り出した。「次に読むのにお薦めな本ってある？」

『フィード』を見せた。それから『本泥棒』のことを話す。本棚へひっぱってって、『車をぜんぶぶっ壊せ』と『地球最初の日』を見つける。そして説明する。何年ものあいだ、自分のガイドとして愛読してきた本たちだってこと。自分は常に変わり続けても、いつでももどっていける物語だってこと。

「リアノンのほうは？　なにかいい本はある？」

リアノンが手を取り、児童書の棚まで連れていく。そして、棚を見まわし、すぐに正面に飾られている本のほうへむかった。そっちへ目をやると、緑色の本が置いてある。パニックになった。

「うそだろ！　その本はかんべん！」

でも、リアノンが手に取ったのは、緑色の本ではなかった。『はろるどとむらさきのくれよん』だった。

「『はろるどとむらさきのくれよん』が気に入らないなんて、どうして？」リアノンが聞いた。

「ごめん。『おおきな木』を取ろうとしてるのかと思った」

リアノンは、頭のやられたマヌケを見るような目でこっちを見た。「『おおきな木』とか、あり得ないから」

心底ほっとした。「よかった。『おおきな木』がリアノンの愛読書だったら、二人の関係に終わってたかも」

「さあ、わたしの腕をおとり！　脚をおとり！」

「頭も持っておいき！　肩もどうぞ！」

「なぜなら、それこそが愛だから！」

「あのガキは、世紀の大バカやろうだよ」リアノンにわかってもらえて、ほっとしながら言う。

「文学史上最大のバカよ」リアノンも負けじと言う。それから、『はろるどとむらさきのくれよん』を置いて、こっちにきた。

「愛っていうのは、手足を失わずにすむってことだ」そう言って、かがんでリアノンに唇を近づける。

「そうよ」リアノンは呟《つぶや》いて、唇を重ねた。

さりげないキスだった。児童室にあるビーンバッグチェアでいちゃつこうとしたわけじゃない。でも、ジョージの母親がショックと怒りでジョージの名前をさけんだとき、冷や水を浴びせかけられたような気がした。

「いったいなにをしてるの？」ジョージの母親はどなった。息子にむかって言ってると思ったけど、ジョージの母親はこっちへくると、いきなりリアノンに殴りかかった。「あなたがどういう親に育てられたか知らないけど、うちの息子は娼婦《しょうふ》と付き合うような子に育てた覚えはありませんから！」

「母さん！　彼女に手を出すな！」

「ジョージは車に乗ってなさい。今すぐに」

ジョージがあとで困るのはわかってたけど、かまいやしなかった。リアノンを置いていけるわけがない。

「いいから落ち着いて」ジョージの母親に言う。声がわずかにうわずる。それから、リアノンのほうにむき直り、あとで連絡すると言った。

「そんなこと、許しません！」母親が声高に言う。この母親の監視下にいるのもあと八時間かそこらだってことに感謝する。

リアノンはさよならのキスをして、週末を空ける方法を考えておくとささやいた。ジョージの母親は、比喩じゃなく本当にジョージの耳をつかんで、外に引っぱりだした。

笑いがとまらなくて、ますますひどい目に遭った。


シンデレラの逆バージョンだ。王子さまと踊って、家に帰ると、トイレ掃除が待ってた、って感じ。それが罰だった。家じゅうのトイレと、バスタブ、それから、ゴミ容器。それだけでも最悪なのに、数分ごとにジョージの母親がきて、「肉欲の罪」について説教するっていうおまけ付きだ。ジョージが、母親の脅し戦略にはまらなきゃいいけど。「肉欲の罪」なんて支配メカニズムにすぎないと言いかえしてやりたかった。相手の喜びを悪いもののようにいうことで、その相手の人生を左右できる。いろいろな形を取り、有効な武器として何度ふりかざされてきたかわからない。キスは罪じゃない。それを糾弾することに、罪があるのだ。

でも、ジョージの母親にそういったことは一切言わなかった。ジョージの母親が永遠に自分の母親なら、言ったと思う。事件の余波をかぶるのが自分なら、言ったはずだ。でも、ジョージをそんな目に遭わせるわけにはいかない。すでにジョージの日常をさんざん引っかき回してしまったのだ。いいほうに転ぶことを祈るけど、悪いほうに転がるかもしれない。

リアノンにメールをするのは不可能だった。明日まで待たなきゃならない。

苦しい労働が終わり、妻に命令されたらしい父親にも説教を食らったあと、早めに寝にいって、静かな部屋でひとりになれる喜びを噛《か》みしめることにした。リアノンだったときのことが証明になるとすれば、記憶を組み立て、ジョージに残していくことができるはずだ。だから、ベッドに横になって、代わりの記憶を作りあげた。ジョージは図書館へいったのを覚えている。そして、女の子に会った。この町の女の子じゃないけど、お母さんがむかしの同僚に会うので、図書館まで送ってきてくれたらしい。なにを読んでいるのかきかれたのがきっかけで、会話が始まる。二人で中華レストランへいって、楽しいひとときを過ごす。ジョージはすっかり彼女に夢中になる。彼女もジョージのことを好きになる。二人で図書館にもどって、『おおきな木』の話をして、キスする。そのときに、ジョージの母親がやってくる。そして、だいなしにする。思いがけない出来事だったけど、すばらしいひとときでもあった。

女の子はいなくなってしまった。おたがい、名前もきかなかった。彼女がどこに住んでいるのかも、まったくわからない。その一瞬はたしかにあったのに、次の瞬間、粉々になって消えてしまった。

ジョージにあこがれを残していく。もしかしたら残酷なことかもしれないけど、ジョージがそのあこがれを使って、この小さな小さな家から外へ出ていけることを、祈る。

6019日目

次の朝は、もっとついてた。スリタのからだで目が覚めると、両親は二人ともいなくて、九十歳になる祖母が保護者役だった。スリタのお祖母《ばあ》さんは、スリタがなにをしようと、クイズ番組専門チャンネルを見るのをじゃましないかぎり、どうでもいいみたいだった。リアノンからはわずか一時間。リアノンが度重なるエスケープで校長室に呼び出されないよう、放課後にまたクローバー書店で待ち合わせた。

リアノンはやることをたくさん考えてきていた。

「みんなに、週末お祖母ちゃんのところへいくって言って、ママたちにはレベッカのうちに泊まるって言っておいたの。だから、週末は自由の身よ。今夜は本当にレベッカの家に泊まるけど、明日の夜は、二人で……どこかへいけないかと思って」

「うん、そうしよう」

それから二人で公園にいって、あちこち歩いたあと、ジャングルジムにのぼってしゃべった。宿主が女の子のときは、リアノンが少しだけよそよそしくなるのに気づいたけど、そのことを問いただしたりはしなかった。それでも、いっしょにいてくれたし、楽しそうだった。それだけでじゅうぶんだった。

ジャスティンの話はしなかった。明日はどこにいるかわからないってことも、話さなかった。これから先のことも、話し合わなかった。

そうしたことすべてを閉めだして、ただ楽しんだ。

6020日目

グザヴィエ・アダムスは、土曜日がこんなふうになるなんて、想像もつかなかっただろう。本当は、昼に練習にいくはずだったのに、家を出るとすぐ先生に電話して、ひどいかぜにかかったって言ったんだから。丸一日で治るやつだといいんですけど、って言うと、先生はわかってくれた。演目は『ハムレット』で、グザヴィエはレアティーズの役だから、グザヴィエがいなくてもできるシーンはいくらでもあるってわけだ。こうして、グザヴィエは自由の身になり……すぐさまリアノンのもとへむかった。

リアノンには待ち合わせ場所へのいき方は教えてもらったけど、目的地は伏せられたままだった。二時間くらい西へ車を走らせ、メリーランド州の奥へ入っていく。リアノンの地図どおりにいくと、やがて森の中の小さな山小屋についた。前にリアノンの車がとまっていなかったら、絶望的に迷ったって思ったと思う。

車からおりると、リアノンが入り口に立っていた。うれしそうで、ちょっとあがってる感じもする。まだここがどこかはわからない。

「今日はすごくかっこいいね」リアノンのほうへ歩いていくと、リアノンは感想を述べた。

「フランス系カナダ人の父さんと、クレオール人（※南部の初期フランス移民の子孫）の母さん。フランス語はひと言もしゃべれないけどね」

「今回は、お母さんがどなりこんでくることはない？」

「ないない」

「よかった。じゃあ、こうしても、殺されずにすむ」

そう言って、リアノンは思いきりキスしてきた。こっちも情熱的なキスを返す。からだ同士が会話を交わすのに任せ、入り口をくぐり、中に入る。でも、部屋なんて見ていない。リアノンを感じ、味わい、からだを押しつける。リアノンもぐっとからだを寄せ、コートを脱がせる。二人して靴を脱ぎ捨て、リアノンに導かれるようにうしろへさがると、脚のうしろ側がベッドの端にぶつかり、二人はぎこちなく、そして心を躍らせながら、ベッドに倒れこむ。あおむけになると、リアノンに両肩を押さえつけられ、二人はキスをして、キスをして、キスをする。荒い息、熱。触れあい、シャツを脱ぎ、肌と肌を重ね、ほほえみ、つぶやき、ほんのわずかな動きにも、ほんのかすかな感覚にも、あの広がりが宿るのを感じる。

キスをやめてからだを離し、リアノンを見つめる。リアノンも動きを止め、じっと見つめかえす。

「ねえ」呼びかける。

「うん」リアノンも返す。

リアノンの顔の輪郭をたどり、鎖骨をなぞる。リアノンの指が肩にふれ、背中へ回るのを感じる。首にキスをされ、耳にキスされる。

このときになって初めて、部屋を見まわす。ひと部屋だけの山小屋だ。バスルームは奥だろう。壁に鹿の頭が飾られ、ガラス玉の目で二人を見おろしている。

「ここはどこ？」

「叔父さんの狩猟小屋。叔父さんは今、カリフォルニアにいるから、勝手に入っても平気だろうと思って」

窓ガラスが割れているとか、むりやり入った形跡を探す。「勝手に入ったわけ？」

「まあね、スペアキーで」

リアノンの手が胸毛にふれ、どきどきしている心臓の真上にくる。リアノンの腰に片手をそえ、すべすべした肌をそっとなぞる。

「なかなかの歓迎だったよ」

「まだ終わってないけどね」リアノンが言い、二人はまたあっという間にからだを合わせる。リアノンのリードに身を任せる。リアノンがジーンズのボタンを外し、チャックをさげるままにする。それから、リアノンはブラを外す。こっちも服を脱ぐ。でも、段階が進むごとに、プレッシャーが高まる。どこまでいくんだ？　どこまでいっていいんだ？

二人が裸だということに意味があるのはわかってる。裸でいるってことが、欲求の表われと同時に信頼の形だってことも。たがいに自分を完全にさらしてるんだって。もうなにも隠すことがないときに、ここへたどりつく。リアノンがほしい。これを求めていた。でも、ためらいもある。

二人とも熱に浮かされたみたいに動き、それから今度は、夢を見ているみたいにゆっくりと動く。もう服はない。シーツだけだ。これはAのからだじゃない。でも、リアノンが求めているのは、からだなんだ。

自分がごまかしているような気がした。

プレッシャーの源はそれだ。だから、ためらいを感じるのだ。今は、リアノンと一〇〇パーセントいっしょにいるかもしれない。でも、明日はわからない。今日は、こうやって楽しむことができる。今は、これでいいって思える。でも、明日はどうだろう。明日は、いなくなるかもしれないのだ。

リアノンと寝たい。したくてしょうがない。

でも、明日の朝も彼女のとなりで目覚めたい。

からだはもう、用意ができていた。高まりで爆発しそうだ。リアノンにしたいかきかれたとき、からだのほうの答えはわかってた。

でも、できないと答えた。すべきじゃないって。まだ。今はまだ。

口だけじゃなくて、本当に確認したくて聞いたとはいえ、リアノンはノーと言われてびっくりしたみたいだった。からだを離して、じっと見つめる。

「本当に？　わたしはしたいの。わたしのことを心配してくれてるなら、大丈夫。わたしはしたい。その……用意はできてる」

「すべきじゃないと思うんだ」

「わかった」リアノンは完全にからだを離した。

「リアノンのせいじゃない。それに、したくないわけじゃない」

「じゃあ、どうして？」

「まちがってる気がする」

リアノンは傷ついた顔をした。

「ジャスティンのことは、わたしが決着をつける。これは、Aとわたしのあいだのことよ。別なの」

「リアノンとAだけじゃない。グザヴィエの問題でもある」

「グザヴィエ？」

自分のからだを指さす。「グザヴィエだよ」

「ああ」

「グザヴィエはまだ経験してないんだ。正しくないって気がする……初めて経験して、それを知らないままになるなんて。そんなことしたら、グザヴィエからなにかを取りあげてしまうような気がするんだ。正しくない気がする」

本当はグザヴィエが未経験かどうかは知らなかったし、アクセスしてたしかめるつもりもなかった。でも、これなら、やめる理由になる。リアノンのプライドを傷つけずにすむと思った。

「ああ」リアノンはまた言った。それから、もう一度こっちにきて、となりで丸くなった。

「これなら、グザヴィエも気にしない？」

からだの緊張がすっととける。そして、また別の意味で、陶酔を感じる。

「目覚ましをかけておくね」リアノンが言う。「そうしたら少し眠れるから」

裸のまま、二人でうとうとする。心臓はまだどきどきしてるけど、そのうち落ち着いて、リアノンの心臓と共に鼓動がゆっくりになっていく。二人の愛情が作る繭の中にぬくぬくともぐりこみ、寝そべって、今というときの豊かさにどっぷりと浸る。そして、おたがいの中へ、眠りの中へ、落ちていく。


目覚めたのは、アラームの音のせいではなかった。窓の外から聞こえた鳥の群れの羽ばたく音。風が軒先に吹きつける音のせいだった。


ふつうの人間だって、同じように感じるんだと、自分に言い聞かせる。一瞬を手に入れ、いつまでも続けることができたら、って。実際いられるよりも、もっと長くいたい、って。

「この話を、おたがい避けてるのはわかってる。でも、どうしてジャスティンと付き合ってるの？」

「わからない」リアノンは答える。「前は、付き合ってると思ってた。でも、もうわからない」

「だれのこと、いちばん気に入ってる？」リアノンが聞く。

「気に入ってる？」

「いちばん好きだったからだ。好きだった人生」

「前に一度、目の見えない女の子だったことがあるんだ。十一歳のときだった。十二歳だったかもしれない。その女の子がいちばん好きだったかどうかはよくわからないけど。たった一日その女の子になることで、たいていの人が一年で学ぶ以上のことを学んだ。世界を経験する方法は、人によってぜんぜんちがうし、原則なんてないんだって。視覚以外の感覚が鋭かったからってだけじゃない。人は、自分に提示された世界をわたる方法を探す。自分にとっては、ものすごく大変だったけど、その女の子にとっては、単なる日常だった」

「目を閉じて」リアノンが囁《ささや》く。

目を閉じると、リアノンも目を閉じた。

そして、おたがいのからだをちがう方法で経験した。

目覚ましが鳴った。時間のことを思い出したくない。

電気はつけていなかった。だから、空が薄暗くなるにつれ、小屋の中も薄暗くなっていった。かすんだ闇、光の面影。

「わたしは、今日はここに泊まる」リアノンが言う。

「明日、もどってくる」約束する。
「終わりにしたい」リアノンに言う。「できるなら、毎日からだが変わるのなんて、終わりにしたい。リアノンとここにいるためなら」
「でも、できないのよね。できないってことは、わかってる」

時間自体がアラームになる。時計を見れば、いやでも、出る時間をすでに一時間もすぎているのがわかる。劇のリハーサルは終わってる。そのあとグザヴィエが友だちと出かけたとしても、もうそろそろ家にもどらなければならない。それに、真夜中までにはぜったいにもどらなければならない。

「待ってる」リアノンは言った。

リアノンをベッドに残して立ちあがる。服を着て、キーをつかみ、外へ出てドアを閉める。ふりかえる。何度もふりかえって、リアノンを見る。二人のあいだに壁があっても。二人のあいだが何キロも離れても。それでも、何度も何度もふりかえる。何度も何度もリアノンのいる方向をふりかえる。

6021日目

目が覚めて、少なくともまるまる一分間、自分がだれだかわからなかった。からだの感覚はあった。痛みで脈打ってる。頭にはもやがかかったようで、万力で締めつけられてるみたいだ。目を開けると、入ってきた光に殺されそうになった。

「ダナ」外から声がした。「もう昼よ」

昼だろうと、どうでもよかった。なにもかも、どうだっていい。この痛みさえ去ってくれれば。

いや、取り消す。なぜなら、痛みが一瞬、収まったとたん、今度はひどい吐き気に襲われたから。

「ダナ、一日じゅう寝かせておくわけにはいかないのよ。外出禁止っていうのは、一日じゅう寝ていていいってことじゃないんだから」

二度失敗したあと、三度目でようやく目を開けたままでいることができた。寝室の光が、太陽と同じワット数のように感じられる。

ダナの母親が、怒りと悲しみにあふれた目で見おろしていた。

「三十分以内にP先生がいらっしゃるから。会ったほうがいいわ」

必死になってアクセスを試みたけど、脳のシナプスがスライムに浸したみたいになってる。

「あれだけのことをくぐり抜けてきたあとで、昨日の夜、あんなばかげたことをやらかすなんて……あきれて言葉も出ないわ。わたしたちはあなたのことを心配してる、なのに、あなたはああいうことをするわけね？　お父さんとわたしはこれ以上がまんできない。もう限界よ」

昨日の夜、なにをしたんだ？　リアノンといたことは思い出せる。グザヴィエとして家に帰ったことも覚えてる。電話でグザヴィエの友だちと喋《しゃべ》ったことも、劇のリハーサルの話を聞いたことも。でも、ダナの記憶にはアクセスできない。ダナの二日酔いがひどすぎて、たどりつけないのだ。

今朝のグザヴィエも同じ状態なのだろうか？　まったくなにも思い出せないのか？　そうでないことを祈る。この状態はおそろしすぎる。

「あと三十分でシャワーを浴びて、着がえなさい。手伝ってもらえると思わないでね」

ダナの母親はバタンとドアを閉めた。反響が全身に広がっていく。動こうとすると、水深三十キロの深海に捕らわれているような気がする。起きあがると、潜水病のひどいのみたいな症状が襲う。ベッドの支柱につかまってなんとか倒れずにすんだけど、それさえ、危うくつかまり損ねるところだった。

P先生とかダナの両親とか、どうだっていい。わかってるかぎりでは、ダナは自分のせいでこんなことになってるわけで、面倒な目に遭ったたって自業自得だ。こんな状態ってことは、そうとう飲んだにちがいない。今、起きあがったのは、ダナのためではない。どこかこの近くの狩猟小屋で待ってるリアノンのためだ。どうやってここから抜け出すか、まだなにも思いつかないけど、ぜったいに抜け出さなきゃならない。

　足を引きずりながら廊下を歩いて、シャワーまでいく。シャワーの水栓をひねり、ここに自分がいる理由を忘れてぼーっと立ちつくす。水音がおそろしいバックグラウンドミュージックのようにからだに響く。少なくとも一分間立ちつくした後、はっと思い出して、シャワーの下に入る。お湯に打たれて、また少しからだは目覚めるけど、まだもがいてる。気を抜いたらたちまちバスタブの中にくずれおちて、お湯に打たれ、排水口を足でふさいだまま眠ってしまうだろう。

　ダナの部屋にもどると、はらりと落ちたタオルをそのままにして、なんでもいいから手近にあった服を着る。部屋にパソコンはない。電話もない。リアノンと連絡を取るすべはない。家の中を探さなきゃならないのはわかってるけど、それを考えるだけで気力が失《う》せていく。すわらなければ。横にならなければ。そして、目を閉じる。

「起きろ！」

　さっきのドアのバタンという音と同じように、いきなり声が響く。それも、さっきより倍の近さで。目を開けると、怒りくるったダナの父親が立っている。

「P先生がいらしてるのよ」うしろから、ダナの母親もいっしょになって言う。父親よりは、歩みよろうという調子がわずかに感じられる。ダナのことをかわいそうに思ってるのかもしれない。まあ、目撃者のいる前で夫が娘を殺すのを避けたいだけかも。

医者が往診にくるということは、この症状は二日酔いのせいだけじゃないのかもしれない、と思った。でも、となりにすわったP先生を見ても、診察道具の入っているカバンは見当たらない。ノートを持ってるだけだ。

「ダナ」P先生はやさしく言った。

先生を見て、からだを起こす。頭はうめき声をあげたけど。

先生は両親のほうをふりかえった。

「大丈夫です。ダナと二人にしてもらえませんか？」

両親はすぐさま出ていった。

あいかわらずダナの意識にはアクセスできない。事実があるのはわかるけど、どんよりした壁のうしろに隠れてる。

「なにがあったか、話したい？」P先生は聞いた。

「わからない。覚えてないの」

「そこまでひどい？」

「そう、そこまでひどい」

親に鎮痛剤をもらったかきかれたので、起きてからはもらってないと言うと、先生はいったん席を外して、鎮痛剤のタイレノールを二粒とコップに入った水を持ってもどってきた。最初、錠剤をうまく飲みこめずに、ゲェッと息を詰まらせてしまい、気まずい思いをする。二度目はましで、残りの水もぜんぶ飲みほした。P先生はもう一杯つぎに外へ出ていったので、考える時間ができた。でも、頭はまだぼんやりして、うまく働かない。

P先生はもどってくると、話しはじめた。「ご両親が怒ってらっしゃる理由はわかってるわよね？」

これじゃバカみたいだと思ったけど、わかってるふりはできなかった。

「なにがあったか、本当にわからないんです。うそじゃありません。思い出したいんです」

「キャメロンのパーティにいったのよ」先生は、この言葉が効果を与えたかどうかたしかめるみたいに、こっちをじっと見た。そして、効果がないのがわかると、先を続けた。「家を抜け出して、パーティへいったの。そして、ついたとたん、飲みはじめた。大量にね。友だちも心配した。そりゃそうよ。でも、止めなかった。あなたが運転して帰ろうとしたときは、さすがに止めたけど」

あいかわらず深海にいたけど、その部分の記憶が浮かびあがってきた。たしかにそんな記憶がある。先生の言ってることが本当なのもわかる。でも、はっきりとは思い出せない。

「運転？」

「そう。本当はしちゃいけないことになってたのに。お父さんのキーを盗んだのよ」

「お父さんのキーを盗んだ」記憶がよみがえるかもしれないと思って、声に出してくりかえす。

「あなたが運転して帰ろうとしたから、友だちが何人かで止めたの。だけど、あなたは言うことをきかなかった。それでも、友だちが止めようとしたら、食ってかかって、ひどい暴言を吐いたのよ。それで、キャメロンがキーを取りあげようとしたら……」

「あたし、なにをしたの？」

「キャメロンの手首に嚙《か》みついたの。それで、逃げ出した」

ネイサンもこんな気持ちだったにちがいない。前日の記憶がないなんて。

P先生はさらに続けた。「リサがご両親に電話をしてくれたの。ご両親はすぐに駆けつけた。お父さんが着いたときは、あなたはすでに車に乗っていて、止めようとしたお父さんをもう少しでひき殺すところだったのよ」

父親をひき殺すところだった⁉

「ろくに運転できなかったけどね。ひどく酔っぱらってたから、車をバックして外まで出せなかった。となりの庭につっこんだのよ。電信柱にぶつかってね。だれもけがしなかったのは、奇跡ね」

それを聞いて、息を吐きだした。ダナの意識へむりやり入っていって、記憶のかけらでもいいから、探そうとする。

「ダナ、わたしたちが知りたいのは、どうしてあなたがそういうことをするのかってことなの。アンソニーのことがあったあとで、どうしてこんなことをするの？」

アンソニー。その名前は、隠すにはあまりにも輝いていた。からだが痛みにもだえる。痛みしか感じられない。

アンソニー。あたしの弟。

あたしのとなりで死んだ、あたしの弟。

あたしのとなりで、助手席で、死んだ弟。

あたしが事故を起こしたせい。

あたしがお酒を飲んでたせい。

あたしのせい。

「いや」さけぶ。「いやああ」

アンソニーが見える。血まみれのからだが。悲鳴をあげる。

「大丈夫」P先生が言う。「もう大丈夫」

でも、ちがう。

大丈夫なんかじゃない。


P先生はタイレノールより強い薬をくれた。断ろうとしたけど、むだだった。

「リアノンに言わなきゃ」先生にむかって言う。言おうとしたんじゃない。思わず口から出た。

「リアノンってだれ？」P先生が聞く。

まぶたが閉じてしまう。先生に答える前に、眠気に屈する。

眠ってるあいだに、記憶がもどってきた。そして、次に目が覚めたときは、ほとんど思い出していた。最後の部分以外は。車に乗って、父親をひき殺しかけ、電信柱にぶつかったのは、本当に思い出せない。そのころには、もう意識が死んでたにちがいない。でも、その前の、パーティにいったところは思い出した。わたされたものはなんだろうと片っ端から飲む。おかげで気分がよくなる。軽くなる。キャメロンといちゃつく。さらに飲む。なにも考えない。さんざん考えたことを、すべて頭から閉め出す。

ダナの両親と同じだ。P先生とも――ダナに「どうして」ってききたい。ダナの内側にいても、理由はわからない。ダナのからだは答えてくれない。

手足が血が通ってないみたいに重い。でも、なんとか起きあがる。じりじりとベッドから這《は》い出《で》る。パソコンか電話を探さなければ。

ドアまでたどりつくと、鍵がかかっていた。どこかに鍵があるはずだけど、だれかに持っていかれていた。

部屋に閉じこめられていた。

少なくとも一部分は思い出したところで、あとはひとりで、罪悪感に苦しませておこうってわけだ。

最悪なのは、彼らの思惑どおりだったこと。

水がなくなった。大声で水がほしいとさけぶ。すぐに、母親がコップを持ってきた。泣いていたように見える。ぼろぼろになってる。ダナがぼろぼろにしたのだ。

「はい、これ」母親は言った。

「外に出てもいい？　学校の調べものがあるの」

母親は首をふった。「今はやめておきなさい。夕食のあとにして。P先生が、今、感じてることをすべて書き出してほしいっておっしゃってるわ」

母親は出ていくと、鍵をかけた。紙が一枚とペンが置いてある。

今、感じてるのは、無力感と書く。

それから、手を止めた。ダナとして書いてないから。Aとして書いてたから。

頭痛と吐き気が収まってきた。でも、ひとりで山小屋にいるリアノンを思い浮かべるたびに、また吐き気が襲ってくる。

リアノンに約束した。リスクがあるのはわかってたのに、約束した。

そして今、約束を信じるのは危険だと、身をもって証明するはめになった。

リアノンの期待に応えられないことを、証明してしまった。

ダナの母親が、まるで病人にするようにお盆にのせて夕食を持ってきた。持ってきてくれたお礼を言う。それから、ずっと前に言うべきだった言葉を見つける。

「ごめんなさい。本当に、本当に、ごめんなさい」

母親はうなずく。でも、まだ足りないのがわかる。

これまでも何十回もごめんなさいと言われてきたにちがいない。どこかの時点で、もしかしたら昨日の夜に、もう信じるのをやめてしまったのかもしれない。

お父さんはどこ？　と聞くと、車を修理しにいったと言われた。


ダナは、明日は学校へいくことになった。それで、友だちに謝らなければならない。宿題をするのにパソコンを使っていいと言われたけど、両親がずっとうしろにすわっているので、適当に調べることをでっちあげる。

リアノンにメールするのは、不可能だ。

電話を返してもらえるようすもない。


前の夜の出来事は、もう思い出さなかった。そのあとは、なにもない空間をじっと眺めて過ごした。空間が見つめかえしてくるような気がしてしょうがなかった。

6022日目

早起きするつもりだった。六時くらいに起きて、リアノンに説明のメールを送ろう。リアノンがあきらめて帰ってることを祈る。

ところが、計画はいきなりくじかれた。五時ちょっと前に揺り起こされたのだ。

「マイケル、起きる時間よ」

母親だ――マイケルの。ダナの母親とちがって、ひどく申し訳なさそうな口調だ。水泳とか、学校前になにかの練習が入っているのかもしれない。ベッドから出ると、足がスーツケースにぶつかった。

となりの部屋で、母親が姉を起こしているのが聞こえる。

「ほら、ハワイにいく時間よ！」母親の明るい声がする。

ハワイ。

マイケルの意識にアクセスすると、果たして一家は今朝、ハワイへ出発することになっていた。マイケルの姉がハワイで結婚式を挙げるので、一週間の休暇をとることにしたらしい。

こっちにとっては、一週間じゃない。もどってくるには、ちょうどハワイからメリーランドへ帰る予定の、十六歳の男子か女子のからだで目覚める必要がある。そんなことが起こるまで、何週間かかるかわからない。それどころか、何カ月もかかるかもしれない。

一生、起こらないかもしれない。

「あと四十五分で迎えの車がくるぞ」マイケルのお父さんが一階から大きな声で言った。なにがあっても、いくわけにはいかない。

マイケルの洋服ダンスの中は、ほとんどがヘビメタのバンドのTシャツだった。あわてて一枚を着て、ジーンズをはく。

「そのかっこうじゃ、空港のセキュリティに体腔《たいこう》捜査（※麻薬や武器をもっていないか、体の内部まで調べる検査）してくれって言ってるようなもんよ」玄関ですれちがいざま、姉に言われる。

まだどうすればいいか、思いつかない。

マイケルは免許を持ってないので、親の車を無断で借りたところで意味はない。姉の結婚式は金曜なので、今日いかなかったところで、少なくとも、マイケルが出席し損ねることはないだろう。そう思ってから、なにを言ってんだ？　と自分をののしる。結婚式が今夜だとしたって、今日、飛行機に乗るわけにはいかない。

マイケルをおそろしいトラブルに巻きこむことになるのは、わかってる。マイケルに何度も何度も謝りながら、メモを書いて、キッチンのテーブルに置く。

今日はいけない。本当にごめん。今夜、遅くにもどってくるから、おれ抜きでいってて。どうにかして土曜日までにはいくから。

みんなが二階にいるあいだに、裏口から外に出る。タクシーを呼ぶこともできるけど、マイケルの親が地元のタクシー会社に電話して、ヘビメタの十代の男を乗せたかどうか、聞くかもしれない。リアノンからは、少なく見積もっても二時間の場所だ。いちばん近いバス停を見つけて、運転手にリアノンの町への行き方を聞いた。運転手は笑って、「車だね」と言ったけど、それは無理だと言うと、一度ボルティモアへいって、もどるしかないと言われた。

七時間かかった。

町の中心部から一・五キロほど歩いて、ようやく到着したとき、学校はまだ終わっていなかった。今回も、だれにも呼び止められなかった。デカくて、毛深くて、汗だくの、バンドの〈メタリカ〉のTシャツを着た男が、もうれつないきおいで階段をあがっていくっていうのに。リアノンだったときの記憶から、時間割を思い出そうとする。たしかこの時間は体育だった気がして、体育館にいってみたけど、空っぽだった。とうぜん次は校舎の裏にある運動場へむかう。そっちへ回りこむと、ソフトボールの試合をやっているのが見えた。サードベースにリアノンがいる。

リアノンはちらりとこっちを見た。手をふってみた。リアノンがわかってるかどうか、よくわからない。でも、ここじゃ、丸見えだし、ちょうど体育教師の視線にぶつかるので、体育館の裏口までもどった。ほかにもサボってるやつがいて、タバコなしのタバコ休けいをしてる。リアノンが先生のところへ歩いていって、なにか言ってるのが見えた。先生は気の毒そうな顔をして、ほかの生徒をサードベースへいかせた。リアノンが校舎にむかってくるのを見て、うしろへさがり、空っぽの体育館に入って、中で待った。

「リアノン」リアノンが入ってくると、声をかけた。

「いったいどこにいたのよ?」

こんなに怒ってるリアノンを見たのは、初めてだ。全世界に裏切られたみたいに怒ってる。裏切ったのはひとりなのに。

「部屋に閉じこめられてたんだ。最低だった。パソコンもなかったんだ」

「待ってたのよ」リアノンは言った。「起きて。ベッドを直して。朝ごはんを食べて。それから、待ってた。電波の受信がついたり消えたりしてたから、そのせいだと思った。しょうがないから、古いアウトドア雑誌を読みはじめた。それしか、読むものがなかったからよ。そしたら、足音が聞こえたから、うれしくてうれしくて、足音がドアの前までくると、飛びだしてった。

ええそうよ、Aじゃなかった。八十歳くらいのおじいさんだった。鹿の死がいを持ってね。どっちが余計に驚いたか、わかんないわよ。おじいさんを見たとたん、わたしは悲鳴をあげちゃうし、おじいさんは危うく心臓麻痺《まひ》を起こしかけるし。さすがに裸じゃなかったけど、それに近いかっこうをしてたし、死ぬほど恥ずかしかった。でも、おじいさんはぜんぜん同情してくれなくてね。不法侵入だって言われた。アーティはわたしの叔父だって言ったんだけど、信じてもらえなくて。あとは、叔父とわたしが同じ名字だってことくらいしか、納得させる方法はないと思って。下着姿でおじいさんに身分証明書を見せたんだから。おじいさんの手には血がついてて。で、仲間もくるって言われた。わたしの車を見て、その人たちの車だと思ったんだって。

でも、まだAがくるって思ってたから、帰るわけにはいかなかった。だから、服を着て、おじいさんたちがかわいそうな鹿の内臓をとるのを見てなきゃならなかったのよ。おじいさんたちが帰ったあとも、ずっと待ってた。暗くなるまでずっと。血のにおいのする山小屋で。それでも、待ってたのよ。なのに、Aはこなかった」

リアノンにダナのことを話した。それから、マイケルのことを説明し、家から逃げてきた顚《てん》末《まつ》をきかせた。

少しは効果があった。でも、足りなかった。

「わたしたち、これからどうやっていくの？　どうすればいいの？」リアノンは問いただした。

答えがあればいいのに。その答えさえわかってれば。

「きて」そう言って、リアノンを抱きよせた。それしか、答えがなかったから。

そのまましばらく立っていた。そのあとなにが起こるのかも、知らずに。体育館のドアが開いたとき、すぐに離れた。でも、遅かった。体育の先生かクラスの女の子だと思ったけど、そもそも開いたのは、そっちのドアじゃなかった。校舎側のドアで、入ってきたのはジャスティンだった。

「どういうことだ？　どういうことだよ！」

リアノンは説明しようとした。「ジャスティン――」でも、遮られた。

「リンゼイが、おまえの具合が悪いってメール寄こしたから、ようすを見にきたんだ。どうやら、具合はいいみたいだな。じゃまして悪かったよ」

「やめて」リアノンは言った。

「なにをだよ、え!?　クソ女」ジャスティンはこっちに迫ってきた。

「おい、ジャスティン」止めようとする。

ジャスティンはこっちを見た。「てめえはそもそも黙ってろ」

別のことを言おうとしたけど、その前に殴られた。ジャスティンのこぶしが鼻柱に命中し、床にどうっと倒れこむ。

リアノンが悲鳴をあげて、助け起こそうとして駆けよった。が、ジャスティンに腕をつかまれた。

「前からわかってたよ、おまえがヤリマンだってな！」

「やめて！」リアノンがさけぶ。

ジャスティンはリアノンの腕を放して、こっちへもどってきた。そして、足をふりあげて、マイケルのからだを蹴りはじめた。

「こいつがおまえの新しい彼氏かよ？　こいつが好きなのか？」

「好きじゃないわ！」リアノンはさけびかえした。「でも、あなたのことも好きじゃない！」

次にジャスティンが蹴ってきたとき、すかさずその足をつかんで、引きずり倒した。ジャスティンも体育館の床に倒れこむ。これでやめるかと思いきや、ジャスティンは足をそのまま突き出し、マイケルのあごを蹴りつけた。歯がガタガタ鳴った。

このとき、外でホイッスルが吹かれたらしく、三十秒も経たないうちに、ソフトボールをしていた女子たちが体育館に入ってきた。修羅場がくりひろげられているのを見て、キャアとさけんで、息をのむ。ひとりの女の子がリアノンを助けようと、駆けよった。

ジャスティンは立ちあがって、みんなに見せつけるかのようにもう一度マイケルを蹴飛ばそうとした。が、なんとかよけて、よけたときの勢いを使って立ちあがる。ジャスティンを殴ってやりたい、痛めつけたい。でも、実はやり方を知らなかった。

それに、早くこの場を離れないとならない。この学校の生徒じゃないことは、すぐにバレるだろう。やられたのはこっちだってことははっきりしてるとしても、そもそも不法侵入とけんかで警察を呼ばれることもありうる。

よろよろしながらリアノンのほうへいった。友だちがリアノンを守ろうとして前に立ちふさがったけど、リアノンは大丈夫というように腕をふった。

「いかないと。二人で会ったスタバで待ってる。こられるときにきてほしい」

肩に手をかけられたのを感じた。ジャスティンにぐいと引っぱられ、ふりむきかける。うしろからは殴ってこないのは、わかっている。

ジャスティンとむき合うべきなのはわかっていた。殴れるものなら、殴りたい。でも、そうはしなかった。さっと頭をさげてジャスティンの手をかわし、逃げ出したのだ。ジャスティンが追いかけてこないのは、わかってた。相手が逃げるのを見て、勝利感にひたるだろうから。

泣いているリアノンを残していくのは嫌だった。でも、実際にしたのはそれだった。


バス停までもどると、近くにあった公衆電話でタクシーを呼んだ。五十ドル近く払ったすえに、スターバックスに着く。さっきまで、デカくて、毛深くて、汗だくの、〈メタリカ〉のTシャツを着た男だったとすれば、今は、デカくて、毛深くて、汗だくの、〈メタリカ〉のTシャツを着た、殴られてあざだらけで血を流している男だった。ブラックコーヒーのベンティサイズをたのみ、チップ用の瓶に二十ドル入れる。これで、どんなにマイケルの見かけがヤバくても、好きなだけいさせてくれるはずだ。

トイレで、なんとか身だしなみを整える。それから、席にすわって、待った。

待った。

待ちつづけた。


リアノンがきたのは六時をちょっとすぎてからだった。

リアノンは謝らなかった。遅れた理由も説明しなかった。そもそもすぐにこっちのテーブルにこなかった。カウンターにいって、先にコーヒーを買った。

「今のわたしにこれが必要なの」リアノンに言って、すわった。コーヒーのことを言ってるのはわかってた。期待するなんて、バカみたいだって。

こっちは、四杯目のコーヒーと、二個目のスコーンだった。

「きてくれてありがとう」リアノンに言う。妙に他人行儀に聞こえた。

「いくのをやめようかとも思った。でも、もう深く考えなかった」それから、マイケルの顔を見あげて、あざに気づいた。「大丈夫?」

「大丈夫だよ」

「さっきも聞いたけど——今日はなんていう名前だっけ?」

「マイケル」

リアノンはもう一度マイケルを見やった。「かわいそうなマイケル」

「こんな日になるとは思ってもいなかったと思うよ」

「それはこっちも同じよ」

本当に話さなきゃいけないことから、たっぷり百メートルは離れてる気がした。近づかなくては。

「もう終わった? リアノンたちは」

「ええ。Aはほしいものを手に入れたってことね」

「ひどい言い方だな。リアノンだって望んでたんじゃないの?」

「そうよ、でも、あんな形ではなかった。あんなふうにみんなの前で」

手をのばして、リアノンの顔に触れようとしたけど、リアノンがビクッとしたので、手をおろした。

「リアノンはもう自由なんだ」

リアノンは首をふった。また言うべきでないことを言ってしまった。

「Aがこういうことについてほとんどわかってないってことを忘れてた。Aには経験がないってことを。わたしは自由じゃない。別れたからって、相手から完全に自由になるわけじゃない。わたしはまだ、いろいろな形でジャスティンとつながってる。もう付き合ってないってだけで、ジャスティンから本当に自由になるには、何年もかかる」

でも、少なくともスタートは切ったじゃないか。そう、言いたかった。**少なくともこれまでの愛着は断ち切ったじゃないか**って。でも、だまってた。本人もそう思ってるかもしれないけど、人に言われたくないだろうから。

「ハワイにいったほうがよかった？」

リアノンはすこしやさしくなった。ばかげた質問だったけど、言いたいことはわかってくれた。

「ううん、いかないほうがよかった。Aにいてほしい」

「リアノンのそばに？」

「うん、わたしのそばに。いられるときは」

それ以上のことも約束したいけど、できないことはわかっていた。

二人とも踏みとどまっていた。そう、綱渡りの綱の上に。下を見ずに、でも、前へも進まずに。

リアノンの電話を使ってハワイ便を調べ、マイケルの家族に飛行機に乗せられることはないのを確認してから、リアノンの車で送ってもらった。

「昨日の宿主の女の子のこと、もっと話して」リアノンに言われたので、話した。話し終わると、車の中が悲しみでいっぱいになったので、今度は別の日の、別の人生のことを話すことにした。もっと幸せな人生のことを。歌を歌ってもらいながら眠った思い出や、動物園やサーカスで象を見たこと、ファーストキスや、居間のクローゼットやボーイスカウトのお泊まりやホラー映画を観ているとき、ファーストキスをしかけたときのこと。そうやって話すことによって、いろんなことは経験してないとしても、きちんと人生を送ってきたことを伝えたかった。

マイケルの家がどんどん近づいてくる。

「明日も会いたい」リアノンに言う。

「わたしも会いたい。でも、わたしたち二人とも、会いたいかどうかだけが問題じゃないことはわかってるんじゃない？」

「じゃあ、明日も会えることを祈ってる」言い直す。

「わたしも祈ってる」

リアノンにおやすみのキスをしたい。さよならのキスじゃなくて。でも、マイケルの家に着いても、リアノンはキスをするそぶりは見せなかった。無理にしたくはなかったし、先にこっちからするのも嫌だった。聞くのも嫌だった。いやと言われるのが怖かったから。だから、送ってくれたお礼を言って別れた。たくさんのことを言えないままで。

すぐに家には入らなかった。ぐるぐる歩きまわって、さらに時間を稼ぐ。十時になって、ようやく玄関に立った。マイケルの意識にアクセスして、スペアキーの置いてある場所を探す。でも、やっと見つけたのと同時に、ドアが開いて、マイケルのお父さんが出てきた。

最初、お父さんはなにも言わなかった。そして、玄関の明かりの下に立っている息子を、じっと見つめた。そして、言った。

「おまえをこてんぱんにたたきのめしてやろうと思ってたが、どうやらだれかに先を越されたようだな」

マイケルのお母さんと姉さんたちは先にハワイへいっていた。お父さんはマイケルのために残ってくれたのだ。

謝るためには、なにか説明をしないとならない。自分でも情けなくなるようなうそしか思いつかなかった。どうしてもいかなきゃいけないコンサートがあって、前もって話すことができなかった、って。マイケルの生活をここまでめちゃくちゃにして最悪の気分だった。しゃべっているうちに、その気持ちが募っていく。なぜなら、マイケルのお父さんがあまりがみがみ言ってこなかったからだ。もっとずっと怒っていいはずなのに。もちろん責任は取らなきゃならなかった。航空券の変更手数料は来年のお小遣いから引かれることになり、ハワイにいっても、結婚式に関係すること以外の外出はおそらく許されない。これから一生、うしろめたく思いつづけるだろう。唯一救われたのは、明日の航空券が取れたことだった。

その夜、マイケルがこれまでいった中でも最高のコンサートの記憶をつくりだした。それくらいしか、マイケルにわたせるものは思いつかなかった。それだけの価値はあったと思ってもらうために。

6023日目

目を開ける前から、ヴィクのことが好きになった。ヴィクは生物学的には女性だけど、自己意識は男性だ。ヴィクも自分の真実の基準に従って生きている。そこに共感する。ヴィクは自分が何者になりたいか、わかってる。本来、このくらいの年齢の子はたいてい、そこまでわかってる必要はない。楽な範囲内で暮らしてる。でも、自分の真実の基準で生きようとすれば、苦しい思いをする道を選ばなければならない。最終的には心地よい道になるだろうけど。

今日は、ヴィクにとって忙しい日になる予定だ。歴史と数学のテストがあるし、バンドの練習もある。ヴィクがいちばん楽しみにしている時間だ。それから、ドーンという女の子とのデートも控えてる。

起きて、服を着がえる。キーを持って、車に乗りこむ。

でも、学校へいくために曲がるはずのところへきても、そのまま車を走らせた。

リアノンのところまで、三時間ちょっとだった。リアノンにはヴィクといっしょにいくとメールしてある。返事をしたり、断ったりする猶予も与えなかった。

運転しながら、ヴィクのこれまでの記憶にアクセスする。そぐわないからだに生まれるよりつらいことは、こんなにない。自分自身、ここまでくるのに、何度も折り合いをつけなければならなかった。でも、自分の場合は一日ですむ。順応できる——自分の人生のあり方を受け入れられるようになるまでは、抵抗したときもあった。すごく気に入っていた長い髪が、次の日、起きたらなくなっているのを知って、恨んだこともある。女の子だと感じる日もあれば、男の子だって思う日もあって、そういう日が必ずしも宿主の性別と一致しなかった。あのころはまだ、男か女かどっちかに決まってると言われて、信じていた。そうじゃないことがあるなんてだれも教えてくれなかったし、自分でそういったことを考えるには、幼すぎた。性別に関して言えば、自分は両方だしどちらでもないということを、まだわかっていなかった。

　自分のからだに裏切られるのは、たまらなくつらい。それに孤独だ。そのことについては、だれにも話せないと思うから。自分とからだだけの問題だから。そしてそれは、決して勝てない戦いのように思える……なのに、毎日毎日戦いつづけ、疲れ果てる。無視しようとしても、無視するのにエネルギーを費やし、やはり疲弊する。

　ヴィクは、両親に恵まれていた。ヴィクの両親は、ヴィクがスカートじゃなくてジーンズをはきたがったり、人形じゃなくてトラックで遊びたがっても気にしなかった。でも、ヴィクが大きくなって思春期に突入したころ、初めて面食らった。自分たちの娘が、女の子が好きだということには気づいていた。でも、ヴィクが両親に、そして自分自身に対しても、自分は男として女の子が好きだとはっきり言えるようになるまでは、しばらくかかった。本当は男の子に生まれるべきだったし、少なくとも男の子っぽい女の子と女の子っぽい男の子のあいだの曖昧なところで生きていくべきなんだと、ヴィクは話した。

ヴィクの父親は物静かな人で、ヴィクの言うことを理解し、ヴィクのことを静かに支えた。母親のほうが、受けたショックは大きかった。なるべき自分になりたいというヴィクの望みは尊重してくれたけど、娘を持ったという事実を手放し、息子ができたという現実を受け入れることがなかなかできなかった。友だちは、まだ十三歳や十四歳だったけど、わかってくれた子もいた。でも、尻込みする子もいた。そういう子は、男の子より女の子のほうが多かった。男の子たちにとっては、ヴィクはむかしからうるさくつきまとってくるやつで、性別は関係ない友だちだった。だから、ヴィクの話を聞いたあとも変わらなかった。

ドーンは目立たないけど、いつもヴィクのそばにいた。二人は幼稚園のころから同じ通学路で、友だちというほどではなかったけど、仲は良かった。高校になると、ヴィクは、怒りに任せてノートに詩を走り書きして放っておくような友だちと付き合うようになり、ドーンは、詩を書くとすぐに文学雑誌に投稿するような子と仲良くなった。生徒会の会計係で、ディベートクラブに入って校内活動にいそしんでる女の子と、セブン-イレブンで仲間とつるんでる、校外活動の忙しい男の子。だから、本当なら、ヴィクがドーンに注意をむけることはなかったかもしれない。可能性があるなんて思わなかったかもしれない、ドーンが先にヴィクに惹《ひ》かれなければ。

そう、ドーンはヴィクに惹かれた。気がつくと、ヴィクのほうへ視線がさまよっていく。眠ろうとして目を閉じると、ヴィクが浮かんできて、夢へと誘われる。どうしてそんなに惹かれるのか、わからなかった。男の子っぽい女の子、女の子っぽい男の子。でもそのうち、男とか女とかは関係ないと思うようになった。自分が惹かれてるのは、ヴィクなのだから。でも、ヴィクにとってドーンは存在していないに等しい。ドーンにとってのヴィクと比べると……。

あとからドーンがヴィクに話したとおり、ついにドーンは耐えられなくなった。あいだを取り持ってくれる共通の友だちはたくさんいたけど、どうせ思い切ったことをするなら、直接しようと思った。そして、ある日、ヴィクが何人かの友だちとセブン-イレブンにむかうのを見て、車に飛びのり、あとを追った。思ったとおり、友だちが売り場でふざけているあいだ、ヴィクは店の前でぶらぶらしながら待っていたから、ドーンはヴィクのところへ歩いていって、声をかけた。ヴィクは最初、ドーンが話しかけてきた理由も、どうして緊張しているのかもわからなかったけど、そのうちだんだんとどういうことかわかってきて、自分もそれを望んでいることに気づいた。店のドアのベルが鳴って、友だちが出てきたことに気づくと、ヴィクは手をふって追いはらい、ドーンと残った。ドーンのほうは、店でなにか買うふりをすることすら、忘れていた。そのまま何時間だって、そこで話していられたけど、ヴィクがコーヒーを飲みにいこうと誘い、それからすべてが始まった。

それ以来、山あり谷ありだったけど、基本は変わらなかった。ドーンはヴィクを見るとき、ヴィクが見てほしいように見てくれる。ヴィクの両親はつい、むかしのヴィクを見ようとせずにはいられなかったし、友だちや他人も多くが、ヴィクがもう望んでいないかつてのヴィクを見てしまう。ドーンだけが、そのままのヴィクを見ていた。あいまいと言いたければ言っていいけど、ドーンが見ているのはあいまいさではなかった。ドーンは、明確なひとりの人間を見ていた。

ヴィクのこうした記憶をふるいにかけて、ひとつの物語としてつなぎ合わせながら、感謝と憧れを感じていた。ヴィクの感謝や憧れじゃない。自分のだ。これこそ、リアノンに求めているものだったから。これこそ、リアノンに与えたいものだったから。

でも、どうすれば、あいまいさの奥にあるものを見てもらえるだろう？　リアノンは決してAのからだを見ることはないのに。リアノンは決してAの人生をとどめておくことはできないのに。

昼休みの前に着いたので、いつもの場所に車をとめる。

今では、リアノンの時間割は覚えている。だから、教室の前でベルが鳴るのを待っていた。授業が終わると、リアノンはほかの子たちといっしょに、レベッカと喋《しゃべ》りながら出てきた。こっちを見ない。顔をあげもしない。しかたがないので、しばらくついていった。自分がリアノンの過去の幽霊なのか、現在の幽霊なのか、未来の幽霊なのかもわからないまま。ようやくリアノンとレベッカがちがう方向に歩き出したので、ひとりになったリアノンに話しかけた。

「ねえ」声をかける。

まただ。ふりかえる前の、一瞬のためらい。でも、それからふりかえると、いつもの表情が浮かんだ。

「ああ、きてたのね。どうしてわたし、驚かないんだろ」

期待してた反応とはちがうけど、理解はできた。二人きりのときは、リアノンの目的になれる。でも、こうしてリアノンの学校生活に現われれば、混乱の原因なのだ。

「昼ごはん？」

「うん。でも、そのあとはぜったい授業に出ないと」

かまわない、と答える。

黙ったまま、歩きはじめた。リアノン以外のことが目に入るようになると、みんなのリアノンを見る目が変わったのを感じた。好意的なものもあるけど、そうでないほうが多い。

リアノンも、こっちが気づいたのに気づいた。

「今じゃ、わたし、ヘビメタのビッチってことみたい。複数の情報では、メタリカのメンバーたちとも寝たってことになってる。笑えるって言えば笑えるけど、笑えない」そして、ヴィクを上から下までざっと見た。「Aはまったくの別人だけどね。今日はいったいどういう相手なのかさえ、わからない」

「名前はヴィク。生物学的には女性だけど、実際の性別は男」

リアノンはため息をついた。「どういう意味かもわからない」

説明しようとすると、遮られた。

「学校を出てからにしましょ。ね？　それまで少し離れて歩いてくれる？　よけいな面倒を起こしたくないから」

言うとおりにするほかなかった。

むかったのは、お客の平均年齢は九十四歳で、人気のメニューはリンゴソースって感じの食堂だった。高校生がたむろする場所じゃないことはたしかだ。

席について注文をすませると、あのあとのようすをたずねた。

「ジャスティンはそこまで動揺してるとは言えないわね。彼を慰めたい女の子はいくらでもいるし。なさけない。レベッカはすごいわ。まじめな話、友情広報部って仕事がないのはおかしいわよ。あれば、レベッカはナンバーワン社員まちがいないわね。今回の話の半分は、レベッカが広めてくれてるんだから」

「どういうふうに?」

「ジャスティンがクズ男だって。それから、あのヘビメタ男とわたしはただ話してただけだって」

前半は反論の余地はないけど、後半は、さすがに説得力に欠ける気がした。

「ごめん、こんな結果になって」

「もっとひどいことになってたかもしれないし。もうおたがいに謝り合うのはやめない? なにを言うにも、まず『ごめん』から始まってる」

リアノンの声にはあきらめの調子が感じられたけど、リアノンが実際なにをあきらめたのかは、わからなかった。

「で、今日は本当は男の子の、女の子ってこと？」リアノンは言った。

「まあそんな感じ」リアノンがそのことについてあまり話したくないのを感じて、そう答えた。

「車でどのくらいだった？」

「三時間」

「なにをしそこなった？」

「テスト二つ。彼女とのデート」

「それっていいことだと思ってる？」

一瞬、言葉に詰まった。「どういう意味？」

「ねえ、わたしはAがはるばるきてくれて、うれしいと思ってる。本当よ。でも、昨日の夜はよく眠れなくて、どうかなりそうにイライラしてて、で、今朝メールをもらって、思ったの。これで本当にいいわけ？　って。わたしやAはいい。でも、ほかの……あなたが誘拐してる子たちは？」

「いつも気をつけてるよ――」

「わかってる。それに、たった一日だけだってことも。でも、今日、なにかまったく予想のできないことが起こることになってたら？　彼女のガールフレンドがすごいサプライズパーティを計画していたら、どうする？　理科実験のペアを組んでる子が、彼女がいなかったことで単位を落とすことになったら？　それか――わかんない。大きな事故があって、彼女がたまたま近くにいて、赤ん坊を助けることになってるとか」

「わかってる。でも、今日、起こることになってるそのなにかが、これってことかもしれないだろ？　つまり、からだを貸すってこと。宿主はからだを貸すことになってて、でも、実際はそうならないことで、世界がまちがった方向にいくことになったら？　ごくごく小さなことだけど、すごく大切なちがいが生まれるかもしれない」

「でも、彼女の人生のほうがAの人生より優先されるべきじゃないの？」

「どうして？」

「Aはただの訪問者でしょ」

そのとおりだとわかってたけど、リアノンの口から聞くとショックだった。リアノンはすぐに、非難めいたトーンをやわらげにかかった。

「Aが大切じゃないっていう意味じゃないのよ。それは、わかってるでしょ。だって今、この時点で、Aはわたしが世界でいちばん好きな人なんだから」

「本当に？」

「本当にってどういうこと？」

「昨日は、好きじゃないって言ったから」

「それは、あのヘビメタのことよ。Aのことじゃない」

料理がきたけど、リアノンはフレンチフライでケチャップをつつくだけで、食べようとしない。

「リアノンのこと、好きだよ。それは知ってると思うけど」

「知ってる」リアノンは答えたけど、少しもうれしそうじゃなかった。

「二人で乗りこえていけるよ。どんな関係も、最初は大変なんだ。今が、二人にとっていちばん大変なときなんだよ。すぐにはめられるパズルのピースとはちがうんだ。関係を築いていくには、おたがいがピースを形作っていって、ぴったり合うようにしてかなきゃならないんだ」

「Aのピースは毎日、形が変わるけどね」

「からだだけだよ」

「わかってる」リアノンはようやくフレンチフライを一本口に入れた。「もっとわたしのピースをがんばって作らなきゃならないのかも。いろんなことがいっぺんに起こりすぎて。なのに、Aまできて、もう許容範囲を超えちゃってる」

「帰るよ。ランチを食べ終わったら」

「Aに帰ってほしいとか、そういうことじゃないの。でも、Aにとっても、帰ったほうがいいと思うだけ」

「わかってる」そう答えた。本当にわかってた。

「よかった」リアノンはにっこりした。「じゃあ、今夜のデートの予定を教えて。自分がいっしょにいられないなら、いっしょにいられる子のこと、知りたいから」

ドーンにメールを送って、学校は休んだけど、デートの約束はそのままでって伝えた。ドーンのグランドホッケーの練習のあと、いっしょに夕食へいく約束をする。

ヴィクがいつも学校から帰る時間に合わせて家にもどると、部屋に引きこもって、デート前のそわそわを味わった。ヴィクのクローゼットにはネクタイがかなりの本数ある。ネクタイをしめるのが好きなんだろう。だから、びしっと決めることにした。もしかしたらちょっと決めすぎかもしれないけど、アクセスしたドーンの情報がまちがってないなら、ドーンも気に入るはずだ。

ネットを見て時間をつぶす。リアノンからメールはきていない。ネイサンからは新たに八通きてたけど、開かなかった。それから、ヴィクのプレイリストを開いて、ヴィクがよく聴いてる曲を何曲か聴いてみる。ふだんから、新しい曲を見つけるのは、この方法が多い。

やっと時間になり、六時ちょっと前に家を出た。自分がこんなに楽しみにしてることが、ふしぎに思える。うまくいく関係に携わりたいんだと思う。技量を試されるとしても。

ドーンはがっかりしなかった。ヴィクの今日のかっこうをすごく気に入って、「上品だね」とか「決まってる」って言って誉《ほ》めてくれた。今日一日にあったことを話したくてうずうずしてるし、ヴィクがなにをしてたのかを聞きたくてしょうがないみたいだ。注意深くやらないとならない。あとからヴィクが困るようなことにしたくない。だから、ただ思いつきで一日休みたくなっただけだと言っておいた。テストも、休み時間のあれこれもなしで、ただハンドルを握っていったこともないところへいってみたかったんだ……もちろん、今日のデートに間に合う範囲で。そう言うと、ドーンはすごくわかると言ってくれて、どうして誘ってくれなかったのとは言わなかった。ヴィクが、今の説明通りに今日という日を記憶してくれることを、祈る。ドーンの話についていけるように猛スピードで意識にアクセスしなきゃならなかったけど、それでもすごく楽しかった。ドーンに関するヴィクの記憶は、完璧に正しかった。ドーンもヴィクのことを正確に、すてきに、無造作に見ていて、どれだけわかってるかを吹聴《ふいちょう》したりしなかった。そんな必要はなかったから。

ヴィクとドーンの関係と、自分とリアノンの関係がちがうのはわかってる。自分はヴィクじゃないし、リアノンだってドーンじゃない。でも、どこかで比べたがっていた。どこかで、同じように超越した関係になりたがっていた。どこかで、こんなふうにびくともしない強い愛をほしがっていた。

ヴィクもドーンも車を持ってたけど、ドーンのリクエストで、ドーンの車についていって、いったん車をおりて玄関まで彼女を歩いて送ることにした。そうすれば、ちゃんとおやすみのキスができるから。すごくすてきなアイデアだと思ったから、そうすることにして、手をつないでドーンを玄関まで送った。ドーンの両親が家にいるかどうかわからないけど、ドーンが気にしないなら、気にしなくていいだろう。玄関の網戸の前までいって、しばらくそこで、五十年代のカップルみたいにぐずぐずしていた。そうしたら、ドーンが身を乗り出して、熱烈なキスをしてきた。熱烈なキスを返す。そしてドアじゃなくて、しげみのほうへむかう。ドーンに闇へ押し出される。ドーンのすべてを受け入れ、その生々しさにわれを忘れ、いや、ヴィクの意識を見失って自分にもどり、キスをし、感じ、思わず言葉を漏らす。「リアノン」。ドーンには聞かれなかったと思ったのに、ドーンがからだを離して、なんて言ったのと聞くから、歌みたいなものだと答える。**この歌知らない？　前から、どういう意味かなと思ってたんだけど、このことだってわかったんだ、今のこの気持ちのことだって。**そう言うと、ドーンはどの歌のことかわからないけど、別にいい、ヴィクが予測のつかないことをするのにはもう慣れてるから、と言う。だから、あとで聴かせてあげるよ、って言う。でも、今はこれだ。これ。これだけ。からだのあちこちに葉っぱがくっついて、ネクタイが枝にひっかかってるけど、生きているという実感に充《み》ち満《み》ちて、気にならない。ほかのことはなにひとつ、気にならない。

その夜、リアノンからメールがきた。

　Ａ
今日はなんだか気まずかった。でも、今は、そういうときなんだと思う。Ａのせいじゃないし、愛のせいでもない。なにもかもがいっぺんに起こったせい。わかってくれるよね。
もう一度がんばってみたい。でも、学校ではうまくいかないと思う。今のわたしには負担が多すぎて。学校のあと、会わない？　わたしの生活の痕跡がなにもない場所で。二人だけで。

どうすればいいかは想像もつかないけど、でも、二つのピースをぴったり合わせたいと思ってる。

愛をこめて　R

6024日目

次の日、目覚まし時計は鳴らなかった。目が覚めると、だれかの母親が（いや、自分の母親が）ベッドの端にすわって、こっちを見ていた。起こしてしまったことを申し訳なく思っているのがわかったけど、その悲しみは、はるかに大きな悲しみの小さな一部でしかなかった。母親はそっと脚にふれて言った。

「起きる時間よ」母親は、静かな声で言った。眠りから覚醒への移行をできるかぎり楽にしてやりたいと思っているみたいだ。「クローゼットの扉に服はかけておいたから。あと四十五分で出かけるわよ。お父さんは……とてもショックを受けているわ。みんな、そう。でも、お父さんがいちばんつらい思いをしてる。だから……今はまだなにも言わないであげて。いいわね？」

母親がしゃべっているあいだ、ちゃんと集中できず、自分がだれでなにが起こっているのか、わからなかった。でも、母親が出ていったあと、クローゼットの扉に黒いスーツがかかっているのを見て、細切れだった情報がつながった。

お祖父《じい》さんが亡くなったのだ。これから十六年間生きてきて、初めての葬式に出ようとしているところだった。

友だちに宿題のことを頼むのを忘れたと言って、パソコンを開き、リアノンに今日は会えそうもないとメールを入れた。今、わかる範囲では、葬式があるのは少なくとも二時間離れた場所で、少なくとも泊まる予定はない。

父親は朝のあいだほとんどずっと寝室に引きこもっていた。けれどもリアノンへのメールの送信ボタンを押したのとほぼ同時に、部屋に顔を出した。ショックを受けてるだけではない。目は見えなくなったかのように深い悲しみを宿し、からだのほかの部分にまで染みわたっている。ネクタイがろくに締められないまま、くたりとさがっていた。

「マーク」父親が言った。「おい、マーク」宿主の名前だ。今の父親の口から出ると、まじないの言葉にも、未《いま》だにおこったことが信じられないというさけびにも聞こえた。どう反応していいかわからない。

すると、マークの母親が入ってきた。

「ああ、あなた」マークの母親は夫を抱きしめると、すぐにうしろにさがって、ネクタイを直した。それから、こっちを見て、用意はできたかどうかたずねた。

履歴を消して、パソコンのスイッチを切り、あとは靴を履くだけだと答えた。

葬式へむかう車内は、ほぼ沈黙が支配していた。ラジオからニュースが流れていたけど、三度目のくりかえしが始まったとき、だれも聴いていないのだと思った。マークの母親と父親も、自分と同じことをしているのだと思う。マークのお祖父さんの記憶にアクセスしているのだ。

記憶のほとんどに、言葉はなかった。釣り舟に二人ですわって、引きを待っているときの静かで力強い時間。感謝祭の家長席にすわって、生まれながらの権利だというように七面鳥を切り分けるお祖父さん。小さいころ、動物園に連れていってくれたこと。覚えているのは、ライオンやクマについて説明してくれるお祖父さんの威厳のある声だ。ライオンやクマ自体は思い出せないけど、お祖父さんが創りあげた動物たちの感じは、今でも思い出せる。

祖母の死の記憶もあった。でも、そのころはまだ、死の意味が本当にはわかっていなかった。祖母は、いろいろな記憶の背景にしずむ幻のようだけど、両親の中ではもっとずっときわだった思い出にちがいない。いつしかこの数カ月間のことを考えていた。お祖父さんがどんどん小さくなっていくようす、自分の背のほうが高くなったときのぎこちなさ、対照的に、自分自身の中に、年齢に、縮こまっていくお祖父さんの姿。にもかかわらず、お祖父さんの死は不意打ちだった。いつかそうなることはわかっていたけど、本当にその日がくるとは思っていなかった。知らせの電話を受けたのは、母親だった。母親に言われる前から、なにか悪いことが起こったのがわかった。母親は父親の会社まで車でいって、知らせを伝えた。マークはいかなかった。それを知ったときの父は見なかった。

今度は、父親が縮んでしまったようだった。近しい人が亡くなると、つかの間、直前の故人と入れ替わってしまう。そして、故人の人生を逆に、死から生へ、病から健康へと実際に生き、回復していくのだ。

近くの湖や川の魚たちも今日は安全だ。メリーランド州じゅうの釣り人たちが、葬式にやってきたように思えた。スーツ姿はほとんど見当たらず、ネクタイにいたってはもっと少ない。親戚一同が集まっていた。泣いている従兄弟《いとこ》たち、涙にくれる叔母たち、感情を表に出さない叔父たち。マークの父親がいちばんつらそうだった。みんなのお悔やみの言葉を一身に受けている。その横に母親といっしょに立っていると、みんながうなずいたり、肩をたたいてくれたりした。

自分が詐欺師になったような気がした。すべてを見逃さないようにして、マークのためにできるかぎり記憶に残そうとする。マークがこの場に参加したかっただろうと、このことを覚えていたいだろうと、わかってるから。

聖堂に入っていくときは、棺《ひつぎ》が開いてるとは思っていなかった。マークのお祖父さんが横たわっているのを見ることになるなんて、思ってもいなかったのだ。家族はいちばん前の席だったので、どうしても棺に目が吸い寄せられた。中が空っぽの遺体はこうなるんだ。一瞬でもマークのからだの外に出られるとしたら、そしてマークがもどってこなかったら、マークのからだもこんなふうになるのだ。葬儀屋がどれだけ手をつくしても、眠ってるのとはぜんぜんちがって見えた。

マークのお祖父さんはこの町で育ち、生涯、この教会のメンバーだった。たくさんの弔辞が贈られ、そこには、たくさんの感情がこめられていた。牧師さんさえ、心を動かされているようすだった。こうした言葉を口にするのは慣れているはずだけど、マークのお祖父さんは大切な人だったのだろう。そして、マークのお父さんがあいさつの言葉を述べようと立ちあがった。からだと言葉が戦っているみたいだ。言葉を口にしようとするたびに、息が止まり、肩に力が入る。マークのお母さんが立ちあがって、夫の横に立った。お父さんはあいさつの言葉を代わりに読んでもらおうとしたけど、考え直したらしく、スピーチの原稿を置いた。そして、話した。思い出のフィルムを広げていく。ときにもつれていたり、すり切れていたりするけど、彼が父親を思うときに浮かぶことなのだ。まわりの人たちは、笑ったり、泣いたり、うなずいたりして聞いている。

涙がこみあげ、ほおを流れ落ちた。最初は理解できなかった。みんなが話している人のことは知らないのに。ここにいる人を、だれひとり知らないのに。自分はここに属していないのに……でも、だから、泣いたのだ。自分はここに属していないから。決してこうしたところに属することはないから。そのことなら前からわかっていた。でも、頭でわかっているのと、実際に身にしみて感じるのとはちがう。今、身にしみてそれを感じていた。自分のために嘆いてくれる家族を持つことは、一生ない。ここにいる人がマークのお祖父さんに対して抱いているような気持ちは、一生もってもらえない。マークのお祖父さんが遺《のこ》していったような思い出を、あとに残していくこともない。自分のことも、自分のしたことも、だれひとり知ることはない。

死んでも、存在したことを示すからだもないし、葬式もないし、墓に埋葬されることもない。死んでも、かつて存在したことを知る人は、リアノン以外、だれもいないのだ。

泣いたのは、マークのお祖父さんに嫉妬したからだった。こんなに大切に思ってもらえる人たちすべてに、嫉妬したからだ。

父親のあいさつが終わったあとも、ずっとすすり泣いていた。両親は信者席にもどってくると、両側にすわって、息子をなぐさめた。

そのあともしばらく涙が止まらなかった。マークの記憶ではお祖父さんのための涙になるってことも、自分の存在なんてマークの記憶には決して残らないことも、わかりすぎるほどわかっていた。

遺体を地面の下へ送りこむのは、なんてふしぎな儀式なんだろう。マークのお祖父さんの遺体がおろされるときも、祈りの言葉を唱えるときも、ずっとそこにいたし、シャベルで棺に土をかけるときは列に並んだ。

いっぺんにこれだけの人がマークのお祖父さんのことを考える日は、二度とこない。マークのお祖父さんのことは知らないけど、お祖父さんがここにいて、このようすを見ていることを祈った。

そのあと、お祖父さんの家にもどった。いずれ遺品を整理したり、あちこちに配ったりわたしたりという作業が行われるだろうけど、今は悲しみを展示するための場となっていた。いろいろな話が語られた。別の部屋でまったく同じ話が語られることもあった。ほとんどが知らない人たちだったけど、アクセスできなかったせいじゃない。お祖父さんの人生には、孫にはわからない人が大勢いるというだけだ。

食べて、語って、慰めを交わしたあと、お酒が出た。そして、お酒のあと、みんな家へ帰っていった。飲まないようにしていたマークのお母さんがハンドルを握り、真っ暗な中を家へむかう。マークのお父さんは眠っているのか、物思いにふけっているのかは、わからなかった。

「長い一日だったわね」マークのお母さんが呟《つぶや》いた。それから、ニュースが流れ、三十分おきにくりかえされるのを聴いているうちに、やっと家に着いた。

これが自分の人生だというふりをしようとした。二人が自分の両親だと思おうとした。でも、すべてがむなしく感じられた。そうじゃないことくらい、わかっていたから。

6025日目

次の朝、枕から頭を持ちあげるのが大変だった。腕をあげるのも、ベッドからからだを起こすのも、つらかった。

少なくとも体重が一三〇キロはあるにちがいない。

前にも、すごく重かったことはあった。でも、ここまでだったことはないと思う。両手足と胴体に肉の袋がしばりつけてあるみたいだ。なにをするにも、ものすごい労力がいる。なぜなら、この重さは筋肉の重さではないからだ。アメフトのラインバッカーってわけじゃない。ただ太っているのだ。全身ぶよぶよで、どうしようもなく太っているからだ。

ようやくまわりを見まわし、意識にアクセスしたけど、心躍る結果ではなかった。フィン・テイラーは世界から引きこもっていた。こうなったのは、ものぐさで無精なせいだ。そこに几《き》帳面《ちょうめん》さが加われば、病気になっていただろうが、彼は無頓着なタイプだった。内面の奥深くまでアクセスすれば、人間性の泉があることはわかっているけど、表面に見えるのは、感情のげっぷとしか言えないようなものだった。

よろめきながらシャワーを浴びにいくと、へその穴からネコの前足くらいある綿ぼこりが出てきた。からだを洗うのは、かなりの努力が必要だった。これ以上太ると、疲れすぎてなにもできなくなるとわかる瞬間があったはずだ。でも、フィンは屈してしまったのだ。

リアノンに、今日の姿は見られたくなかった。でも、会わないわけにはいかない。二日続けてキャンセルはできない。二人の関係がこんなに不安定なときに。前もって、リアノンには警告しておいた。メールで、今日は巨大だからって。それでも、放課後に会いたい、今日の場所はクローバー書店のすぐ近くだから、そこで待ち合わせようと書いておいた。

そして、リアノンがきてくれることを天に祈った。

フィンの記憶にアクセスしても、学校を休んだからってうろたえそうにはなかった。でも、どっちにしろ、いくことにした。出席日数はかせいでおくに越したことはない。いつかフィンも気にするようになるかもしれない。

巨体のせいで、なにをするにも、いつもより集中力が必要だった。アクセルを踏むとか、廊下を歩くときのスペースの取り方といったほんのささいなことでさえ、いちいち調整が必要になる。

それに、まわりの目も気になった。だれもが嫌悪を隠そうともしない。生徒だけじゃない。

教師も。ぜんぜん知らない人間もだ。みんな、好き勝手に判決をくだす。フィンが自分を律せずにこうなってしまったことに対する反応とも言える。でも、彼らの嫌悪感には、もっと根源的な、自己防衛的なものがあるような気がする。フィンのようになることを怖《おそ》れているのだ。

今日は黒い服を着てきた。着やせ効果があるって聞いていたからだ。でも実際は、廊下を進んでいく黒い球形の潜水艦だった。

ランチのときだけは、一息つくことができた。フィンには、親友のラルフとディランがいた。三年生のときからの友だちで、フィンが太ってることをからかうけど、本気で気にしてるわけじゃないことは、伝わってきた。フィンがやせてたとしても、やっぱりからかうと思う。二人といると、ほっとできた。

学校が終わると、家へ帰ってもう一度シャワーを浴びて、着がえることにした。からだをふきながら、フィンの脳にトラウマになりそうな記憶を植えつけたらどうだろうって考える。ショックで食べすぎないようになるようなやつを。でもすぐに、そんなことを考えた自分にぞっとした。フィンを指導しようなんて、思いあがりもはなはだしい。

フィンが持ってるいちばんいい服を着て（XXLのボタンダウンのシャツと、四六サイズのジーンズ）、リアノンとの待ち合わせ場所にむかった。ネクタイも試すだけ試してみたけど、腹のせいでスキーの斜面みたいになるのでやめた。

本屋のカフェのイスにすわったらぐらぐらするので、店の中を見てまわることにした。でも、通路が狭くて、しょっちゅう棚から本を落としてしまう。結局、店の前で待つことにした。

リアノンはすぐに気づいた。まあ、見逃すはずはない。いつもみたいに目にはっとしたような表情が浮かんだけど、今日は、すごくうれしそうには見えなかった。

「やあ」

「うん」

二人とも、だまって立ちつくした。

「なに？」

「Aのこと、受け止めようとしてるんだと思う」

「容《い》れ物《もの》を見ないで。中身を見てほしい」

「Aは簡単に言えるわよ。わたしは変わらないんだから」

そうとも言えるし、ちがうとも言える、と思った。たしかにリアノンのからだは変わらない。でも、リアノンに会ってるとき、ほんの少しだけちがうって感じることは、しょっちゅうある。気分によって、少しずつ変化するのかもしれない。

「いこう」

「どこに？」リアノンが聞く。

「ええと、海へいったし、山にもいったし、森にもいった。だから、今日は……夕食と映画はどう？」

リアノンは笑ってくれた。

「それって、かなりデートっぽいけど？」

「お望みなら、花束もプレゼントするよ」

「やれるもんなら、どうぞ」リアノンがけしかけるように言った。


映画館でとなりの席に十二本のバラを置いてる女の子は、リアノンだけだった。でも、いっしょにきた相手がイスからあふれ出してはみでているのも、リアノンだけだった。少しでも自然な感じにしたくてリアノンに腕をまわしてみたけど、今度は汗が気になりだし、首のうしろにぶよぶよした肉があたるってどんな感じだろうってそればかり考えてしまう。呼吸も気になる。いっぺんに吸いすぎると、ヒューと音が出るからだ。結局、予告が終わると、席をひとつずれた。でも、二人のあいだの席に手をのばすと、リアノンは握ってくれた。十分くらい、そのままでいたけど、リアノンは手がかゆいふりをして引っこめ、そのあとはもうもどさなかった。


夕食にはいい店を選んだけど、だからといっていい食事になるとはかぎらない。

リアノンはこっちを見ずにはいられないみたいだった。見ているのは、フィンだけど。

「なに？」たまりかねて聞いた。

「ただその……中身を見ることができないの。いつもはできる。いつもは目の奥にAがかいま見えるの。だけど、今日は見えない」

ある意味で、うれしい言葉とも言えるけど、リアノンの言い方に落ちこんだ。

「Aはちゃんといるよ」

「わかってる。でも、どうしようもないの。ただ感じないの。今の姿のAを見ても、感じない。無理なの」

「いいよ。見えないのは、フィンとAがあまりにもかけ離れてるからだよ。Aとフィンはちがうから、Aの存在が感じられない。ある意味では一貫してる」

「かもね」リアノンは言って、フォークでアスパラガスを突き刺した。

でも、あまり納得している感じじゃなかった。もし二人のステージが少し進んでいたとしても、また後退してしまったような気がした。

デートっていう感じはしなかった。友情って感じもしない。綱渡りの綱から足を踏み外したけど、まだネットまでは落ちてないって感じだった。

二人とも本屋に車をとめっぱなしだったので、もどることにした。リアノンはバラの花束を抱えずに、片手でぶらぶらさせながら持っていた。今にもバットみたいにふりまわしそうな感じで。

「どうしたの?」リアノンにたずねる。

「ただ調子が出ない日ってことじゃない?」リアノンはバラを持ちあげて、香りをかいだ。

「たまにはそういう日があってもいいでしょ? 今日は特別……」

「わかるよ。今日は特別」

別のからだだったなら、今こそ、かがんでリアノンにキスしただろう。ちがうからだなら、そのキスが調子が出ない日を出る日に変えてくれる。ちがうからだなら、リアノンは中にいるAを見てくれる。自分が見たいものを見てくれる。

でも、今日は気おくれした。

リアノンは花束をフィンの鼻の前にさしだした。香りを思いきり吸いこむ。

「お花をありがとう」

それが、今日の別れの言葉だった。

6026日目

次の朝、ふつうサイズにもどっているのがわかって、心底ほっとした。そして、そのことにうしろめたさを感じた。前はほかの人がどう考えてるかとか、自分がどう見られてるかなんて気にしてなかったのに、今では意識するようになって、自分もそういうふうに人を判断している。リアノンの目をとおして、自分を見るようになった。おかげで、ふつうの人間に近くなったとも言えるけど、なにかを失ってしまったような気もした。

リサ・マーシャルは、リアノンの友だちのレベッカによく似ていた。黒のストレートヘアで、顔にはそばかすが散り、ブルーの目をしている。通りで見かけてもことさら気づくようなタイプではないけど、教室でとなりにすわったら、まちがいなく目を惹《ひ》く女の子だ。

今日なら、リアノンも嫌がらないはずだと思った。それから、そう考えた自分をうしろめたく思った。

受信箱をチェックすると、リアノンからメールがきていた。

今日は、どうしても会いたい。

そこまで読んで、やった、と思った。でも、続きがあった。

わたしたち、話し合ったほうがいいと思う。

どう考えたらいいのか、わからなくなる。

その日は、根比べみたいになった。カウントダウンをしてるみたいだ。なににむかってカウントしてるのかは、わからないけど。時計の針が進み、そのときが近づいてくる。恐怖の脈打つ音が大きくなっていく。

リサの友だちは、今日はリサに話しかけても、あまり返事をもらえなかった。

リアノンは、学校のそばの公園で会おうと言ってきた。今日は女の子だから、学校のそばでも、安全で当たり障りがないってことなんだろう。二人がいっしょにいるのを見ても、R指定だってだれも思わないだろうから。みんな、ヘビメタがリアノンのタイプだって思いこんでる。早く着いたので、ベンチにすわって、リサの持っていたアリス・ホフマンの小説を取り出した。ときどき、顔をあげて、ジョギングしている人がとおっていくのを見てたけど、そのうちすっかり没頭して、リアノンがとなりにすわるまで、きたことに気づかなかった。

リアノンを見ると、やっぱりほほえんでしまう。

「やあ」

「うん」

リアノンが話そうとしていることを話し出す前に、今日のことや、学校のことや、天気のことまで聞いた。自分たちの話題を避けるためなら、なんだっていい。でも、せいぜい十分でネタ切れになった、

「Aに言わなきゃいけないことがいろいろあるの」

このセリフのあとに、いい話が続くことはめったにないのは知ってる。それでも、希望を捨てられない。

「いろいろ」って言ったのに、そう、言いたいことはひとつじゃないって仄《ほの》めかしたのに、結局は次のひと言にまとめられてしまった。

「もう続けられそうにない」

一瞬、言葉を失ったけど、すぐにしゃべりはじめる。「続けられないと思うってこと？　それとも続けたくない？」

「続けたいと思ってる。本当よ。でも、どうやって続ければいいの？　続けられるとはどうしても思えないの」

「どういう意味？」

「Aが毎日別の人間だってことよ。Aの宿主になる人たちを毎回、同じように愛することはできない。中身はAだってことはわかってる。宿主たちは単なる器にすぎないってことも。でも、無理なの、A。がんばったのよ。でも、無理。できるなら――できることなら、それができる人間になりたい。でも、わたしはなれない。それに、それだけじゃない。ジャスティンと別れたばかりで、それを消化する時間がほしい。それを過去のものにする時間を。それに、わたしたちには、できないことがありすぎる。わたしの友だちといっしょに出かけることもできない。みんなにAのことを話すことさえ、できない。それって、わたしにとっては本当につらいの。うちの親にも会わせることはできない。Aと寝て、いっしょに朝を迎えることもできない。決して。何度もそんなことはたいしたことじゃないって自分に言い聞かせようとした。本当よ、A。だけど、だめだった。こんな思いをずっと抱えていくことはできない。もう答えは出てるってわかってるのに」

本当ならここで、**変わってみせる**って言わなきゃならない。変えられるし、それが可能だってところを、リアノンに証明してみせなきゃならない。でも、せいぜいできるのは、心の奥底にひそんでいる空想を打ち明けることだった。今までは、気おくれして話せなかったことを。

「できないわけじゃない。こっちだって、同じことをずっと考えてきた。リアノンと同じように、ああでもないこうでもないって。どうすればずっといっしょにいられるか、考えてきたんだ。こういうのはどう？　移動の距離を少なくするために、大都会で暮らすんだ。つまり、そうすれば、近くに同じ年齢の宿主がもっと大勢いるはずだから。毎日移動する距離は、移動できる宿主がどれだけいるかってことに関係していると思うんだ。だから、ニューヨークにいけば、きっとずっと離れなくてすむ。選択がいくらでもあるからね。そうすれば、毎日会える。ずっといっしょにいられる。どうかしてるってわかってる。リアノンが今すぐ家を出るわけにいかないのも、わかってる。だけど、いずれはできるようになる。いずれは、それが二人の生活になる。リアノンのとなりで目覚めることはできないけど、リアノンとずっといっしょにいることはできる。たしかに、ふつうの生活とは言えない。それはわかってる。だけど、それだって、生活だ。二人いっしょの生活だよ」

ずっと思い描いていた。二人いっしょに、二人だけのアパートで暮らしているところを。毎日、そこへ帰って、靴を脱ぎ捨て、いっしょに食事を作り、ベッドにもぐりこんで、真夜中が近づくと、そっと出ていく。そうやって二人で年を取っていく。リアノンを知ることをとおして、世界を知っていく。

でも、リアノンは首をふっていた。今にも涙がこぼれ落ちそうな目で。それを見ただけで、空想ははじけ飛んだ。それだけで、空想はおろか者の夢にすぎなくなった。

「そんなふうには決してならない」リアノンはやさしく言った。「そうなるって信じたいけど、無理よ」

「でも、リアノン――」

「Ａにわかってほしい。もしＡに出会って、Ａが毎日同じ人間だったら――中身が外側だったら、Ａのことを一生愛せたと思う。Ａの心が問題なわけじゃない。わかってほしい。でも、それ以外のことは、わたしにはむずかしすぎる。それを受け止められる子もいるかもしれない。いることを祈ってる。でも、わたしはそうじゃない。どうしても無理なの」

今度は、自分の目に涙がわきあがるのを感じた。「じゃあ……どうするの？　これでおしまい？　もう会わない？」

「これからも、Aの人生に関わりたいし、Aにも関わってほしい。でも、Aのために、自分の人生からしょっちゅう脱線するわけにはいかない。友だちともいっしょにいたい。学校へもいかなきゃいけないし、プロムにもいきたいし、これからするはずのことをすべてしたい。感謝してるの。本当によかったと思ってる。ジャスティンと別れたことは。でも、それ以外のことは手放せない」

わきあがる怒りに自分で驚いた。「リアノンのためならなんでもできる。でも、リアノンは、そうじゃないんだね？」

「できない。ごめんなさい。でも、できないの」

外にいたけど、壁が四方から迫ってくるような気がした。固い地面の上にいたけど、底が抜けたような気がした。

「リアノン……」でも、その先は出てこなかった。言うことが浮かばない。これ以上、反論する言葉を思いつかない。

リアノンがからだを寄せて、ほおにキスをした。

「いかなきゃ。でも、これが最後じゃない。しばらくのあいだだけ。何日かしたら、また話したい。Aも本気で考えてくれたら、同じ結論に達すると思う。そうしたら、それもそんなに悪くないと思うの。二人でいっしょにいろいろ考えて、この先のことを決められる。わたしは次の段階に進みたい。ただそれは……」

「愛ではない？」

「恋愛関係？　彼氏彼女？　とにかくAが望んでるものではない」

リアノンは立ちあがった。ベンチにひとり、取り残される。

「また話すから」リアノンは言い聞かせるみたいに言った。

「また話そう」くりかえした言葉がうつろに響く。

でも、リアノンはこのまま立ち去ることはできない。Aが大丈夫だってことがわかるまでは。なんとか耐えられるって思えるまでは。

「リアノン、好きだよ」だから、そう告げる。

「わたしも」

うそじゃなかった、リアノンの言葉は。

でも、だからってなにも解決しはしなかった。

愛はすべてに打ち勝つと思いたかった。でも、愛にはなにかを克服することはできない。愛はひとりではなにもできない。

愛は依存しているのだ。二人が、愛の名の下にすべてを克服することに。

家に帰ると、リサの母親が料理をしていた。おいしそうなにおいがただよっていたけど、食卓について会話をするなんて、とても考えられない。相手がだれだとしたって、無理だ。会話なんてしたら、悲鳴をあげだすに決まってる。

だから、具合が悪いと言って、二階へあがった。

リサの部屋に鍵をかけ、閉じこもる。この先ずっとこの場所にいるような気がした。鍵のかかった部屋に。自分しかいない世界に。

6027日目

次の朝、目が覚めると、足首を骨折していた。幸い、骨折してから数日経っていて、ベッドの横に松葉杖《まつばづえ》が置いてあった。自分にとっては治療したてって感じがするけど。

やめようと思った。でも、だめだった——メールをチェックする。リアノンからのメールはなかった。孤独感に襲われる。完全にひとりぼっちだ。それから、自分のことを、ぼんやりとだけど知ってる人間がもうひとりいることを思い出した。最近、メールはきてるだろうか。

きていた。ネイサンからの未読メールは二十通になっていた。一通ごとに必死さがつのっていく。最後の一通にはこう書いてあった。

ぼくは説明がほしいだけだ。そうしたら、もうおまえには関わらない。ただ知りたいだけなんだ。

返事を書く。

わかった。どこで会う？

骨折した足じゃ、運転できない。それに、ネイサンも、記憶を失った無謀運転以来、いまだに車を使うことは許してもらっていない。つまり、二人とも両親にどこかまで送ってもらわないとならなかった。こっちからは特になにも言わなかったけど、ケイシーの親はデートだと思ったみたいだった。

前回のやりとりのせいで、アンドルーだと思われているのはネックだった。でも、ネイサンに本当のことを言うなら、むしろケイシーでいるほうが、説明しやすいかもしれない。

待ち合わせは、ネイサンの家の近くにあるメキシコ料理のレストランだった。人目がある場所のほうがいいけど、同時に、二人の親たちが眉をひそめたりせず送ってくれる場所じゃないとならない。店にネイサンが入ってきた。デートにでもいくようなかっこうをしてる。おしゃれとまでは言えないけど、ネイサンなりに見栄えに気をつかったのがわかる。松葉杖を持ちあげて、ネイサンにむかってふる。ネイサンに松葉杖のことは言ってあったけど、女の子だとは話していなかった。直接会って話すほうがいいと思ったのだ。

ネイサンはとまどった表情を浮かべながら、こっちへ歩いてきた。

ネイサンが席までくるのを待って、言った。「ネイサン、すわって」

「え……アンドルー？」

「説明するから。すわって」

緊張を感じとったウェイターがさっとやってきて、おすすめメニューの説明でそれをぬぐい去ろうとした。コップに水を注ぎ、飲み物のオーダーを取る。あとは話すしかない。

「女の子だったんだ」ネイサンが言った。

笑いそうになった。男じゃなくて女に乗っ取られたと知って、ネイサンはよけいに怖くなったらしい。そんなの、どうだっていいことなのに。

「そういうときもある」そう言うと、ネイサンはますます面食らった。

「おまえはだれなんだ？」

「今から話す。約束する。でも、先に料理をオーダーしない？」


本心ではないけど、ネイサンには信用してると言った。たがいに信頼の気持ちをもつために。それだって、危険であることには変わりないけど、ほかにネイサンを安心させる方法を思いつかなかった。

「ほかにこのことを知っている人間は、ひとりしかいない」そして、話しはじめる。自分の正体を。どういうしくみかを。それから、ネイサンのからだの中にいた日、なにがあったかをもう一度話し、二度と起こらないと確信している理由を告げる。

リアノンのときとちがって、ネイサンは疑わないだろうと思っていた。この説明は、ネイサンにも納得できるはずだからだ。彼の経験とぴったり合うし、うすうす感じてきたことと同じだ。ある意味、前もって予備知識を与えておいたわけだから。自分とネイサンの意識がいっしょになってつじつまのあう話を作りあげたとき、ひとつ穴が残っていた。その穴を今、埋めているのだ。

話が終わっても、ネイサンはなんて言ったらいいのか、わからないみたいだった。

「じゃあ……信じられないな……つまり……じゃあ、そう、明日はもう、ケイシーじゃないってこと？」

「そう」

「で、ケイシーは……？」

「今日の記憶はある程度残ってる。たぶん男の子とデートしたけど、うまくいかなかった、とかそんな感じで。それが、ネイサンだってことは覚えてない。なんとなくぼんやりと覚えてるだけだから、明日、親にどうだったかきかれても、質問自体は意外には感じられない。自分が本当はここにきてないってことは、ケイシーには一生わからない」

「じゃあ、どうしてぼくはわかったんだ？」

「あのときは、慌てて去ったからかも。ちゃんとした記憶の基になるものを作っておけなかったのかもしれない。じゃなきゃ、ある意味で、見つけてほしいと思ってたのかも。わからない」

しゃべってるあいだにきた料理は、ほとんど手つかずのまま、テーブルに置かれていた。

「すごい話だな」ネイサンが言った。

「だれにも言わないでよ」念を押した。「信用してるから」

「わかってる、わかってるよ」ネイサンは心ここにあらずといったようすでうなずくと、食べはじめた。「きみとぼくとの秘密だ」

食事が終わると、ネイサンは言った。「きみと話して、本当のことがわかってよかった」それから、翌日また会えるかきかれた。そうすれば、自分の目で入れ替わった姿を確認できるからって。約束はできないけど、努力してみると答えた。

それぞれの親たちがむかえにきた。帰りの車の中で、ケイシーの母親にどうだったかきかれた。

「まあまあ……たぶんね」

車の中で話したことで、うそじゃないのはこれだけだった。

6028日目

次の日は日曜だった。今日はエンズリー・ミルズ。グルテンアレルギーで、蜘蛛《くも》が嫌いで、スコティッシュテリアを三匹飼ってることが自慢で、そのうち二匹といっしょに寝てる。いつもなら、今日はふつうの日になりそうだと思うところだ。

ネイサンからメールがきて、もし車があるなら、家にきてほしいと言われた。ネイサンの両親は一日でかけているので、車がないらしい。

リアノンからのメールはない。だから、ネイサンのところへいくことにした。

友だちと買い物にいくと言うと、エンズリーの両親は特に問いただしもせずに、母親の車のキーをわたし、遅くなりすぎないようにとだけ言った。五時から妹の面倒をみることになってる。

まだ十一時だ。よゆうで帰ってこられると、約束した。

ネイサンの家は、車でわずか十五分のところだった。長居することもないだろう。昨日と同じ人間だってことさえ、示せればいいんだから。それで、終わり。ほかにできることがあるとも思えない。あとは、ネイサン次第だ。

ネイサンは、ドアを開けてエンズリーを見ると、びっくりした顔をした。本当には信じてなかったのかもしれない。これで、信じただろう。なんだかそわそわしてるように見えたけど、自分の家だからだろうと思った。前にきたから見覚えはあったけど、すでにほかの家の記憶とごっちゃになりかけていた。廊下に立たされて、ドアをぜんぶ閉められたら、どのドアがどの部屋につながってるか、わかりそうもない。

お客用の部屋へとおされた。一日のあいだ、ネイサンだったからといって、お客だということは変わらない。

「本当にきみなんだね。からだはちがうけど」ネイサンは言った。

うなずいて、ソファーにすわった。

「なにか飲む？」

水でいいと答えた。すぐに帰るから、水もいらないと思うけどね、とは言わなかった。

ネイサンが水をとりに出ていくと、飾ってある家族写真を眺めた。どの写真でも、ネイサンは居心地が悪そうに見える……父親も同じだ。母親だけが満面の笑みを浮かべてる。

ネイサンがもどってくる音がしたけど、ふりかえらなかった。だから、ネイサンじゃない声を聞いて、飛びあがった。「きみに会えてうれしいよ」

銀髪に灰色のスーツを着た男だった。ネクタイはつけてるけど、ゆるめてある。くつろいでるってことらしい。すかさず立ちあがったけど、エンズリーの小柄なからだでは、男と目線を合わせられなかった。

「わざわざ立たなくていい」プール牧師は言った。「どうかすわってくれたまえ」

プール牧師はドアを閉め、エンズリーとドアのあいだにある肘掛け椅子に腰をおろした。からだの大きさは、エンズリーの二倍はある。出ていこうとしても、むこうにその気があれば、かんたんに止められるだろう。問題は、止めようとするかってことだ。その疑問が浮かんでくること自体、警戒するだけの理由があるってことだろう。

強く出ることにする。

「今日は日曜日だけど。教会にいなくていいわけ？」

プール牧師はにんまり笑った。「こっちのほうが重要なんでね」

赤ずきんが最初、オオカミに会ったときは、こんなだったにちがいない。恐怖と同じくらい、好奇心がかき立てられる。

「用件はなに？」

プール牧師は足を組んだ。「ネイサンに非常に興味深い話を聞いたのでね。果たして本当なのかと思ってね」

否定してもしかたない。「だれにも言わないって約束したのに！」ネイサンに聞こえるよう、声を大きくして言う。

「この一カ月間、きみがネイサンを宙ぶらりんのままにしていたとき、わたしはなんとか彼に答えを与えようとしてきた。こうした話を聞いて、ネイサンがわたしに打ち明けたのも当然だと思うがね」

プールはなにか企《たくら》んでいる。それははっきりしてる。でも、それがなにかはまだわからない。

「悪魔なんかじゃない。悪霊じゃない。なにを期待してるのか知らないけど、そっちが思ってるような存在じゃない。ただの人間だ。ほかの人間の人生を一日借りてるだけだ」

「だが、そこに悪魔の力が働いているのが、わからないのかね？」

首を横にふる。「ちがう。ネイサンの中にいたのは、悪魔じゃない。この女の子の中にいるのも、悪魔じゃない。自分だけだ」

「ほらな。そこがまちがいなんだ。そうだ、きみはからだの中に入る。では、友よ、きみの中にはなにがあるのだ？　きみは自分の存在をどういうものだと考えている？　悪魔のしわざだとは感じないか？」

落ち着いた口調で答える。「悪魔がするようなことは、自分はやっていない」

それを聞いて、プールは声をたてて笑った。

「落ち着け、アンドルー。興奮するな。きみとわたしは味方同士なんだ」

立ちあがる。「じゃ、帰らせてもらう」

部屋を出ていこうとしたけど、思ったとおり、プールが前に立ちふさがった。プールはエンズリーをソファーへ押しもどした。

「そう急ぐな。話はまだ終わってない」

「味方なんだろ」

プールの顔から笑みが消えた。その目に一瞬、浮かんだものを見て、なにかはわからないまま、こおりつく。

「わたしは、きみが思っているよりはるかにきみのことがわかっているのだ。これが偶然だと思うか？　わたしのことを悪魔払いのためにやってきた、ただの狂信者だと思ってるのか？　どうしてわたしがああした事件の情報を集めているか、考えたことがないのか？　わたしがなにを探しているのかを？　答えはきみだよ、アンドルー。それから、きみのような者たちだ」

これは餌だ。餌で釣ろうとしてるに決まってる。

「同じような者たちなんていない」

プールの目がふたたびぎらりと光った。「もちろんいるさ、アンドルー。きみがほかの人間とちがうからと言って、きみが唯一無二の存在ということにはならない」

プールの言ってる意味がわからなかった。わかりたくなかった。

「わたしを見ろ」プールは命令した。

だから、見た。プールの目をのぞきこむ。そして、わかった。プールが言っている意味がわかったのだ。

「きみがまだ、一日以上とどまれる方法を学んでないとは、あきれるよ。きみは、自分が持ってる力を知らないのだ」

思わずあとずさる。「おまえはプール牧師じゃないんだな」エンズリーの声がふるえるのを抑えられない。

「今日はそうだ。昨日もそうだった。じゃあ、明日は？　わからんな。なにがいちばん都合がいいか、判断しなきゃならない。この機会を逃すわけにはいかないしな」

プールは別の窓のむこうへ連れていこうとしているんだ。でも、自分はそこにあるものを気に入らないと、直感した。

「もっといい人生を生きる方法は、たくさんある。きみに見せてあげよう」

プールの目には、たしかに思い当たるものがある。でも同時に、悪意も感じられる。さらにほかのものも——懇願。まだ本物のプール牧師が中にいて、警告しているように。

「放せ」そう言って、立ちあがった。

プールは面白そうな顔をした。「もう触っていないぞ。ここにすわって、話しているだけだ」

「放して！」声を張りあげ、自分のシャツをびりびりに引き裂く。ボタンが吹っ飛ぶ。

「なにを——」

「放して！」悲鳴をあげる。悲鳴の中に泣き声を、泣き声の中に助けを求めるさけびをこめて。

すると、期待通り、ネイサンが聞きつける。ネイサンはずっと聞いていたのだ。居間のドアが勢いよく開き、ネイサンは、悲鳴をあげ、泣いているエンズリーを、エンズリーのシャツが破けているのを、プールが目に殺意を浮かべて立ちあがるのを、見る。

これは賭けだった。ネイサンの中にいたときに見た、常識的でまじめなところに賭けたのだ。ネイサンは明らかに怯《おび》えていたけど、彼の常識とまじめさがそれを上回った。ネイサンには逃げなかった。ドアを閉めたり、プールの言うことに耳をかたむけたりせずに、ネイサンはどなった。

「なにをしてるんです？」そして、エンズリーが逃げられるようにドアを押さえ、牧師――牧師の中にいる者の前に立ちふさがった。その隙を逃さず外に飛びだして、車へ走っていく。ネイサンが全力でプールを押しとどめ、稼いでくれた貴重な数秒のおかげで、プールが外に出てきたときには、すでにキーをイグニションに差しこんでいた。

「逃げてもむだだ！」プールはわめいた。「どうせそっちからわたしを探したいと思うようになる。ほかのやつらもみんなそうだったんだからな！」

ふるえながらラジオのボリュームをあげ、音楽で、車のエンジン音で、プールの声をかき消す。

プールの言ったことを信じたくない。やつは役者だと、ペテン師だと、ニセモノだと思いたい。

でも、近くからプールを見たとき、中にほかの人間がいるのが見えた。リアノンがAを見分けるのと同じように、別の人間が存在しているのがわかった。

だが、そこには危険もあった。

そいつは、自分とは別のルールで動いていた。

ネイサンの家を出てすぐに、もう少しとどまって、プールの話を聞けばよかったと後悔した。頭の中はこれまで以上に疑問であふれかえっていたし、プールはその答えを知っているかもしれないのだ。

でも、あの場にとどまっていたら、果たして立ち去ることができたか、わからない。そうなれば、エンズリーは、ネイサンよりひどくないまでも、同じくらい苦しむはめになったかもしれない。もしあの場に残っていたら、プールは——いや、プールと自分は、エンズリーになにをしていただろう。

プールがうそをついてる可能性もある。そう、その可能性はあるのだ。そう自分に言いきかせる。

自分だけじゃない。

そのことが、頭から離れない。ほかにも同じような存在がいるという事実が。もしかしたら、同じ学校にいたかもしれない。同じ部屋に、同じ家族に、いたかもしれないのだ。だとしても、おたがい隠しているので、それとわかるすべはない。

モンタナの男の子の話を思い出す。自分の場合とそっくりだった。あれは本当の話なのか？それとも、プールが仕掛けた罠《わな》か？

ほかにもいる。

だとしたら、これまでの前提がすべて変わる。

いや、なにも変わらないかもしれない。

エンズリーの家へむかって運転しながら、それを決めるのは自分だということに気づく。

6029日目

翌日、ダリル・ドレイクはぼーっとしていた。

ダリルを学校へ連れていき、口をきかなきゃいけないときはちゃんとそれなりのことを言わせた。でも、友だちには何度も、宇宙で迷子になったみたいだと言われ、陸上部の練習では、集中力が欠けているとさんざんコーチにどなられた。

「なに考えてるの?」彼女のサシャを車で送るときも、言われた。

「今日、おれはここにいないんだよ。明日はもどってくるから」

帰ってから夜まで、パソコンの前で過ごした。ダリルの両親は二人とも働いていて、兄は大学へいっていたので、家をひとり占めできた。

プールのサイトのフロントページに、昨日の話がでかでかと載っていた。ネイサンに話したことは歪曲《わいきょく》され、うそもいくつか混じっている。ネイサンがなにかを隠そうとしてるのか、プールがこっちを刺激しようとしてるのかは、わからない。

プールのサイトを出て、プール牧師についてかたっぱしから検索した。でも、たいした情報は見つからなかった。プール牧師がいわゆる悪魔による乗っ取りについて積極的に発言するようになったのは、ネイサンのニュースが出てからだった。その前とあとの写真を見て、なにかちがいがあるか、見極めようとしたけど、写真ではまったく同じにしか見えない。平面の写真では、目の表情までわからなかった。

サイトに載っている記事にぜんぶ目をとおし、自分や、同じような存在について書かれているものを探す。するとまたモンタナで二人、見つけた。ほかにも、似たようなケースがいくつかあった。でもそれは、プールがほのめかしたことが本当ならの話だ。つまり、同じ宿主内にいるのが一日だけなのは、なにも知らない者だけで、その制限をかいくぐる方法があるっていうのが本当なら、それらしいケースがある。

もちろん、これこそ望んでいることだった。つまり、ひとつのからだにとどまること。ひとつの人生を生きること。

でも、一方で、望んでないことでもある。つまり、自分がとどまった場合、宿主はどうなるのだろう？　それを考えずにはいられない。彼や彼女はただ消えてしまうのか？　それとも、今度は、宿主の魂が追い出されて、からだからからだへ移動することになるとか？　つまり、立場が入れ替わる？　一度、ひとつのからだを持っていたことがあるのに、ふいに一日以上とどまれなくなったら、どれだけつらいだろう。少なくとも、自分は今の状態しか知らないぶんだけ楽だ。もしなにかを手放して、旅人の生活を送ることになったら、自分なら死んでしまう。

他人を巻きこまずにすむなら、かんたんなことだ。でも、そんなこと、あるだろうか？　他人がまったく関わらないことなんて、この世にはないのだから。

ネイサンからメールがきた。昨日のことを謝って、プール牧師ならきみに手を貸せると思ったんだ、と書いてあった。ネイサンはもう、なにも信じられなくなっていた。

すぐに返信して、ネイサンのせいじゃないし、もうプール牧師から離れて、元のふつうの生活にもどったほうがいいと言ってやった。

これが最後のメールになることも、書いたけど、ネイサンが信用できないからとは書かなかった。ネイサンは自分で察するだろうと思ったから。

書き終わると、これまでのメールのやりとりを、新しいメールアカウントに転送し、古いアカウントを閉じた。これで、人生の数年ぶんがなくなった。唯一、つながっていた線が途絶えたのだ。メールアドレスのことなんかでしみじみするのはバカみたいだけど、どうしようもなかった。もともと過去につながる術《すべ》はそんなにない。だから、ひとつ失ったことを、少しくらい悲しんだっていいだろう。

その夜遅く、リアノンからメールがきた。

どうしてる？

R

これだけだった。

この四十八時間のあいだに起こったことをすべて話したかった。この二日間の出来事をリアノンの前に並べ、リアノンがどう反応するかを見たい。それがどれだけの意味を持つことかをリアノンがわかってくれるかどうか、知りたい。リアノンの助けがほしい。リアノンのアドバイスがほしい。大丈夫と言ってほしい。

でも、リアノンはそれを望まないだろう。リアノンが望んでいないことを、リアノンにしたくない。だから、こう返事をした。

この二日間は大変だった。どうやら、自分みたいな存在はほかにもいるらしいんだ。どう考えたらいいか、わからない。

A

真夜中までまだ数時間あったけど、リアノンはその時間を、返事をするのに使ってはくれなかった。

6030日目

リアノンから町二つ分しか離れていないところで、目が覚めた。だれかの腕の中で。

自分を抱きしめている女の子を起こさないよう、気をつける。やわらかい黄色の髪が、彼女の目を隠してる。彼女の心臓の鼓動を、背中に感じる。彼女の名前はアメリアで、昨日の夜、二人で過ごすために窓からしのびこんできたのだ。

宿主の名前はザラ。少なくとも、それが本人の選んだ名前だ。生まれたときの名前はクレメンティーンで、十歳になるまではその名前を気に入っていた。けれども、それからちょっとした実験をはじめ、結局ZARA《ザラ》という名前が定着した。アルファベットの二十六番目の文字にあたるZがむかしから好きだったし、二十六はラッキーナンバーだから。

アメリアがシーツの下でもぞもぞした。「何時?」もうろうとしながら聞いてくる。

「七時」

アメリアは起きあがらずに、ザラの腕の中にもぐりこんできた。

「ザラのお母さんがどこにいるか、偵察してきてくれない? きたのと同じ方法で帰るわけにはいかないし。朝のほうが夜より、筋肉の調整があいまいなのよ。それに、女の子から離れていくほうは、近づいていくときほどやる気がわかないしね」

「了解」そう言って、アメリアのむき出しの肩にお礼のキスをする。

二人のあいだに愛情があると、まわりの空気にまで愛が満ちる。そう、部屋にも。時間にも。ベッドから出て、大きめのシャツをはおりながら、まわりにあるものすべてが幸せの熱を帯びているのを感じる。前の夜から持ち越されたものが消えずに残り、二人が生みだしたやすらぎが満ちている。

つま先立ちで廊下に出て、母親の部屋の気配をうかがう。寝息しか聞こえない。大丈夫そうだ。部屋にもどると、アメリアはまだベッドにいて、シーツは足元のほうへどけられていた。だから、ベッドの上には、アメリアとアメリアのTシャツとアメリアの下着しかない。ザラなら、このまま彼女の横にもぐりこまずにすますことはないだろうけど、ザラの代わりをするわけにはいかない気がした。

「お母さんは眠ってた」

「シャワーを浴びても平気なくらい？」

「たぶん」

「先に浴びたい？　あとに浴びたい？　それともいっしょに浴びたい？」

「先に入ってきて」

アメリアはベッドから出て歩きはじめたけど、立ち止まってキスをしてきた。アメリアの手が大きすぎるシャツの下に入ってくるけど、抵抗しない。がまんできずに、アメリアにもう少し長くキスをする。

「ほんとに？」アメリアが聞く。

「先に入って」

アメリアが出ていくと、残されてさみしくなる。ザラと同じように。

リアノンならいいのに、と思う。

シャワーを浴びてるあいだに、アメリアはこっそり帰っていった。そしてその二十分後に、玄関に迎えに現われた。そのときにはザラの母親も起きてキッチンにいて、アメリアが門から入ってくるのを見て、にっこりした。

ザラの母親はどのくらい、わかってるんだろう。

アメリアとは、学校でもほとんどいっしょに過ごす。だからといって、ほかの子と付き合わないわけじゃない。むしろ、二人の関係にはお互いの友だちも組みこまれている。二人は個人として存在してるし、ペアでもある。三人組や四人組や大勢の中の一部でもある。どれも違和感なく、しっくりくる。

ついリアノンのことを考えてしまう。友だちに紹介することはできないと言われたのを。リアノンの友だちがAを知ることはない。ほかのだれも知ることはない。二人のあいだのことは、ずっと二人のあいだのことで、永遠にそのままなのだ。

その意味がわかりはじめていた。それがどんなに悲しいことか。

今も、すでにその悲しさを感じはじめていた。始まってもいないのに。

七時間目は、アメリアが図書室で自習をしているあいだ、ザラは体育の授業へいった。そのあと会うと、アメリアはザラのために借りてきた本を見せてくれた。ザラが好きそうだから、って。

このくらいリアノンのことを知る日がくるだろうか？

アメリアは放課後、バスケットボールの練習があった。いつもは、宿題をしながらアメリアを待っている。でも、そうしていると、リアノンが恋しくてたまらなくなる。なにかせずにはいられなくなる。だから、アメリアに用事があるから車を貸してくれるように頼んだ。

アメリアはなにもきかずに、キーを貸してくれた。

リアノンの学校まで二十分だった。ほとんどの車が出ていく中、駐車場へ入っていって、いつもの場所にとめる。それから、リアノンがまだ帰っていないことを祈りつつ、出口を見張っていられるところを探して、すわる。リアノンに話しかける気はない。また始めるつもりはない。ただリアノンの姿を見たいだけ。

五分後にリアノンが出てきた。レベッカたちとしゃべってる。話の内容までは聞こえないけど、みんな夢中になってしゃべってる。

ここからだと、リアノンは最近、なにかを失ったようには見えなかった。生活が完璧な和音を奏でているように見える。一瞬、そう、ほんの一瞬、リアノンは顔をあげて、まわりを見まわした。その瞬間、リアノンは自分を探しているんだって思えた。でも、そのあと、リアノンがどうしたのかはわからない。急いで顔を背けて、別の方向を見たから。リアノンに自分の目を見てほしくなかったから。

リアノンにとっては、もう終わったことなのだ。リアノンにとって終わっているなら、自分もそうしなければ。

アメリアのところへもどる前に〈ターゲット〉へよった。ザラは、アメリアの好物はすべて知っている。ほとんどがスナック菓子。だから、たっぷり買いこんで、ダッシュボードの上にお菓子を並べ、〈アメリア〉って文字を作ってから、アメリアを探しにいった。

ずるいのはわかってる。でも、リアノンに気づいてほしかった。顔を背けたくせに、リアノンにこっちへきて、今、ザラを見つけたときのアメリアみたいにふるまってほしかった。まるでまるまる三日間会ってなかったみたいに、迎えてほしかった。

そんなことはぜったいに起こらないのは、わかってる。ぜったい起こらないという事実がぴかぴか光って、その先を見透《みとお》すことができない。

アメリアはダッシュボードの文字を見て喜んだ。そして、夕食を奢《おご》ると言い張った。家に電話すると、母親はあっさりいいわよと言った。

アメリアは、ザラがなにか別のことを考えてるふうなのに気づいてるみたいだった。でも、そのままにさせてくれた。それが、ザラに必要なことだから。夕食を食べながら、今日あったことを、現実と空想を織り交ぜながら話してくれた。そして、どれが現実でどれが空想か、あてさせた。

二人は付き合ってからまだ七カ月だった。でも、ザラの中にある記憶の数からすると、もっとずっと長く感じた。

こういう関係を手に入れたい。

でも、続けてこう思わずにはいられなかった。**でも、自分には決して手に入れることができない。**

「聞いてもいい？」アメリアに言う。

「もちろん。なに？」

「もしわたしが、毎朝起きると、ちがうからだになってるとして、しかも次の日はどういうからだになるかもまったくわからないとしたら、それでもアメリアはわたしのことが好き？」

アメリアは一瞬たりとも迷わなかった。変な質問だと思っているふうさえなく、アメリアは答えた。「ザラが緑色で、ひげが生えてて、脚のあいだに男のアレがついてたとしても、好きよ。眉毛がオレンジ色で、顔中ほくろだらけで、鼻がキスするたびに目につきささるとしても。体重が三〇〇キロで、脇の下にドーベルマンくらい毛が生えていたとしても。それでも、ザラのことが好き」

「わたしもよ」そう、答えた。

口で言うのはかんたんだ。なぜなら、本当である必要はないから。

別れる前、アメリアは思いのすべてをこめてキスしてくれた。だから、願いのすべてをこめてキスを返した。

楽しいムードのままの終わり。思い出さずにはいられなかった。

でも、楽しいムードは、あっという間に薄れていった。

家に入っていくと、ザラの母親が言った。「アメリアに寄っていくように言っていいのよ」

わかってる、と答えた。それからザラの部屋へ駆けあがった。これ以上、耐えられなかったから。あふれるような幸せは、悲しみをふくらませるだけだった。ドアを閉め、泣きじゃくる。リアノンの言うとおりだ。わかっていた。自分は決して、ああしたものを手に入れられないのだ。

メールすら、チェックしなかった。知りたくなかった。

アメリアがおやすみの電話をかけてきた。一度、留守番電話にして、心を落ち着けて、せいいっぱいザラになってから、かけ直さなければならなかった。

「ごめんね。お母さんとしゃべってたの。アメリアにもっとうちに寄ってほしいって」

「寝室の窓から？　玄関から？」

「玄関」

「じゃ、ようやく〈進歩〉って名前の小鳥があたしたちの肩にとまったって感じだね」

あくびが出て、謝る。

「謝んなくていいよ、おねむちゃん。あたしの夢もほんの少しでいいから、見てね」

「うん」

「大好き」アメリアが言う。

「わたしも」答える。

そして、電話を切った。その言葉のあとに言うことなど、ないから。


ザラにザラの人生を返したい。自分にも、ザラみたいな人生を送る資格はあると思うけど、だからといってザラを犠牲にする資格はない。

ザラは、今日のことをすべて覚えている。そう決める。この満たされない想いじゃなくて、この満たされない想いを生み出した、ザラの満たされた想いを。

6031日目

目が覚めると、熱っぽくてからだが痛み、ひどくだるかった。
ジュリーのお母さんがようすを見に入ってきた。昨日の夜は元気だったのに、と言う。
病気のせい？　それとも、悲しみのせい？
わからなかった。
体温計だと正常だったけど、明らかにそうじゃなかった。

6032日目

リアノンからメールがきた。やっと。

会いたい。でも、会っていいのか、わからない。どうなってるのか、ききたい。でも、また同じことのくりかえしになってしまうのがこわい。Aのことが好き。本当に好き。でも、その気持ちをかけがえのないものにしてしまうのがこわい。だって、Aは必ずわたしのもとから去っていくから。そんなことない、とは言えない。あなたは必ずいなくなるのだから。

R

なんて答えたらいいのか、わからなかった。だから、ハウィー・ミドルトンでいることに徹しようとする。ランチのとき、ハウィーの彼女がけんかをふっかけてくる。ハウィーが最近、彼女といっしょにいないから。それに対して、ハウィーは言うことがない。それどころか、ずっと黙っているので、ますます彼女は怒る。

どこかにいかなければと思う。ここでは決して手に入らないものがあるということは、ここにいたら決して見つからないものがあるということでもある。それを見つけなければならないのかもしれない。

6033日目

次の朝は、アレクサンダー・リンだった。目覚ましで流れた曲がめちゃめちゃ好みで、楽に起きることができた。

部屋もよかった。本棚には本がずらりと並び、何度も読んだせいで背表紙がよれよれになってるものもある。部屋のすみにはギターが三つあり、エレキは前の晩、アンプにつないだままになっている。別のすみには、ライムグリーンのソファーがあり、見たとたん、いつもここに友だちが集まって、自分の部屋みたいにくつろいでいるんだろうってわかった。部屋じゅうにポスト・イットが貼ってあって、それぞれに思い思いの引用が書かれている。パソコンの上には、ジョージ・バーナード・ショーの言葉が貼ってあった。**ダンスは、水平の情熱を音楽によって垂直に表現するものである。**ポスト・イットは、アレクサンダーの字で書かれたものもあれば、友だちが書いたものもある。**アイ・アム・ザ・ウォルラス**（※ビートルズの曲。『鏡の国のアリス』から）。**わたしはだれでもない――あなたはだれ？**（※エミリー・ディキンソンの詩）。**夢みる者たちに、この国を目覚めさせよう**（※カーリー・サイモン『ワーキング・ガール』のテーマソング）。

アレクサンダー・リンのことを知る前から、自然と笑みが浮かんでた。

アレクサンダーの両親は、息子を見るとうれしそうな顔をした。きっといつもそうなんだろうって気がする。

「今週末のこと、本当にいいのね？」お母さんが聞いた。そして、冷蔵庫を開けると、中には一カ月ぶんはありそうな食料品が詰まっていた。「これで足りると思うけど、必要なものがあれば、封筒のお金で買いなさいね」

なにかを忘れてる気がした。なにかしなきゃならないことがあるはずだ。アレクサンダーの意識にアクセスする。そうか、明日は両親の結婚記念日なんだ。これから二人は記念の旅行へいくことになってる。それから、アレクサンダーから両親へのプレゼントが、部屋に置いてある。

「ちょっと待ってて」そう言って、二階へ駆けあがると、プレゼントはクローゼットに置いてあった。袋はポスト・イットがびっしり貼られ、それが飾りになってる。ポスト・イットにはここ何年か、両親が息子に言ってきたことが書かれていた。「運転するときはかならず死角をチェックすること」とか。アルファベット順に。しかも、これはただのラッピングで、中身は別。リン夫妻に袋をわたすと、今から十時間運転するときのための十時間分の音楽と、アレクサンダーの手作りのクッキーが入っていた。

アレクサンダーのお父さんは息子を抱きしめ、お母さんもそこに加わった。

一瞬、自分がだれだか忘れた。

アレクサンダーのロッカーも、いろいろな色の文字が書かれたポスト・イットがびっしり貼ってあった。親友のミッキーがきて、マフィンを半分くれた。下半分だ。ミッキーが好きなのは上側だけだから。

ミッキーがグレッグのことを話しはじめる。ミッキーがずっと惚《ほ》れてる男の子だ。ずっとっていっても、三週間だけど。ミッキーにリアノンのことを話したいという屈折した思いが襲う。今日、リアノンがいるのはたった二つ先の町だ。アクセスすると、アレクサンダーには今、気になってる子はいない。でも、好きになるとすれば、女の子だとわかる。ミッキーは、そこについてはあまり突っこんでこない。するとすぐに、ほかの友だちがきて、今度のバンドコンテストの話になった。どうやらアレクサンダーは、ミッキーのバンドも入れて、少なくとも三つのバンドで演奏するらしい。アレクサンダーはそういうタイプなのだ。いい音楽なら、喜んで加わる。

そうやって過ごすうちに、アレクサンダーは、まさにこうなりたいと思ってるタイプだって確信が募っていった。でも、アレクサンダーがこういう人間になったのは、一箇所にいられるからっていうのもある。毎日ちゃんと、みんなのそばにいることができる。友だちはアレクサンダーを頼りにしてるし、アレクサンダーも友だちを頼りにしてる。たいていの生活は、このシンプルなバランスの上に築かれている。

それをたしかめることにする。数学の時間、授業のことは忘れて、アレクサンダーの記憶にアクセスする。いっぺんに、テレビの百チャンネルぶんにアクセスするみたいな感じだ。アレクサンダーのさまざまな記憶を一気に見ていく。いい思い出もあれば、つらい記憶もある。

友だちのキャラが、妊娠したと告げている。アレクサンダーの子じゃない。でも、キャラは、赤ん坊の父親よりもアレクサンダーのほうを信頼してる。アレクサンダーの父親は、息子がギターにばかり時間を使うのをよく思ってない。音楽は将来性のない仕事だと言う。今度は、明け方の四時に三缶目のレッドブルを飲んで、レポートの仕上げをしてる。一時まで友だちと出かけてたからだ。次は、ツリーハウスのはしごをのぼってる。免許の試験に落ちたことを教官に告げられ、涙をこらえてる。部屋でアコースティックギターを抱え、ひとりで何度も何度も同じメロディを弾いて、その意味を探ろうとしてる。ジニー・ダレスにふられる。アレクサンダーのことは友だちとしか思えないからって言うけど、本当はブランドン・ロジャースのことが好きだからだ。六歳のアレクサンダーがブランコに乗って、ぐんぐんこいでいる。ああこれだ、って確信する。今度こそ飛ぶんだ、って。かと思えば、ミッキーが見てないときに、ミッキーの財布にこっそりお金を入れている。あとでミッキーが自分のぶんを払えるように。ハロウィーンでは、『オズの魔法使い』のブリキ男の仮装をしてる。お母さんがストーブでやけどをしたのを見て、どうしたらいいかわからずオロオロしてる。免許を取った最初の朝、海までいって日の出を見ている。海岸には彼しかいない。

そこでストップした。ここで止まってしまう。自分の中に引きもどされる。自分に同じことができるかどうか、わからないから。

プールの誘いを頭から閉め出すことができない。この人生にとどまることができるとしたら、どうする？　その質問を投げかけるたびに、アレクサンダーの人生から自分の人生に引きもどされる。妄想が次々浮かび、一度根をおろすと、もう止めることはできない。

本当にひとつの人生にとどまれる方法があるとしたら？


どんな人間にでも可能性がある。それを心の底から信じているのは、絶望的なロマンティストだけだろう。でも、そうじゃなくたって、だれにでも可能性があると思えなければ、進みつづけることはできない。世界に反応し、世界から反応が返ってくる。アレクサンダーを見れば見るほど、彼には大きな可能性があるように思えてくる。アレクサンダーの可能性の基になっているのは、自分にとって意味があるものばかりだ。優しさ。独創力。世界へ関わろうとする姿勢。まわりの人たちの可能性へ関わろうとする姿勢。

今日はもう半分が終わろうとしている。アレクサンダーの可能性をどう使うか、迷っている時間はない。

時計は休みなくときを刻む。その音が聞こえないときもあれば、聞こえるときもある。

ネイサンにメールをして、プールのアドレスを聞いた。すぐに返事がくる。プールにいくつか、簡単な質問を送る。

こっちもすぐに答えは返ってきた。

リアノンにメールして、午後にそっちへいくと言う。

大切な用事だからと言う。

リアノンから、待ち合わせにいくという返事がくる。


アレクサンダーはミッキーに、放課後のバンドの練習にはいけないと言わなければならない。

「デートか？」ミッキーはジョークのつもりで言う。

アレクサンダーは意味ありげに笑って、それ以上なにも言わない。


リアノンは本屋で待っていた。ここはすっかり、二人の場所になっている。

店に入っていくと、リアノンはすぐに見わけた。リアノンのほうへいくあいだ、じっと目をそらさない。リアノンはほほえまないけど、こっちから笑いかける。リアノンに会えて、ほっとしたから。

「やあ」声をかける。

「うん」リアノンが答える。

リアノンは会いたいと思ってくれている。でも、会わないほうがいいとも思ってる。やっぱりほっとしてくれてる。でも、それが後悔に変わるとも思っている。

「いい考えがあるんだ」リアノンに言う。

「なに？」

「今日、初めて会ったってふりをするんだ。リアノンはここに本を買いにきた。そして、二人はたまたま出会う。会話を始める。彼はリアノンのことを気に入る。リアノンも彼を気に入る。それで、今はすわってコーヒーを飲んでる、ってわけ。おたがい、しっくりする感じがする。リアノンは、彼が毎日、からだを変えてるなんて知らない。彼もリアノンのことは、元カレのこともなにも知らない。初めて会ったばかりの二人なんだ」

「どうして？」

「そうすれば、ほかのことについて話さなくてすむから。ただ二人でいっしょにいて、それを楽しめるから」

「どうしてそんなことするのか――」

「過去もない、未来もない。現在だけ。やってみようよ」

リアノンはどうしたらいいのか、わからないみたいだ。こぶしにあごをのせて、じっとこっちを見ている。そして、決めた。

「はじめまして」リアノンは言う。まだ理解はしてないけど、とにかく合わせることにしてくれる。

にっこりして、あいさつを返す。「こっちこそ、はじめまして。じゃ、どこにいこうか？」

「そっちが決めて。いちばん好きな場所はどこ？」

アレクサンダーの意識にアクセスする。すぐに答えが見つかる。まるでアレクサンダーが手わたしてくれたみたいに。

思わず顔がほころぶ。

「いい場所を知ってるんだ。でも、先に食料を買わなきゃ」

今日、初めて会ったんだから、ネイサンやプールやこれまであったことやこれからあることを、話す必要はない。複雑なのは過去と未来で、現在はシンプルだ。リアノンと二人だけでいるときは、シンプルなのだ。なんの複雑なこともない。


必要なものがそんなにあるわけじゃなかったけど、ショッピングカートを取ってきて、スーパーのすべての売り場をまわった。そのうち、リアノンがカートの前に乗って、アレクサンダーはうしろに乗り、二人で店の中を飛ばして走った。

二人でルールを決めた。どの売り場にも、ひとつずつ物語がなければいけないことにする。ペットフードの売り場では、リアノンが例の悪ウサギのスウィズルの話をくわしく話してくれた。くだもの売り場では、サマーキャンプにいって、油を塗りたくったスイカで水球をした話をした（※ボーイスカウトでよくする遊び）。つるつるすべってみんながつかみそこねたスイカが目にあたって、アレクサンダーは三針縫うはめになった。もちろん、病院初のスイカによる虐待のケースとなった。シリアルの売り場では、おたがいに各年齢で食べていたシリアルで自分史を語り、牛乳が青色になるのが最高だと思ってた〈マジック・シリアル〉のことをオエッて思うようになった瞬間を特定しようとした。

そうやってやっと、ベジタリアンの宴《うたげ》の用意が整った。

「ママに電話して、レベッカのうちでごはんを食べてくるって言うね」リアノンはそう言って、電話を取りだした。

「泊まるって言いなよ」

リアノンは手を止めた。「本気？」

「本気」

でも、リアノンは電話をかけようとしなかった。

「やめといたほうがいいと思う」

「大丈夫。わたしの気持ちは、ちゃんとわかってる、わかってて、言ってるから」

「わかってるよ。その上で、信用してほしいって言ってるんだ。リアノンを傷つけたりしない。これからもぜったいにリアノンを傷つけない」

リアノンは電話して、レベッカのところにいると言った。それから、レベッカに電話して、うまくつじつまを合わせてくれるように頼む。レベッカはどういうことなのか、聞いてきたけど、リアノンはあとで話すと言った。

「好きな人ができたって言えばいいよ」リアノンが電話を切ると、言った。

「会ったばかりなのに？」

「うん、会ったばかりなのに好きになったたってさ」

アレクサンダーの家へもどった。買ってきた食料品をなんとかいっぱいの冷蔵庫に詰めこむ。

「こんなにあるのに、どうしてわざわざ買ったの？」リアノンは聞いた。

「今日の朝、なにが冷蔵庫に入ってるか、見なかったんだよ。必要なものをちゃんとそろえておきたかったんだ」

「料理するの？」

「でもない。リアノンは？」

「でもない」

「まあ、なんとかなるよ。でも先に、見せたいものがあるんだ」


リアノンもやっぱりアレクサンダーの部屋を気に入った。見ればわかる。すっかり夢中になってポスト・イットの言葉を読んでいる。それから、本の背表紙に指を走らせた。すごくうれしそうだ。

それからこっちを見た。どう見ても、はっきりしてる。二人は寝室にいて、寝室にはベッドがある。でも、ここにリアノンを連れてきたのは、それが目的じゃない。

「食事にしよう」そう言って、リアノンの手を取り、いっしょに部屋を出た。

ボリュームをめいっぱいあげて音楽をかけながら、料理をする。二人いっしょに、二人三脚で。二人で料理するのは初めてだけど、自分たちのリズムを探り出し、分担が決まっていく。しようと思えば、ずっとこういうふうにできるんだって、思わずにはいられなかった。いっしょにいても気をつかわないし、わかり合っているから黙っていても楽しい。親は留守で、彼女が遊びにきて、料理を手伝ってくれている。彼女は、自分のかっこうとか、髪がくしゃくしゃなこととか、愛にあふれた目で見つめられていることさえ気づかずに、野菜を切っている。大きなシャボン玉みたいなキッチンの外では、夜が歌っている。窓越しに夜が見える。そこには、彼女の姿も映ってる。すべてが正しい場所にあり、この現実がいつまでも続くって信じたくなる。これを現実にしたくなる。でも、なにか暗いものがその思いを運び去る。

完成したころには、九時をまわっていた。

「食卓の用意する？」リアノンがダイニングルームのほうを指さす。

「ううん。今日はリアノンをお気に入りの場所へ連れていくって言ったろ？」

トレイを二枚探してきて、その上に料理をのせる。ろうそくも見つかったので、いっしょに持っていくことにする。それからリアノンを連れて、裏口から外に出る。

「どこにいくの？」庭に出ると、リアノンがまたたずねる。

「上を見てみて」

最初、リアノンは気づかなかった。明かりはキッチンから漏れてくる光だけで、別世界の残光のようにこちらを照らしていた。やがて、目が闇に慣れ、リアノンにも見えた。

「すてき」リアノンはそちらのほうへ歩いていった。闇の中からアレクサンダーのツリーハウスが姿を現わす。手を伸ばせばすぐのところに、はしごがある。

「滑車があるんだ」説明する。「トレイをのせられるようになってる。先にあがって、おろすから、待ってて」

ろうそくを二本持って、すばやくはしごをのぼる。ツリーハウスの中は、アレクサンダーの記憶にあったとおりだ。ここはツリーハウスであるのと同時に練習スペースで、すみにまた別のギターが立てかけられ、歌詞と音符がびっしり書きこまれたノートが重ねられている。天井に電球があって、つけることもできたけど、ろうそくを使うことにした。それから、滑車つきのかごをおろし、トレイをひとつずつ、運びあげる。二枚目のトレイを無事、中に運び入れると、すぐにリアノンもあがってきた。

「なかなかのもんだろ？」ハウスを見まわしているリアノンに言う。

「うん」

「彼のものなんだ。両親はここにはこない」

「すごくいい」

テーブルやイスはないので、床に直接むかいあってすわり、ろうそくの光で食事をした。急いだりしない。今というときをじっくりと存分に味わう。さらに何本かろうそくに火をつけ、リアノンの姿を心ゆくまで眺める。ここでは、月も太陽も必要ない。二人だけの光の中で、リアノンは輝いている。

「なに？」リアノンが言う。

身を乗り出して、キスした。一度だけ。

リアノンは最初で最後の相手だ。たいていの人は、初恋が最後の恋にならないことを知っている。でも、自分にとっては、リアノンは両方だ。これが最後のチャンスになる。もう二度とない。

ここには時計はない。でも、一分一分を、一時間一時間を感じられる。ろうそくさえぐるになって、時間が短くなるにつれ、短くなっていく。忘れるな、忘れるな、忘れるな、って。

今日を、二人が初めて会った日にしたい。これを、二人の初めてのデートにしたい。二回目のデートも、すでに頭の中では計画している。三回目も。

でも、ほかに言わなきゃいけないことがある。ほかにしなきゃならないことがある。

食べ終わると、リアノンはトレイをわきへどけた。そして、こっちへ近づいた。キスをするんだと思ったけど、そうじゃなくて、ポケットに手を入れて、アレクサンダーのポスト・イットの束を出した。それからペンを出して、いちばん上のポスト・イットにハートを描き、アレクサンダーの心臓の上に貼った。

「はい」

そう言われて、胸のところを見おろす。それから、リアノンを見て言う。

「言わなきゃならないことがある」

すべてを言わなきゃならない。


リアノンにネイサンのことを話す。プールのことを話す。自分だけじゃないかもしれないことを話す。ひとつのからだに一日以上いる方法があるかもしれないことも。離れなくてすむ方法があるかもしれないことも。

ろうそくが燃え尽きていく。時間がかかりすぎている。話し終わったときは、十一時になろうとしていた。

「じゃあ、ずっとこのままでいられるってこと？」話し終わると、リアノンは聞いた。「ずっとそばにいられるってことなの？」

「いられる」それから、言う。「でも、いられない」

初恋に終わりがくると、たいていはやがて次があるということを知る。愛がいらなくなることはない。愛もこっちを必要としている。決して最初の恋と同じではないけど、それよりいいところもたくさんある。

でも、自分にはそんな救いはない。だから、すがりついてしまうのだ。だからこんなにつらいのだ。

「とどまる方法はあるかもしれない。でも、できない。とどまることはできないんだ」

殺人。結局のところ、とどまるということは殺人といっしょだ。人の命を奪ってもいい愛なんて、ない。

リアノンはからだを離した。立ちあがる。そして、食ってかかる。

「こんなのひどい！」リアノンはさけぶ。「いきなりやってきて、わたしをここへ連れてきて、こんなにいろいろなことをしてくれて――それでいきなり、できないだなんて。残酷よ、A、残酷すぎる」

「わかってる。だから、これが最初のデートなんだ。だから、今日が初めて会った日なんだ」

「どうしてそんなことが言えるの？　どうやってこれまでのことを消せって言うのよ？」

立ちあがる。リアノンのほうへいって、抱きしめる。最初、リアノンは抵抗する。離れようとする。でも、とうとう折れる。

「彼はいいやつだよ」声がかすれ、ささやきになる。こんなことしたくない。でも、しなきゃならない。「それどころか、最高にいいやつかもしれない。そして、今日、リアノンは彼に初めて出会った。今日が初めてのデートだ。明日、彼は本屋にいったのを覚えている。初めてリアノンを見たときのことを、そして、リアノンに惹《ひ》かれたことを覚えている。リアノンがきれいなせいだけじゃない。リアノンの内に秘めた力が見えたから。リアノンの、世界に関わりたいという強い思いを感じたから。彼は、リアノンと喋《しゃべ》ったことも、リアノンと話すのは気楽で楽しかったことも、覚えている。そのまま終わらせたくなくて、リアノンを誘ったことも覚えている。リアノンに、お気に入りの場所をきかれ、ここのことを思い出し、リアノンに見せたいと思ったことも覚えている。スーパーのことも、売り場でそれぞれ物語を語ったことも、リアノンが初めて彼の部屋を見たときのようすも、ぜんぶ彼の記憶に残っているし、ひとつだってこっちから操作したりはしない。彼の脈は、Aの鼓動だ。同じなんだ。彼はきっとリアノンのことを理解する。同じハートを持ってるんだから」

「でも、Aは？」リアノンの声もかすれていた。

「リアノンはAの中に見たものを、彼の中にも見いだすはずだ。むずかしいことじゃない」

「そんなふうにただ切り替えることなんて、できない」

「わかってる。これからそれは、彼が証明しなきゃならない。毎日、彼は自分がきみにふさわしいってことを示して見せなきゃならない。そうじゃなかったとしたら、それはそれまでだ。でも、彼なら大丈夫だ」

「どうしてこんなことをするの？」

「なぜなら、去らなきゃいけないから。今度こそ、本当に。遠くへいかなきゃならない。どうしても、突き止めなきゃならないことがある。それに、いつまでもリアノンの人生に関わりつづけるわけにはいかない。リアノンには、これ以上のものが必要だから」

「じゃあ、これがお別れなの？」

「別れでもある。でも、新たなものとの出会いでもある」

アレクサンダーに、リアノンを抱いたときの感触を覚えていてほしい。リアノンと世界を分かち合う気持ちを。からだの中のどこかにいるアレクサンダーに、どれだけ自分がリアノンを愛しているかを、記憶してほしい。そして、アレクサンダーはアレクサンダーのやり方で、リアノンを愛する方法を学んでほしい。Aとは関わりのないところで。

本当に可能なのか、プールにきかずにはいられなかった。本当にやり方を教えてくれるのかを。

プールは教えると約束した。二人で手を組もう、と言った。

プールにためらいはなかった。疑問もなかった。自分たちが命を破壊することになるのを受け止めるつもりもなかった。

そのとき、はっきり悟った。逃げなければならない、と。

リアノンが抱きしめてくれた。思いが解き放たれることがないくらい、強く。

「好きだよ」リアノンに言う。「こんなにだれかのことを好きになったのは、初めてだ」

「いつもそう言うんだから。わたしだって、同じ気持ちだって気づいてる？　こんなに人を好きになったのは、初めて」

「でも、リアノンはこれからも人を好きになる。これからも、また」


宇宙の真ん中をのぞけば、冷たさがある。空白が。究極的には、宇宙は人間のことなど、気にしちゃいない。時間は、人間のことなどおかまいなしだ。

だから、人間はおたがいを大切にしあわなきゃならないんだ。


時間がすぎていく。真夜中が近づいてくる。

「リアノンのとなりで眠りたい」ささやく。

最後の望み。

リアノンはうなずく。いいよって。

ツリーハウスを出て、夜中の闇を走って、家の光の中へもどる。かけっぱなしだった音楽の中へ。十一時十三分、十一時十四分。寝室へいって、靴を脱ぐ。十一時十五分、十一時十六分。

リアノンがベッドに入る。電気を消して、そのとなりにもぐりこむ。

あおむけになると、リアノンがからだを寄せてきて丸くなった。砂浜を、海を、思い出す。言いたいことはやまほどあるけど、言ってもしょうがない。二人とも、わかってるから。

リアノンが手をのばして、ほおにふれ、自分のほうをむかせる。キスをする。一分ごとに、キスをする。
「明日になっても、覚えていて」リアノンが言う。
それから、二人とも、また呼吸を始める。またベッドに横になる。眠りが近づいてくる。
「すべて忘れない」リアノンに言う。
「わたしも」リアノンが約束する。

リアノンの写真をポケットに入れて持ち歩くことはない。リアノンの手書きの手紙をもらったり、二人でしたことをスクラップしたノートをもらうこともない。都会のアパートで、二人で暮らすこともない。同じときに同じ曲を聴いているかどうかも、わからない。共に年を取ることもない。リアノンが困ったときに連絡するような存在になることもない。話したい話があっても、リアノンに電話することはない。リアノンが与えてくれたものをなにひとつ、手元に置いておくことはできない。

リアノンがとなりで眠りに落ちていくのをじっと眺める。リアノンが呼吸するのを眺める。夢がリアノンを支配するのを眺める。

この記憶。

自分にはこれしかない。

永遠に持ちつづけよう。

彼も、このことを覚えているだろう。彼もこの気持ちを感じるだろう。完璧な午後だったたって、完璧な夜だったたって、わかるだろう。

明日、彼女のとなりで目覚めて、運がいいって思うだろう。

時間はすぎていく。宇宙は広がっていく。心臓の上に貼ったポスト・イットをはがして、リアノンの胸に貼り替える。ちゃんとくっついたのを、たしかめる。

目を閉じる。さよならを言う。眠りに落ちる。

6034日目

リアノンから二時間のところで目が覚める。ケイティという女の子のからだだ。

ケイティは知らないけど、彼女は今日、遠くまで旅をすることになる。ケイティの日常は乱され、過ごすはずだった一日にねじれが生じてしまうかもしれない。でも、ケイティには、ねじれを直していく時間がたっぷりある。彼女の人生において、今日という日は、ほとんど気づかないような、わずかな脱線にすぎなくなる。

でも、自分にとっては、潮の変わり目になる。過去と未来を両方持った現在の始まりになる。

生まれて初めて、逃げ出す。

作者　デイヴィッド・レヴィサン　David Levithan
1972年、ニュージャージー州生まれ。2003年に『ボーイ・ミーツ・ボーイ』（ヴィレッジブックス）でデビューし、ラムダ賞を受賞。以来、LGBTやジェンダーをテーマに数多くの作品を発表。その他の作品に、ジョン・グリーンとの共作『ウィル・グレイソン、ウィル・グレイソン』（岩波書店）などがある。出版社でYA作品を手がける編集者でもある。2016年には、優れたヤングアダルト作家に与えられるマーガレット・A.エドワーズ賞を受賞。

訳者　三辺律子　Ritsuko Sambe
東京都生まれ。聖心女子大学英語英文学科卒業。白百合女子大学大学院児童文化学科修士課程修了。訳書に『龍のすむ家』（竹書房）、『サイモンvs人類平等化計画』（岩波書店）、『パンツ・プロジェクト』（あすなろ書房）、『フローラ』（小学館）など多数。

Sunnyside Books

エヴリデイ

2018年9月13日　第1刷発行
2023年11月10日　第4刷発行

作者　デイヴィッド・レヴィサン
訳者　三辺律子

発行者　小峰広一郎
発行所　株式会社 小峰書店
〒162-0066 東京都新宿区市谷台町4-15
電話 03-3357-3521　FAX 03-3357-1027
https://www.komineshoten.co.jp/

印刷　株式会社 三秀舎
製本　株式会社 三秀舎

NDC933 401p 19cm　ISBN978-4-338-28716-6